ROMANCE HISTÓRICO

Ediciones

Bea Wyc
Romance Histórico

 # Índice 

Sinopsis

Lady Marianne Aldridge, hija de los marqueses de Kent, es obligada a casarse con el misterioso y escurridizo duque de Ruthland. El día de su matrimonio, Marianne es sacada a rastras por su marido de la Catedral de Westminster, frente a toda la elite aristocrática de la ciudad.

William Claxton, duque de Ruthland, envía a su esposa a su mansión ducal desentendiéndose de ella por completo, luego de cometer una vil canallada que marcará la vida de la joven. Cinco años después, el duque regresa a Londres y se encuentra con la sorpresa de que su esposa no solo ha tomado el control del ducado de Ruthland, sino que se ha ganado el respeto y la admiración de los arrendatarios y campesinos.

Claxton regresa a Gloucestershire para enfrentarla, sin embargo, es sorprendido por una mujer segura de sí misma, dispuesta a defenderse sin miedo a su presencia, obligándole a cambiar sus planes y a replantearse todo lo que ha sido su vida en los últimos años. Marianne le odia con justa razón y, para convertirla en su amante, deberá utilizar su astucia. Despliega toda su experiencia amatoria para seducirla. Nada se resiste a los deseos de William Claxton, duque de Ruthland.

¿Logrará él lo que se propone?
¿Podrá Marianne perdonar el pasado?

Prólogo

Marianne Aldridge miró con pesar su imagen reflejada en el espejo. Estaba de pie mientras la doncella se aseguraba de que el largo velo estuviese debidamente enganchado a una corona de perlas con pequeños diamantes, que le había hecho llegar el duque de Ruthland, su futuro esposo, para que la luciera durante la ceremonia.

Según su madre, era una corona antiquísima que las futuras duquesas lucían el día de sus nupcias. Sus ojos verdes se veían apagados y tristes. La doncella había recogido su voluminoso cabello cobrizo en un tocado alto dejando su blanco cuello de cisne despejado. Debía aceptar que la mujer había puesto todo su empeño para que se viera hermosa ese día, sin embargo, Marianne no lograba que la imagen de la mujer reflejada en el espejo le agradara. Siempre había pensado que su boda sería uno de los días más hermosos de su vida y era todo lo contrario, se sentía derrotada, aprensiva, tenía la certeza de que iba rumbo al desastre.

Cuando su padre, el marqués de Fipe, le había avisado de su compromiso matrimonial con el duque de Ruthland, se había sorprendido mucho, pues había hecho todo lo posible para pasar inadvertida ante los ojos del hombre en los diferentes eventos sociales en que habían coincidido. La primera vez que había visto al caballero había sido en el aniversario de su tía Antonella. Le había impactado su físico, pues era un hombre alto con unos enigmáticos ojos negros que al mirarte te subyugaban. Su larga cabellera negra la llevaba atada con una cuerda de cuero, era espesa y al igual que sus ojos, de un negro brillante.

Marianne había intentado pasar desapercibida, había escuchado rumores de que el duque buscaba esposa y, al contrario de las demás debutantes, ella prefería seguir soltera varias temporadas más. Su presencia había encandilado a muchas de las señoritas en el salón, sin embargo, a pesar de que su impresionante presencia, Marianne había visto su peligrosidad, había sentido la oscuridad del hombre y se le había erizado la piel. En seis meses de cortejo solo le vio una vez, en la fiesta oficial de su compromiso donde el duque ni siquiera le había sacado a bailar.

Su madre y sus tres hermanas mayores solo le habían indispuesto más al hacerle partícipe de la suerte que tenía de haber sido elegida por un hombre tan joven y bien parecido. No obstante su juventud e inexperiencia, Marianne sentía el peligro acechando, no sabía con exactitud por qué a pesar de que era un hombre tan apuesto le producía temor.

—Estás preciosa, hija. Bajemos, tu padre está impaciente… y ya sabes cómo se pone cuando se le hace esperar. —Marianne miró a su madre y asintió.

De todas sus hermanas, era ella la que había heredado la cabellera rizada de su madre, de un color rubio cenizo que le llegaba a las caderas. También, al igual que su progenitora, era alta y esbelta; sabía que era una mujer hermosa, no porque fuese soberbia, sino que era consciente de su imagen ante el espejo.

Siguió a su madre en silencio. Al llegar al carruaje, su padre le abrió la puerta sin dirigirle la palabra, Marianne tampoco lo esperaba, siempre había sido un completo extraño para ella. Un hombre frío, cruel y déspota que golpeaba a su mujer sin ninguna vergüenza frente a toda la servidumbre. Tal vez por haber crecido entre tanta violencia, tenía el alma en un puño de vivir en carne propia todas las humillaciones a las que había sido sometida su madre a lo largo de su vida.

—Espero que el duque de Ruthland no tenga quejas… Asegúrate de que quede complacido. —Mariana asintió sin mirarle, una furia asesina le recorría el cuerpo.

Que Dios le perdonara, pero le despreciaba, sentía vergüenza de saber que ese hombre tan ruin y cobarde era su padre… Por lo menos saldría de su yugo. Trataría de verle lo menos posible en el futuro. Marianne se dejó llevar, sus ojos, de un verde claro como la campiña irlandesa, recorrieron la Catedral de Westminster. Como sospechaba, estaba a rebosar de invitados.

Su madre no había perdido la oportunidad de que sus amigas vieran su ascenso a lo más alto de la aristocracia, había logrado casar a una de sus hijas con uno de los duques más perseguidos por las matronas. Sintió cuando su padre soltó su brazo para entregarla al duque de Ruthland, sus miradas se encontraron por un segundo y el corazón de Marianne se encogió de miedo al ver su odio en ellos. Ante el impacto de la mirada tropezó, inclinándose sobre su pecho en busca de un soporte.

El olor a tabaco mezclado con limón llenó sus fosas nasales, embriagándole. El hombre la mantuvo cerca hasta que pudo enderezarse para continuar con la ceremonia. Marianne sentía que nada de lo que estaba ocurriendo era parte de ella. Comenzó a alejarse mentalmente de aquella boda, que estaba segura sería su ruina. Al escuchar al sacerdote declararlos marido y mujer, sintió un frío por todo su cuerpo, el hombre a su lado la tomó del brazo y salió deprisa de la iglesia dejando a todos sorprendidos y escandalizados. Marianne le seguía a trompicones, su amplio velo no le permitía caminar sin dificultad.

—A la mansión. —Escuchó que le ordenó a un lacayo mientras la empujaba sin ninguna delicadeza contra el asiento izquierdo del carruaje.

Marianne se arrebujó en la esquina sin tratar de acomodar todo el tul que su madre había pedido para el traje. Algo estaba realmente mal, tal vez había salido del yugo de su padre, pero el hombre sentado a su lado observándola en silencio no parecía ser mucho mejor.

—Te costará caro llevar el título de duquesa… Me aseguraré de ello, *milady*. —Claxton no podía evitar odiarla, desde que había leído las estipulaciones en el testamento de su padre y saber que había estado toda la vida comprometido con esa insípida mujer que tenía enfrente lo volvía loco de rabia.

No podía ni quería evitar descargar sobre ella toda la frustración que sentía. «Espero te pudras en el mismísimo infierno, padre», pensó sin apartar la mirada de su presa, que no se atrevía a enfrentar su mirada.

El carruaje se detuvo ante una majestuosa mansión victoriana, Claxton no esperó por el lacayo, abrió la portezuela de una patada con sus costosas botas de caña y nuevamente, sin ninguna ceremonia, arrastró a la mujer detrás de él, ante el desconcierto del cochero y del mayordomo que le esperaba frente a la puerta.

—¡Deténgase! —le pidió ya al borde de las lágrimas. Claxton se giró y la tomó por la cintura levantándola sin esfuerzo. Entró al amplio corredor tirando todo a su paso, la servidumbre se encogía de miedo al ver su expresión. El mayordomo les hizo una seña con la cabeza para que se retiraran, nunca había visto al amo Claxton en esas condiciones, todos conocían su carácter endemoniado, pero esto era muy distinto.

Marianne comprendió que no le esperaba nada bueno. Cuando su marido la tiró boca abajo sobre la enorme cama, sintió verdadero miedo, escuchó cómo las manos del hombre iban desgarrando todo el velo, arrancándoselo con rabia de la cabeza; su melena cobriza cayó sobre su espalda mientras la diadema de perlas rodó justo al lado de su mano.

—Una duquesa con el cabello de una cortesana —escupió sarcástico mientras seguía desgarrando el vestido.

Marianne trató de incorporarse, alejarse de la violencia, pero una mano enorme le aprisionó en medio de la espalda hundiéndola en la cama, dejándole a merced por completo de su verdugo. Cuando sintió el desgarre de sus calzones supo lo que pasaría y cerró los ojos con fuerza, estaba a merced de su marido y los sollozos salieron sin control.

El duque le abrió las piernas y, poseído por el mismísimo demonio, se abrió la bragueta subiéndose sobre ella y sin piedad la penetró de una sola estocada, haciéndola gritar de dolor. La soltó sacando su miembro ensangrentado y lo limpió en el vestido sin preocuparse por las lágrimas que escuchaba.

—El matrimonio está consumado. Mañana temprano partirá a mi residencia en Gloucestershire donde permanecerá hasta el día que se vaya al infierno. Espero que no volvamos a vernos hasta el día que deba llevar su cuerpo al camposanto.

Marianne se quedó laxa sin poder moverse mientras lágrimas amargas bajaban por su mejilla mojando la cama. No supo cuánto tiempo estuvo allí tirada sobre la cama. Sintió la entrada de alguien, pero no le importó, se sentía a punto de desfallecer.

—¡Dios mío! —exclamó una voz desconocida para Marianne.

—Ayúdala a desvestir mientras suben unos baldes de agua para lavarla —le ordenó el ama de llaves a la doncella.

—¿Señora?

—Quíteme el vestido… —suplicó.

—Claro, déjeme ayudarle. —Marianne se giró a mirar la voz dulce que le hablaba, le asintió, dejándose ayudar por la joven doncella, quien la sentó con dificultad recostándola sobre su cuerpo.

—Voy a terminar de abrir el corpiño. —La joven no podía evitar que lágrimas se deslizaran por su rostro, el traje estaba lleno de sangre, era un verdadero milagro que la señora no se hubiese desmayado.

Marianne escuchó cuando entraron la bañera, todo se escuchaba lejano, como si ya su espíritu no fuese parte de lo que le rodeaba. Se dejó llevar por las manos amorosas de la doncella, sentía sus mejillas mojadas, suponía que eran sus lágrimas que salían silenciosas. Ni en sus peores pesadillas hubiese pensado que algo así ocurriría, tenía el consuelo de no volver a ver a ese monstruo nunca más, agradecía su castigo de enviarle lejos.

—Vamos, *milady,* ayúdeme a llevarla a la bañera.

La doncella la sujetó por la cintura mientras le ayudaba a entrar a la bañera. Desvió la mirada al ver cómo bajaba la sangre por las piernas de su señora. A pesar de su juventud, supo que ella había sido violada por el señor…, pero quién podría desafiarlo, era su esposa, ante los ojos de la ley nada podían hacer. Con paciencia le limpió y cuando la recostó en la cama se aseguró de que ya no sangrara, si no tendrían que llamar al médico y eso no le gustaría al duque.

—¿Cómo te llamas? —preguntó en un susurró sin abrir los ojos.

—Sarah, señora —respondió mientras intentaba acomodarla para hacerla sentir más cómoda.

—Sarah, el duque dijo que partiría temprano a mi nuevo hogar, tú vendrás conmigo como mi doncella personal. —Sarah no pudo ocultar la sorpresa, ella era una simple mucama, se había acercado cuando escuchó los sollozos de la señora, el duque había dejado la puerta abierta y por eso ella había entrado a auxiliarla al ver la sangre. Su trabajo era el más bajo en la jerarquía de la servidumbre de la casa, por eso el ofrecimiento de la señora le asombraba.

—Pero, *milady*, yo solo trapeo los pisos y me encargo de las habitaciones del ala este de la casa… no sé cómo ser una doncella personal.

—No te preocupes, Sarah, simplemente sigue siendo así de generosa. —Marianne le sonrió con tristeza, era una joven preciosa, seguramente si hubiese pertenecido a la aristocracia, hubiese capturado la atención de más de un caballero—. Quisiera pedirte un favor…

—Lo que usted quiera —contestó rápidamente acercándose más al borde de la cama.

—Quema el vestido de novia y luego trae una tijera. —La doncella asintió comprendiendo el pedido y salió rápido a complacerla, se aseguraría de que no quedara nada de ese vestido.

Marianne la vio salir corriendo y, a pesar de su dolor, sonrió. «Bendita la pureza del alma de esa joven», pensó mientras su mirada deambulaba por la habitación que había sido testigo de su deshonra. Ella no había esperado palabras dulces, ni siquiera un trato amable, pero tal brutalidad, desamor, violencia tampoco.

Su cuerpo se erizaba con desagrado, con asco al recordar sus manos manoseándola, su voz llena de odio. Cerró los ojos con fuerza para desechar la imagen de su marido apretando su espalda, sometiéndola. Un gemido de angustia salió de su garganta y sin poder evitarlo comenzó a vomitar sin control sobre el borde de la cama. Así la encontró de nuevo la doncella que con delicadeza la limpió, desechó las sabanas, la sentó frente al antiguo tocador de nogal mientras con premura limpiaba y prendía velas aromáticas para ventilar los aposentos.

Marianne se quedó allí sentada en silencio sintiéndose indefensa, incapaz de levantar la mirada y ver el reflejo de su rostro en aquel espejo, no deseaba verlo.

—El equipaje ya está listo, señora, pero no creo que usted deba emprender ese viaje. —La joven la miró preocupada a través del espejo.

Se veía muy débil, había vomitado sin parar, solo le había aliviado un remedio que le había enviado la cocinera. Lo que había pasado tenía a la servidumbre horrorizada, los gritos de la señora se habían escuchado por casi toda la casa y, al bajar, el duque no había ocultado su pantalón lleno de sangre. Se rumoraba en voz baja por las esquinas la infamia que había cometido el señor contra su joven esposa.

—Saldré de esta casa, aunque sea de rodillas, ahora trenza mi cabello —le pidió sin levantar la vista. El olor de las velas le estaba ayudando a relajarse un poco, seguramente la cocinera le había puesto algo a la infusión que le había enviado.

Sarah no pudo evitar que el corazón se le encogiera en el pecho, tomó el cepillo y comenzó a peinar la larga cabellera cobriza. Era verdaderamente hermosa, la trenzó con fuerza creyendo que su señora la querría así para viajar; pero su sorpresa fue mayúscula cuando escuchó su orden.

—Corta arriba, de hoy en adelante te asegurarás de que mi cabello jamás toque mi cuello.

—¿Señora? —preguntó Sarah horrorizada al comprender las intenciones de la duquesa.

—¡Corta! —gritó sollozando—, es el cabello de una cortesana —terminó sollozando, escondiendo su rostro entre sus manos. Sarah comprendió con horror lo que había sucedido y, sin que su mano temblara, cortó en lo alto de la trenza, viendo cómo los rizos se desparramaban por toda la cara de su señora.

—Le prometo mantener su cuello limpio, mi señora. Nunca más tocarán su cuello. Ahora bajaré a avisar al cochero, saldremos de inmediato. La doncella colocó la trenza en el tocador lejos de la vista de la mujer y salió con premura para sacarla de aquella casa. Ella había escuchado los gritos de su señora, seguramente los escucharía por siempre.

Marianne se sintió extrañamente aliviada al no sentir el cabello rozando su piel, sabía que lo que había vivido en su noche de bodas la había marcado para siempre, sin embargo, Dios se había apiadado de ella enviándole lejos. El no tener que volver a ver a su familia y al duque de Ruthland le daba paz, sosiego a su alma.

Bajó sus manos y su mirada descansó en el anillo que le había puesto el duque en la mano horas antes frente al altar. Le miró con repugnancia, se lo sacó y lo lanzó sobre el tocador, imaginaba que alguien lo guardaría cuando lo viese, a ella no le importaba lo que sucediera con él.

Ella no era la duquesa de Ruthland por más papel que hubiese, jamás utilizaría ese título. Sarah regresó y la ayudó a vestirse. Mientras le acomodaba sus cortos rizos en un sombrero, le obligó a tomar más efusión, Marianne le dejó hacer. Sarah había sido su ángel de la guarda, así que se aferró a su brazo y salió en la madrugada, escapando de todo el horror que había supuesto su noche de bodas. Subió al carruaje acurrucándose en una esquina, cerró los ojos y se dejó llevar…

Capítulo 1

El purasangre color canela galopaba casi sin tocar el suelo rumbo a Badminton House, la mansión campestre que se encontraba en el mismo centro de los terrenos que componían el ducado de Cornualles. Marianne llevaba dos días fuera recorriendo la mayoría de las tierras que le pertenecían al duque, asegurándose de que todos estuviesen preparados para el invierno que se aproximaba; estaba al frente del ducado casi desde el comienzo de haber llegado.

Los primeros días después de su llegada no los recordaba con claridad, casi de inmediato había sucumbido a una fiebre que casi le mataba, pero su fiel Sarah no le había permitido abandonarse a los brazos de la muerte, muchas veces había querido morir. Había pasado casi un mes cuando pudo al fin salir de la lúgubre mansión, Badminton House había resultado ser enorme, estar llena de cuadros ancestrales y decoración recargada, no había empatizado con su nuevo hogar, pero eso no le desanimó, por lo menos allí estaba totalmente sola y por primera vez se enfrentó a la realidad del poco o ningún vínculo que le ataba a su familia.

Lo primero que descartó fue comunicarse con ellos, no deseaba volverles a ver, ni siquiera a su madre, que Dios se apiadara de su alma cuando llegase el momento de encararle, pero no quería volver a saber de Londres y todo lo que implicaba pertenecer a la aristocracia.

En sus solitarias caminatas alrededor de la extensa propiedad, fue tomando consciencia de las necesidades de la gente que vivía en las tierras del inescrupuloso duque de Ruthland. De cierta manera eso le sacó de la angustia que le había sobrevenido a su fatídica noche de bodas. Aunque no permitiera que nadie la llamase duquesa, sí podía utilizar ese título para ayudar a la gente que dependía de la misericordia de un duque a quien estaba segura no le importaba la vida de esa gente.

Al cabo de un año se había entregado en cuerpo y alma a su nueva familia, campesinos que trabajaban las tierras y arrendatarios que se buscaban un mejor porvenir. Lo primero que había hecho fue construir una pequeña escuela casi en el centro del condado, donde los primeros años ella misma había dado las clases; luego, debido a sus otras obligaciones, hizo traer una maestra del sur. Al principio los lugareños desconfiaban de sus buenas intenciones, para ellos era la duquesa de Ruthland, aunque tuviesen prohibido referirse a ella con dicho título. A Marianne no le fue fácil obligarles a tratarla con familiaridad, a desechar verla como una duquesa. Ser la duquesa de Ruthland para ella era una deshonra, una vergüenza, pero eso solo su fiel Sarah lo sabía.

Azuzó más el caballo, estaba cansada, había llegado hasta la colindancia norte, tenía a varias mujeres viudas que necesitaban tener leña y provisiones suficientes para enfrentar el inclemente invierno, como la cera de abeja para las lámparas que eran necesarias para alumbrarse. A lo largo de los años había logrado que todos los campesinos tuviesen viviendas bien construidas, no había sido fácil, pero lo había logrado.

El ducado contaba con dos libros de contabilidad, uno era de las ganancias de los pequeños lotes de tierra que habían estado abandonados; ella con su tozudez había comenzado a darles uso. Se le pagaba al duque lo estipulado y lo demás ella lo utilizaba para las reformas y ayuda a su gente. Eran su familia, ellos le habían aceptado como parte de ellos cuando estuvo a la deriva sin saber qué sería de ella. Por eso al ver las tierras bien cuidadas y con las pequeñas casas a lo lejos bien dispuestas en hileras, no pudo evitar sonreír de satisfacción. Por primera vez recibirían este invierno completamente preparados.

Llegó al patio trasero de la mansión, se desmontó girándose a dar instrucciones a los dos hombres que siempre le acompañaban.

—Aseguren los caballos y vayan a la cocina por algo para comer, lo más probable es que tengamos que encontrarnos mañana con el conde de Norfolk.

—Sí, señora.

—Fausto, cuenta los barriles de vino disponibles. Si el conde acepta el precio, le venderé todo el lote. —El hombre asintió mientras la veía entrar por la puerta que llevaba a la cocina.

—Deja de mirarle, algún día se dará cuenta —le dijo el segundo hombre al ver que el capataz no le quitaba la mirada a su señora.

—Mi deber es protegerla, es la duquesa, aunque no quiera que le llamen por el título. —Fausto desmontó tratando de desviar el tema, él era el capataz y eso no cambiaría nunca.

Al contrario de su amigo, él había estado desde el inicio, había visto la transformación de una jovencita frágil e insegura convertirse en una mujer fuerte, capaz de plantarle cara al hombre más insolente. Él mismo le había enseñado a disparar y todos los secretos del arado. Se había sorprendido del desprecio de la mujer a todo lo que fuese parte de la aristocracia, cuando tenía que tratar con hombres como el conde de Norfolk.

Él debía estar siempre a su lado y no dejarle en ningún momento, ella no deseaba que la trataran con familiaridad. Se mostraba fría y distante. En todos esos años, el duque jamás se había aparecido, todos comentaban ese hecho, intrigados, pero en realidad daban gracias por ello. La señora llevaba todo con mano de hierro, tenía a todos en un puño. La querían y respetaban, el duque de Ruthland era mejor que se quedara en Londres, en sus tierras no se le necesitaba.

—No puedes ocultar que la deseas —siguió instigándolo el otro hombre.

—Aunque vista con la ropa que le hace la costurera del pueblo y se ponga las pañoletas de vivos colores que le regala la curandera, es la duquesa de Ruthland —contestó Fausto adentrándose por la puerta ovalada de hierro que llevaba a la cocina.

Marianne entró a su pequeña oficina, sorprendiéndose de encontrarse con el administrador, el señor Jones era un hombre bajito y regordete que siempre le sacaba una sonrisa por su manera de buscarle a todo una solución.

—Señor Jones, ¡qué sorpresa! No le esperaba. —El hombre se acercó de inmediato para besar su mano. Marianne no tenía corazón para decirle que no era necesario tal despliegue de caballerosidad.

—*Milady*, tenía que discutir un asunto de verdadera urgencia —contestó contrariado.

—Le escucho, tome asiento. Espero que los libros de contabilidad estén en orden.

—*Milady*, jamás he revisado unos libros tan transparentes como los de este ducado.

—Me alegra escucharle decir eso, señor Jones, es importante que el duque de Ruthland no tenga ninguna queja. —Marianne supo por el semblante del hombre que se avecinaban problemas.

—Precisamente de su gracia deseaba hablarle… He recibido una carta del señor Barnaby, el administrador del duque en Londres, preguntando por la razón de que su mesada no ha sido tocada todos estos años, además de pedirme explicaciones del segundo libro de contabilidad —le informó el hombre sin ocultar su contrariedad.

Marianne asintió pensativa sentándose en la butaca del enorme escritorio que tomaba gran parte de la estancia. Lo había sacado del ático de la mansión cuando decidió preparar una habitación para recibir a las pocas visitas que llegaban a Badminton House, no deseaba tocar nada que perteneciese al duque de Ruthland.

Allí ella era una servidora más, se encargaba de que por lo menos la gente que componía el ducado viviese en mejores condiciones, ese había sido su objetivo y cada día se sentía más satisfecha al recibir los elogios no solo de los arrendatarios y campesinos, sino tambіén de los ducados cercanos a las tierras de Gloucestershire.

—Todavía tengo el dinero de la venta de mis joyas, señor Jones, usted fue el que las vendió y sabe perfectamente que la cantidad fue mucho mayor de lo que hubiese esperado, no he gastado nada, lo que doné para la capilla y la escuela del pueblo fue una migaja. Casi tengo que amenazar a la costurera para que me permita pagar algo por mis vestidos que, como puede ver, son de telas humildes pero cómodos para mis largas cabalgatas. Ese dinero no será utilizado. La duquesa de Ruthland, para los efectos, está muerta, señor Jones, descansa en paz. Me tomo otra vez la libertad de pedirle que invente cualquier excusa, en el campo, una duquesa no debería gastar mucho y por lo que usted me informó esa mesada es generosa. En cuanto a lo del libro, le autorizo a explicar por qué existe, no me importa que el administrador sepa sobre lo que hago, le pagamos muy bien al duque por esas tierras, no quiero que usted se meta en ningún problema. Lo mejor es tenerlos al corriente.

El hombre asintió con admiración, llevaba trabajando con la señora Marianne desde que había llegado a la mansión, y no dejaba de asombrarle lo astuta que era en el manejo de las finanzas del ducado. Estaba seguro de que el actual duque jamás hubiese logrado lo que su esposa, las arcas se habían triplicado en esos cinco años que ella llevaba al frente de los arrendatarios. Trabajaba sin descanso y la admiración por su persona crecía por todos los condados cercanos. No frecuentaba la aristocracia rural, se especulaban muchas cosas sobre su falta de interés por asistir a las veladas a las que una y otra vez era invitada.

Al contrario del pueblo que le conocía de cerca, pues la señora Marianne, como le llamaba todo el mundo con cariño, buscaba personalmente el pan en la panadería, sus vestidos eran hechos por la costurera del pueblo, se sentaba a hablar con todos y los conocía por su nombre. Marianne había hecho de Gloucestershire su familia y ellos la habían acogido de la misma manera, olvidando que frente a ellos se encontraba la duquesa de Ruthland.

—No entiendo por qué ahora ha surgido ese interés, señor Jones.

—Yo tampoco, el señor Barnaby se había mostrado sorprendido por los números, pero jamás había estado interesado en informarse más allá de lo que se encuentra escrito en la procedencia de esas ganancias, ni siquiera cuando usted comenzó la producción de vino. Las primeras ganancias fueron exorbitantes.

—Tiene razón, espero que no haya problemas.

—No se preocupe, he pensado en viajar a Londres y entrevistarme personalmente con el señor Barnaby, será lo mejor… Quiero llevar los libros de contabilidad conmigo si usted me autoriza, por supuesto.

Marianne sonrió asintiendo conforme ante los planes del administrador. No había quién le hiciese comprender al señor Jones que nada de lo que había en esa casa le pertenecía. Jamás había decidido nada dentro de aquella mansión, el ama de llaves tenía toda la autoridad, ella jamás había intervenido ni lo haría.

La pequeña estancia en la que se encontraban era el lugar de la casa donde más tiempo estaba, había hecho de ese su lugar de trabajo y era donde recibía a los arrendatarios y a los miembros de la aristocracia que gustaban de su vino. Para su sorpresa, los que más le compraban eran caballeros solteros de gran abolengo, como lo eran el conde de Norfolk y el duque de Cleveland. Suspiró al recordar al hombre, ese sí que llevaba su título con gallardía; había disfrutado mucho de sus visitas, era un conversador locuaz e interesante.

Volvió a suspirar sopesando las palabras del señor Jones, tal vez esa fuese la mejor opción, esperaba que el señor Barnaby estuviese conforme; de todas formas, ella había hecho sus propios planes alternos, precisamente ese era el principal motivo para no haber tocado el dinero de la venta de sus joyas, con ello podría vivir modestamente en algún pueblo cercano.

Lo mejor que había aprendido estos últimos cinco años era a vivir con austeridad, se había acostumbrado a sus vestidos de telas humildes. Estaba dispuesta a desaparecer si alguna vez el duque cambiaba de opinión, se había acostumbrado a su exilio; irónicamente, el hombre le había dado el mejor de los regalos al repudiarla.

—Está bien, señor Jones, téngame informada, le agradecería que viniese de inmediato a verme cuando regrese de Londres.

—¡Por supuesto, *milady*! Me retiro, tengo un carruaje de alquiler esperando por mí. —El hombretón salió no sin antes hacer una inflexión, logrando que Marianne lo mirase divertida. Al verle abandonar la estancia, su semblante cambió tensa, miró por el amplio ventanal.

—Mantente alejado…, porque esta vez no me temblará la mano para defenderme —susurró al viento con la convicción de que no se dejaría mancillar sin luchar. Lo mataría si fuese necesario, no tenía duda de ello, se cobraría la cobardía del duque de Ruthland en su noche de boda.

Capítulo 2

—Señora, Fausto la está esperando, al parecer, tiene una visita en su oficina. —Sarah le miró inquieta, sabía que su señora no gustaba de las visitas de caballeros, no se sentía cómoda atendiéndoles.

Marianne se terminó de acomodar su corto cabello, sus rizos iban hacia todos lados haciéndole sonreír frente al espejo. Se había acostumbrado a su inusual corte de cabello y le gustaba ese desorden sobre su cabeza.

—Debe ser el conde, es un comprador importante, un hombre extraño. Le dijo mirando a su alrededor buscando su pañoleta. Se puso las manos en la cintura frunciendo el ceño.

—¿Viste mi pañoleta?

—Las llevé todas para lavar, deberá atender al conde con sus rizos rebeldes al descubierto.

—¿Crees que me importa lo que el conde piense de mí? —le preguntó burlona mientras la miraba ladeando la cabeza en espera de alguna respuesta sarcástica.

—Ya sé que no. Usted, *milady,* se ha convertido en la duquesa más rebelde del reino.

—Duquesa exiliada rebelde del reino —le recordó saliendo de la estancia seguida de su doncella personal, que no la perdía de vista por más que Marianne lo intentara.

Richard Percy, conde de Norfolk, miraba con interés la estancia a la que le habían llevado a esperar a *lady* Ruthland. No era la biblioteca de la mansión donde él esperaría que lo recibiesen para hablar de negocios, la primera vez que había insistido con el señor Jones para tratar la compra de los barriles de vino con el capataz se sorprendió muchísimo de que fuese la propia duquesa quien lo recibiese y negociase con él, mostrándose implacable ante lo que ella consideraba un precio justo.

Había salido de allí con la entrepierna dura, pero con la seguridad de que la dama jamás aceptaría una proposición para convertirse en su amante... A pesar de que el maldito Claxton se lo merecía por imbécil, él jamás se prestaría para meterse entre las faldas de la mujer de un miembro de la fraternidad. Así fuese su eterno rival. La mujer lo intrigaba, no parecía para nada incómoda con su exilio, porque eso era lo que había hecho Claxton, enviarla lejos de Londres, negándole a participar activamente en la sociedad a la que pertenecía.

Era un misterio lo que pasaba en Badminton House y estaba seguro de que Claxton no tenía idea del poder que su esposa había adquirido allí a través de los años. No había que ser muy inteligente para percibir el respeto con el que se le trataba. Y ese capataz que no la dejaba sola en ningún momento...

—Buenos días, *milord* —saludó Marianne entrando a la estancia, inquieta de tener que atenderle a solas por primera vez.

Fausto la había esperado al pie de las escaleras preocupado por la insistencia del conde en reunirse con ella para ultimar detalles del traslado de los barriles a su propiedad del norte del país. Marianne le vio ponerse de pie con la intención de besar su mano.

—No llevo guantes, *milord,* aquí son innecesarios. Además, que no creo que usted sea una persona de seguir las normas impuestas, con una inflexión es suficiente. —Vio un extraño brillo en su mirada, pero no le dio importancia, lo mejor era evitar provocar a este tipo de hombre.

Aunque el conde siempre había sido un caballero, Marianne había aprendido que detrás de toda esa fachada podría esconderse un verdadero demonio, como había sido el caso de su esposo.

—Tome asiento. —Marianne se sentó en la butaca detrás del escritorio, mientras veía divertida la manera como el conde miraba su cabello—. El capataz me ha dicho que tiene algunas cosas que discutir conmigo…

—Como siempre, *milady,* estoy muy satisfecho con el precio acordado, más bien deseo dejarle dos tarjetas de amigos que están interesados en su vino.

Marianne no pudo ocultar el interés al ver al conde sacar dos tarjetas de presentación de un bolsillo en el interior de su casaca. El hombre se incorporó y se las tendió mirándole con una intensidad que inquietó a Marianne. Él tenía una presencia arrolladora y se consoló suponiendo que era normal que cualquier mujer reaccionara igual ante su presencia y ante esa fragancia tan peculiar que tenía. Estaba segura de que el hombre enviaba esa colonia a una perfumería para que se la hicieran. Su hermano también acostumbraba a hacerlo.

—Lucian Brooksbank… y el duque de Marborough… —Marianne estudió las tarjetas mientras trataba de recordar algún comentario en el pasado que se refiriera a estos hombres, pero su mente se quedó en blanco.

—¿Por qué el interés de estas personas por mi vino? No deseo mortificarle, *milord*, pero debo recordarle que no todos los caballeros están dispuestos a hacer negocio con una dama. Si soy sincera, me sorprendió mucho que usted continuara comprando más de mis cosechas, por lo que me gustaría estar segura, antes de recibir a estos caballeros, de que no habrá ningún problema. Aunque Fausto está al tanto de todo, hay temas que me gusta supervisar personalmente —le dijo, insegura de aceptar la visita futura de los interesados.

—No debe preocuparse, *milady*, los dos hombres regentan clubes en Londres, el vino será llevado a las bodegas de dichos clubes. Es un negocio lucrativo para ambos. El vino que usted produce aquí en sus viñedos es de un sabor muy peculiar y adictivo. A ellos les interesa ofrecerlo en sus barras, tienen clientes con gustos exigentes.

—¿El duque regenta un club? —No pudo ocultar su sorpresa.

Richard sonrió de medio lado, la mujer era una belleza, tenía que mantenerse concentrado, porque los rizos de oro lo distraían al moverse de un lado a otro mientras ella hablaba, y ese cuello de cisne, blanco y delicado...

—Muchos de nosotros no perdemos el tiempo, *milady*, nos gusta vivir con nuestras propias normas. Peregrine siempre ha sido un rebelde, pero es un hombre con el que se puede hacer negocios.

—Está bien, *milord,* confío en su palabra, tanto usted como el duque de Cleveland son clientes para tomar en cuenta, si usted los recomienda, estaré encantada de recibirles.

—¿El duque de Ruthland está enterado de los viñedos? —preguntó curioso.

—Su excelencia recibe lo que le corresponde en sus arcas, eso es todo lo que importa, *milord* —contestó la mujer si ocultar que la pregunta le había molestado.

—No fue mi intención incomodarla, conozco a su esposo desde los años que compartimos en la universidad, simplemente era curiosidad. Créame, *milady*, que es mucho más placentero hacer negocios con usted que con Claxton —respondió complacido al ver que sus sospechas eran ciertas.

Lady Marianne aborrecía a su marido, los comentarios que se habían dejado caer por el club Venus habían sido que Claxton había enviado a su mujer fuera de Londres en la misma noche de boda. Varios miembros del exclusivo club habían quedado sorprendidos por su entrada aquella noche en el club. Según los cotilleos, su pantalón estaba lleno de sangre y, sin ninguna vergüenza, se dirigió a la barra donde se emborrachó hasta casi desfallecer en el piso.

Una semana después, el duque de Ruthland se embarcaba rumbo a Estados Unidos. A lo largo de los últimos cinco años, su amigo Murray lo había mencionado una que otra vez en una de sus cartas. Al parecer, eran varios los exiliados. Sin poder dejar de mirar a la mujer, pensó que lo mejor era salir de allí, se le estaban ocurriendo muchas ideas pecaminosas para hacer con la dama… Involucrarse muy de cerca con una mujer casada nunca había sido de su agrado hasta ahora.

Lady Marianne era una auténtica tentación y él hacía tiempo tenía el deseo de la caza, llevaba muchos años limitándose a la compañía femenina del club, mujeres que gustaban de la sumisión y la disfrutaban. Marianne no era una opción real, más bien sería un problema y no estaba dispuesto a arriesgarse. Aunque se notaba su desprecio hacia el título nobiliario que ostentaba, era una duquesa, pertenecía por derecho a la alta esfera de la aristocracia.

—Tanto usted como su excelencia, el duque de Cleveland, son dos clientes muy importantes, no deseo ser grosera, *milord*, pero no tengo nada que decir del duque de Ruthland. —Richard asintió comprendiendo la actitud reservada de la mujer, dudaba de que Claxton y ella hubiesen estado solos antes del matrimonio y, si los cotilleos eran ciertos, él se deshizo de ella a la mañana siguiente.

—Me siento conforme con su precio y la calidad del vino, no debe preocuparse en perderme como cliente, al contrario de muchos de mis pares, no me siento incómodo hablando de negocios con usted, *milady; de hecho,* todo fluye con más rapidez. —Sus miradas se encontraron y Marianne se estremeció, el conde era un hombre peligroso para cualquier mujer, incluyéndola a ella; a pesar de su inexperiencia, podía intuir el interés de él.

Tal vez si no hubiese quedado tan atemorizada con la experiencia en su noche de bodas, hubiese alentado ese deseo del conde por ella… No habría tenido nada que perder. Pero, a pesar de que Sarah le había asegurado que lo que había ocurrido aquella noche era una violación, no deseaba arriesgarse. Aunque no podía negar que tenía unos deseos inmensos de vengarse, de borrar esas palabras sobre su cuello que la hacían levantar gritando angustiada por las noches.

Al mirar al conde, supo que era un hombre demasiado experimentado. «Es demasiado peligroso», pensó desviando su mirada.

—¿Está conforme con el precio acordado? —Marianne desvió la conversación a un terreno más seguro, tenía todo el derecho de buscar un amante, pero no sería el conde de Norfolk.

—Muy satisfecho, me llevaré todo el barril y deseo me envíe una carta cuando la próxima cosecha esté disponible para la venta.

—Será un placer, *milord,* le enviaré una carta de inmediato. En cuanto a estos dos compradores, si usted los recomienda, no tendré problemas en recibirles —respondió sonriendo agradecida. Con el dinero de esa venta no tendrían preocupaciones por mucho tiempo, no podía dejar de sentirse feliz por su gente, confiaban en ella, no deseaba defraudarlos. —Enviaré a mi capataz para la entrega de los barriles, solo confío en él para hacer una entrega de barriles tan importante… Como sabrá, *milord,* los caminos están plagados de asaltadores esperando la oportunidad para atacar a los carruajes que van sin protección.

—Enviaré algunos hombres para que ayuden, como siempre ha sido un verdadero placer. —Richard se levantó y esperó que la dama se levantara de la silla del escritorio, no se iría sin besarle la mano… No sería propio, pero la tentación era demasiada.

Marianne se acercó y no se extrañó cuando el bribón le tomó su mano llevándola con suavidad a sus labios. Fue una declaración de intenciones, a la que ella no temía, la joven de hacía cinco años atrás se hubiese sonrojado y puesto a temblar, pero ella, al contrario, le sostuvo la mirada.

—Si fuese una mujer más intrépida, *milord,* no rechazaría su invitación… al contrario de lo que supone, me siento halagada de su interés, no parece un hombre que se deje impresionar por cualquier dama, me consta que es discreto, pero no deseo compañía masculina, el solo pensar en ello me enferma —le dijo serena.

Richard mantuvo la mano de la dama en su mano, sus palabras francas y sin vergüenza le habían tomado por sorpresa. «Maldición, es sublime», pensó contrariado al aceptar que estaba más interesado en convertirla en su amante de lo que había supuesto.

Claxton tenía suerte de que él respetara la hermandad sobre todas las cosas, porque las palabras de la dama solo habían avivado el deseo de caza, una mujer que ponía las cartas sobre la mesa sin ninguna vergüenza de hacer saber lo que deseaba y necesitaba solo le inspiraba respeto. *Lady* Marianne era demasiado mujer para el imbécil de Claxton.

—Prométame que si alguna vez necesita ayuda, acudirá en mi búsqueda. —Marianne le miraba con curiosidad femenina.

El olor de su fragancia era suave, almizclada, su lazo magistralmente atado con un broche que seguramente era de piedras legítimas, elegante, distinguido y a la misma vez peligroso. Seguramente, el conde pensaba que sería una mujer experimentada, «si él supiera que ni siquiera me han besado alguna vez», pensó con tristeza al sentir sus labios nuevamente sobre su mano. Sería tan fácil dejarse llevar, pero sabía que no podría cumplir sus exigencias sin quedar en evidencia, le agobiaba el pensar estar a solas sin protección con un hombre en la intimidad, su esposo le había lastimado con saña y ella no se arriesgaría a vivir otra vez la misma experiencia.

Retiró con suavidad su mano sin apartar la mirada de los hipnóticos ojos azules del conde. No deseaba que su vida cambiara y, convertirse en la amante de un hombre como el conde de Norfolk, cambiaría su vida de manera irremediable.

—Le doy mi palabra, *milord*, me hubiese…

—Lo sé… —Richard inclinó levemente la cabeza y salió dejando a Marianne con desasosiego, ella se quedó mirando la puerta cerrarse y dudó de la decisión que había tomado.

Era una mujer que había sido humillada públicamente por su marido, enviada lejos sin derecho a protestar, negándosele el derecho a ser madre. Era un objeto roto arrojado, olvidado en un desván y, aunque daba gracias a Dios por ello, no dejaba de sentir curiosidad por todas esas cosas que sus antiguas amigas debutantes habían hablado en tertulias a escondidas de sus carabinas.

No podía negarse a sí misma que el conde le había hecho sentir deseos de aventurarse, aunque solo fuese por un beso; sin embargo, el sentido común se había impuesto, no podía arriesgarse a que el duque de Ruthland volviese su interés hacia ella, debía mantenerse a la sombra. Cualquier cotilleo que llegase a los clubes que frecuentaba su marido podría ponerle sobre aviso. Él había jurado no volverla a ver hasta el día de su sepelio y ella esperaba que cumpliese esa promesa.

—Señora, Fausto me envió a decirle que no estará de vuelta hasta mañana, se ha ido a cumplir su orden de traer los purasangres que le encargó a las caballerizas del duque de Richmond. —Sarah entrecerró los ojos con suspicacia al ver la expresión en el rostro de su señora. Colocó con cuidado la ovalada bandeja de plata con el té de media tarde en el escritorio.

—¿Qué sucede?

—Por primera vez he querido que un hombre me besara —respondió abstraída. Mientras Sarah había servido él te, se había parado frente a la amplia ventana de la pequeña estancia, corriendo la pesada cortina de flores, mirando distraída hacia el hermoso jardín que ella misma junto con los dos jardineros cuidaban con mucho celo.

—¿El conde? —La doncella se acercó, con el platillo en la mano, sin ocultar la sonrisa que afloraba de sus labios al escuchar las palabras de su amada señora.

Marianne se giró a tomar el té, y negó con la cabeza al ver la expresión pícara en el rostro de su leal doncella. Sarah, muchas veces a través de los años, le había aconsejado tomar algún amante. A pesar de que la joven era virgen, pensaba que en la posición de Marianne estaría disculpado el tomarlo.

—Es un hombre muy apuesto…

—Es un príncipe, *milady*, todas las doncellas suspiran en las esquinas al verle pasar —respondió suspirando.

—Es un caballero peligroso…

—¿Qué quiere decir, *milady*? —preguntó extrañada, ella solo veía la elegancia del conde.

—No sé cómo explicarte, pero sé que hay algo en él oscuro, no es un hombre con el que se pueda tener ese tipo de relación y no quedar chamuscada. No tengo experiencia, Sarah, y el conde va a esperar lo contrario, solo sentí deseos de un beso, es mejor olvidar, no deseo problemas. —Sarah le miró con pesar, hasta ella se sentía aprensiva de estar con un hombre en la intimidad después de haber presenciado lo que le había pasado a su señora.

En los días que había estado en cama con fiebre, Sarah había obligado al mayordomo a enviar por la curandera del pueblo. No deseaba que otro hombre tocara a su señora, no había podido ocultar el horror al saber que *lady* Marianne había sido desgarrada, y por eso la sangre, aunque en menos cantidad, no dejaba de fluir. La buena mujer se quedó con ellas casi una semana hasta que se aseguró de que la hemorragia se había detenido. Verla por primera vez interesada en un beso le sorprendía, pero a la misma vez le tranquilizaba. Sarah hubiese jurado que su señora no se dejaría jamás tocar por un hombre después de una experiencia tan horrible.

—¿Nadie tendría que enterarse? —la invitó.

—Fui educada con unos valores muy estrictos, Sarah…. No me haría sentir bien traicionar mis votos matrimoniales —respondió entregándole la taza vacía. —Sírveme otra.

—Es adicta a este brebaje —dijo mientras se acercaba a la bandeja a llenar nuevamente la taza.

—Es una de mis debilidades —le respondió sonriendo mientras miraba por la ventana el colorido jardín.

—Usted, *milady,* es una mujer muy hermosa, sería un sacrilegio que no se permitiera un poco de felicidad —insistió la joven entregándole la taza.

—No es tan sencillo, a pesar de que hay muchas damas que toman amantes, esas mujeres ya han dado herederos a sus respectivos maridos, ese no es mi caso. Si quedara embarazada, sería terrible. No podría proteger al niño, Sarah, y tendría que llevarle a un orfanato. Ese demonio se encargaría de hacerme pagar —respondió sin girarse, su mirada perdida en la distancia, percatándose por primera vez de que hubiese deseado muchos hijos para arrullarles mientras le cantaba alguna canción de cuna.

—¡Es cierto! Lo había olvidado, disculpe mi ignorancia, su mundo es muy complicado, no debe arriesgarse, debe ser un dolor muy grande tener que entregar a un hijo amado.

—Moriría, Sarah, no sobreviviría a algo así. Debo conformarme con todos mis ahijados. A pesar de todo, soy feliz aquí.

—La adoran, *milady,* todos la aman, hasta los ancianos más cascarrabias del pueblo sonríen al verla pasar. — Marianne se giró sonriendo y le pasó la taza.

—Son mi familia, todos me abrieron los brazos en el momento más lúgubre de mi vida. El conde, ya sin saberlo, ha hecho mucho por mí… Me ha dado la sorpresa de saber que no estoy del todo rota, que sí puedo sentir mariposas en mi estómago y un deseo inexplicable de tocar a otra persona. Él me ha he hecho sentir por primera vez deseo. Ya con eso me siento satisfecha… y hasta feliz. —Marianne le guiñó un ojo y salió de la biblioteca hacia las caballerizas, todo debía de estar en orden para el arribo de los purasangres.

Capítulo 3

William Jefferson Claxton, duque de Ruthland, miraba impávido con sus ojos negros el gentío de personas a lo largo del muelle de Gravesend que se encontraba en la orilla opuesta del puerto de Tilbury en Londres. Hacía cinco años que estaba ausente, había embarcado hacia Estados Unidos furioso con la vida, con el mundo, pero sobre todo con su padre quien, aun después de muerto, había dispuesto de su futuro a su vil antojo.

Todavía sentía un deseo visceral de destruir todo lo que fuese legado de sus ancestros, no deseaba que hubiese más Ruthland en el mundo, por él se podían ir a la mierda sus tierras, sus riquezas, todo lo que estuviese ligado a su título nobiliario. Él se había encargado de amasar una fortuna personal mucho más cuantiosa, había sido su mayor obsesión el sentirse totalmente libre de ataduras económicas. Ya no necesitaba nada de eso, podía vivir cómodamente en cualquier parte del mundo con las ganancias de sus empresas a lo largo de la costa este de los Estados Unidos; allí solo era el señor Jefferson, un hombre de negocios.

En todos estos años se había negado a leer ninguno de los informes que recibía de su administrador, le tenía sin cuidado el ducado y todo lo que componían las vastas tierras que le habían sido heredadas, Barnaby era un administrador leal, eficiente y además un perro fiel de su difunto padre.

Se apartó impaciente el largo cabello negro de la cara y paseó la mirada con pereza por cubierta encontrándose con la sonrisa coqueta de una dama que le había provocado en toda la travesía. Claxton desvió la mirada con frialdad, él no se acostaba con ese tipo de mujer, lo de él eran las prostitutas, mujeres que sabían a lo que iban sin remilgos ni pantomimas. Gustaba de orgías, de tener de tres a cuatro mujeres en la cama dándole placer; les pagaba muy bien, con eso se sentía satisfecho.

Al igual que a muchos conocidos, le gustaba el sexo rudo sin restricciones, nunca había sido un hombre tierno, nadie le había inspirado nunca ese deseo. Se había cansado de su vida en Nueva York, necesitaba tener contacto con antiguos conocidos. Durante años tuvo cerca al duque de Grafton quien, también como él, le había tomado gusto a la libertad que se respiraba en la ciudad neoyorquina. Murray había regresado a Londres hacía un año y él se había sorprendido de la noticia de que se había casado con *lady* Katherine Richmond, una dama de la elite aristocrática.

Claxton abrió su abrigo y distraído sacó una pequeña bolsa de cuero donde llevaba sus cigarros. Sacó uno y se lo puso en la boca, mientras aseguraba nuevamente la bolsa en su bolsillo, lo encendió y dio una profunda calada. Lo más seguro recibiría la visita de los padres de su olvidada esposa. Se aseguraría fuera la última, no pensaba traer a la mujer de regreso a Londres, la había enviado a su mansión ducal, ¿qué más querían? Él no quería verle la cara nunca más. Ni a ella ni a su familia. No pensaba dejarse ver en ningún evento social, ya estaba casado y, sobre todas las cosas, se negaba a ser manipulado.

—Excelencia, los baúles ya están dispuestos para desembarcar. —Su ayudante de cámara le interrumpió.

—Irás a mi residencia, alquilaré un carruaje para los baúles. Yo iré al White, deseo tomarme una buena copa de *whisky* —respondió sin apartar la vista de la orilla del puerto. El buque se había adentrado bastante, lo que le daba una vista más clara de la gente.

—Sí, señor, lo espero en la mansión. —El hombre le hizo un gesto a los dos lacayos que le habían acompañado y se apresuró a hacer lo que el duque le había ordenado. Trabajaba con él desde que había heredado el título, los años le habían convertido en un hombre complejo, difícil de tratar. Y tenía el presentimiento de que se avecinaban problemas.

Los pasajeros comenzaron a desembarcar, sin embargo, Jefferson se mantuvo apartado disfrutando de su cigarro sin ninguna prisa, no pensaba mezclarse con el gentío, sentía la mirada de la dama sobre él, y suspiró hastiado.

Por fin la mayoría de la tripulación de pasajeros bajó, y se dispuso a bajar por la amplia rampa que conectaba al muelle. Claxton era un hombre alto, elegante, delgado, pero de músculos fibrosos. Uno de sus pasatiempos había sido pelear en un club de boxeo en el sur de Nueva York, había ganado muchos encuentros con hombres curtidos en la calle dándole mucha satisfacción a su ego. Sus botas de cuero negro de caña alta relucían mientras bajaba; ignoró los murmullos de las damas al verlo descender. Su cabello lo llevaba suelto y, aunque era muy lacio y fino, sabía que lo tenía mucho más largo de lo que dictaba en ese momento la moda en Londres.

Ya su ayudante de cámara le había sermoneado para que se lo cortara. «Yo hago lo que me apetece», pensó levantando la mano a su cochero, que le esperaba junto a su imponente carruaje que portaba el escudo que identificaba su casa aristocrática, al final de la concurrida calle.

—Excelencia —saludó el cochero haciendo una inflexión.

—Al parecer, nada ha cambiado por aquí —respondió palmeando el hombro de este, antes de subir al carruaje.

—Al club White.

—Sí, señor —respondió el cochero de inmediato, cerrando la puerta y subiéndose al pescante.

Claxton se recostó en el asiento, sintiendo una extraña sensación de que había hecho mal en regresar. Ante los ojos de la aristocracia, era un hombre casado y sabía, por rumores que le habían hecho llegar a Nueva York, que el haber enviado a su esposa a vivir fuera de Londres no había gustado a mucha gente…, en especial a la duquesa de Wessex, que era tía de su esposa. Le tenía sin cuidado lo que tuviesen que decir, él no se pensaba dejar ver por los lugares que frecuentaba la mujer. No le interesaba si era bien recibido en los salones de elite, sabía que por derecho propio no les convenía cerrarle las puertas.

«No me interesa entrar a ninguno de esos salones», pensó hastiado.

Claxton sintió las miradas de sorpresa a medida que se adentraba en el club, sabía que se veía diferente, en especial su cabello, que no se había molestado en atar. Su mirada se detuvo en una mesa al fondo de la estancia muy cerca de la barra y sonrió al reconocer a su eterno competidor, el conde de Norfolk.

—Pero miren qué reunión más interesante, hagan espacio, caballeros, que el duque de Ruthland ha llegado por una larga temporada. —Se sentó al lado de Richard, sonriendo ante la cara de consternación del conde.

—¡Maldita sea, Claxton! ¿Te le escapasteis al diablo? —soltó Richard sin ningún reparo—. Seguramente tiene trabajo allá abajo todavía para ti.

—Precisamente, Norfolk, me envió para comunicarte que tiene una buena habitación con orinal y todas las demás comodidades que te gustan esperando por ti —respondió sirviéndose una copa de *whisky* sin preocuparse de la mirada asesina de Richard.

—¿Cuándo regresaste? Pensé no tenías intenciones de dejar Nueva York —interrumpió Murray, conocía las rivalidades entre los dos hombres, lo mejor era intervenir antes de que Richard dijese algo de lo que luego se arrepintiera.

—Me aburrí…, me gustaba pensar que te tenía de vecino, Murray —contestó con una media sonrisa que solo avivó la curiosidad del grupo.

Claxton siempre había sido uno de los más rebeldes del grupo, nunca habían sabido de qué lado estaba, aparecía cuando se le necesitaba y desaparecía de la misma manera.

—Aburrido… —Richard no podía disimular su malestar, el muy infeliz le había quitado varias conquistas y se la tenía jurada.

—¡Ah! Mi querido Richard, ¿todavía estás dolido por la viuda que te tomé prestada? Deberías agradecerme, era una fucsia de lo peor —respondió girando su cabeza hacia Alexander, duque de Cleveland, que había permanecido en silencio mientras observaba al hombre que cinco años atrás se había convertido en la comidilla de todo Londres al casarse con una de las herederas más importantes del reino y al día siguiente exiliarla a vivir a su mansión en el ducado de Cornualles, mientras él continuaba con su vida de soltero, dejándose ver con amantes en los teatros más concurridos de la ciudad. La duquesa de Ruthland no había regresado a Londres.

—Me has sorprendido, Cleveland, pensé que te quedarías en tu propiedad llorando a tu esposa muerta.

— ¡Maldita sea, Claxton! —Murray lo miró indignado, sabía del mal carácter del individuo, pero no había necesidad de atacar a Alexander.

—Tranquilo, Murray, no me afectan sus palabras. Estoy felizmente casado, Claxton, y no me avergüenza decir que estoy muy enamorado de mi esposa —respondió Alexander.

Claxton le miró con curiosidad, aquel se veía relajado, tenía que admitir que tenía un brillo especial en la mirada. No pudo evitar preguntarse cómo sería tener sentimientos tan profundos hacia alguien. Él nunca había sentido apego por nadie, a excepción de un perro, que su padre se encargó de aniquilar ante sus ojos. Asintió ante las palabras de Cleveland y giró la cabeza para encontrarse con la mirada acerada de Richard.

—Murray se ha casado y Alexander también, le seguirías tú, querido Richard —dijo, mirándole con burla sobre el borde del vaso mientras tomaba otro trago.

—Lo hubiese hecho, la mujer es una belleza seductora…, pero me he tenido que conformar con solo hacer negocios con ella. —Richard ladeó la cabeza sonriendo con malicia.

—¿Qué te detiene? —Claxton entrecerró los ojos, intuyendo que había algo implícito en el comentario de Norfolk, eran rivales desde siempre y le conocía. El maldito era un enemigo para tomar en cuenta.

—Richard… —interrumpió Alexander, presintiendo por dónde iba la conversación.

—No interfieras, Cleveland —le respondió Jefferson mirando intensamente a su rival.

—Me detienes tú, Claxton, es tu esposa la que me incita a olvidarme de mi soltería —respondió sonriendo.

Claxton se recostó en la butaca sin apartar la mirada del hombre frente a él.

— ¿Dónde te has encontrado con mi esposa? —Richard no se dejó engañar con la frialdad de la pregunta, podía sentir lo tenso que se había puesto.

—Richard y yo tenemos negocios con los arrendatarios del ducado de Cornualles. *Lady* Marianne es la encargada de todo, por supuesto debemos reunirnos con la dama a diario. —Alexander interrumpió, preocupado por lo que pudiese pasar; estaban en el club y le había tomado aprecio a la dama, no deseaba que se viera envuelta en otro escándalo.

—Es un deleite recorrer los viñedos con *lady* Marianne… —continuó provocando Richard sin hacer caso de la incomodidad de sus dos amigos.

—¿Viñedos?

—La duquesa de Ruthland…, mejor dicho, "la señora", es así como le llaman los arrendatarios, es la que dirige todos los trabajos en tus tierras, Claxton. Debes sentirte muy agradecido de que mientras tú te diviertes en otro continente, sea tu adorable esposa la que se encargue de la gente bajo tu cuidado.

—¿Cuándo fue la última vez que estuviste allí? —preguntó lívido, Richard y él siempre habían chocado, suponía que era porque, al contrario de los demás, ellos abrazaban la oscuridad.

—Estuve hace un mes en Cornualles, de hecho, tuve que cabalgar por horas para poder hablar con *lady* Marianne, ella se encontraba supervisando unos arados en una nueva zona para cosechar vino. Mientras cabalgaba pude ver por qué es muy respetada, las tierras están muy bien cuidadas, la gente se ve muy satisfecha con su señora. Tu padre hizo muy buena inversión con la duquesa, tal vez lo más acertado fue el destierro, *lady* Marianne está muy por encima de muchas damas que se pasean ociosas por los salones de bailes con el solo propósito de atrapar un buen partido.

Richard no pudo evitar la cara de satisfacción al ver la palidez en el rostro de Claxton. El maldito arrogante se pensaba que su esposa estaría llorando por las esquinas y no había nada más lejos de la verdad. Si ella le hubiese alentado, tal vez se hubiera olvidado de la lealtad a la hermandad, estaba seguro de que Claxton le había hecho daño a la dama, pero eso era algo que no sabría jamás.

—Es cierto, Claxton, Richard tiene razón, la duquesa se ha labrado una reputación entre los arrendatarios y comerciantes —reafirmó Alexander, mirándole con interés, era la primera vez que veía al duque de Ruthland sin nada que decir.

Claxton no pestañeó, su mirada penetrante desafiaba a Richard. Cerró con fuerza el puño sobre su muslo.

—¿Estuviste solo con ella? —Richard sonrió malicioso ante la pregunta. «De manera que no eres tan inmune a tu esposa como deseas aparentar», pensó con satisfacción.

—Me hubiese gustado…, pero para mi sorpresa, la duquesa ha contratado escolta y esos hombres no se separan de ella, me hubiese gustado entretener a la dama. —Richard sabía que había llegado demasiado lejos, no deseaba que *lady* Marianne se buscara algún problema con el impetuoso de Claxton. El hombre era su marido y podía hacer con ella lo que le diese la gana, y ellos muy poco podrían hacer.

Claxton se inclinó hacia al frente, puso con cuidado el vaso en la pequeña mesa de madera y se giró hacia Richard.

—Tú y yo tenemos muchas historias compartidas… hemos participado en orgías, hemos compartido mujeres; sin embargo, si me llego a enterar de que le has tocado un solo cabello a mi esposa, ¡te mato, infeliz! Te corto las pelotas y se las llevo a quien tú bien sabes que, estoy seguro, estará más que feliz de tenerlas con él.

Claxton los miró furioso, levantándose, alejándose sin despedirse, hacia la salida.

—Creo que has cometido un error —dijo Murray.

—¿Por qué lo crees? —preguntó Richard poniéndose serio.

—Si él no sabía nada de lo que estaba pasando en sus tierras, le has puesto sobre aviso e irá detrás de la duquesa —contestó Murray.

—Estoy de acuerdo con Murray. Está claro que él no sabía nada, han pasado cinco años desde ese matrimonio, la dama ha hecho su vida, le has creado problemas, Richard.

—¡Maldición! No pensé en ella, y seguramente tienen razón. Lo más seguro irá a ver qué sucede en sus tierras. —Richard se recostó en la butaca, inquieto, mientras sus amigos intercambiaban miradas preocupadas. No había podido evitar provocar a Claxton, era un hombre demasiado prepotente para su gusto. —*Lady* Marianne no se lo pondrá fácil…, lo que hizo fue una canallada.

—¿Estabas interesado en la dama? —preguntó Murray sorprendido.

—Si ella me hubiese alentado… De todas maneras, es una dama casada —contestó evadiendo lo que verdaderamente había sentido por *lady* Marianne.

—Muy hermosa —aceptó Alexander—, estoy seguro de que en ese exilio hay más de lo que se cotillea, *lady* Marianne no parece extrañar Londres, la vi muy satisfecha con su vida en Cornualles.

—Estoy de acuerdo, Claxton parecía atormentado los primeros años en Nueva York; de hecho, participaba en peleas de boxeo clandestinas en las que siempre era el vencedor… Mucha rabia contenida —les contó Murray mientras se servía más *whisky*.

—Espero que no hayamos metido a la dama en algún problema, me gusta el vino, es de buena calidad —suspiró Alexander aceptando que Murray le llenara el vaso.

Por alguna extraña razón, los principales herederos de las casas aristocráticas estaban regresando a Londres y Alexander no podía dejar de sospechar de Antonella de Wessex.

Capítulo 4

Claxton tomó su abrigo y se dirigió a la salida del club con deseos de pegarle a algo o a alguien. *Lady* Marianne era una figura borrosa en sus recuerdos, se había negado a sentir lástima por la joven. Él no pensaba tener remordimientos por haberse asegurado de consumar su matrimonio como lo hizo. Ella era de su propiedad, para disponer a su antojo, y eso era lo que él había hecho. Salió a la fría tarde y disfrutó del viento frío en su rostro. Había estado a punto de agarrar a Richard por las solapas y dejarlo muerto a golpes, «maldito infeliz», pensó con ira mientras se dirigía a pasos rápidos a su carruaje.

—¿Claxton? —Phillip Carnegie, duque de York, detuvo sorpresivamente al hombre.

Claxton por primera vez en mucho tiempo sonrió, fundiéndose en un abrazo con el hombre que le había detenido.

—¿Dónde demonios has estado? Llegué a Londres hace unos días y nadie me podía decir de tu paradero —le acusó el duque de York separándose un poco para mirarle fijamente.

—Acabo de llegar de Estados Unidos… Estuve una larga temporada fuera de Londres —contestó sonriéndole a su cómplice de travesuras a lo largo de su juventud.

Phillip era el único ser al que consideraba verdaderamente un amigo.

—¿Adónde vas? —preguntó curioso Phillip.

Podía sentir la agitación de Claxton, le conocía muy bien, era el hermano que nunca había tenido. Su madre había muerto de unas fiebres cuando él apenas era un niño y su madrastra no había podido concebir hijos en el matrimonio con su padre y le había dejado a él la carga de concebir un heredero. Era precisamente esa la razón por la que había decidido regresar, debía conseguir una esposa, no podía seguir demorando la decisión.

—A mi casa, necesito poner en orden algunos asuntos.

—Pasaré mañana en la tarde…, tenemos mucho de qué hablar, mi estadía en Alemania y en Francia se alargaron más de lo que hubiese querido…

—¿Por qué no te quedas conmigo? —le invitó.

—Lo pensaré…, mi madrastra está en nuestra residencia y bien sabes que nunca llegué a aceptarla del todo —respondió mirando a su amigo con interés. Claxton había cambiado.

—Te espero —respondió pensativo.

Phillip se despidió y siguió hacia el club mientras Claxton le miraba con suspicacia. Phillip siempre había gustado de ejercitarse, pero al abrazarle había sentido muchos más músculos que en el pasado. Su cabellera rizada de color cobre, aunque la llevaba recogida al igual que la suya, estaba más larga que lo permitido. «A mí no me engañas, estabas con Wellington en alguna misión secreta», meditó mientras sacaba su pequeña alforja de cuero con sus cigarros, necesitaba relajarse.

El cochero ya le tenía la puerta abierta, se subió y a su mente vino la imagen de su esposa el día de su matrimonio. Le había visto solo una vez antes de la ceremonia, le había parecido una joven hermosa, pero sin ninguna gracia… a excepción del glorioso cabello que prácticamente le llegaba a la cintura. «Recuerdo una cascada de rizos dorados, una cabellera gloriosa», recordó dando una calada al cigarro. Su penetrante mirada negra se distrajo con el escaso paisaje que se divisaba por la ventanilla. No podía dejar de pensar en las palabras de Richard, no había podido refutar nada de lo que él había dicho, no se había tomado la molestia de leer los informes del señor Barnaby, tendría que hacerle llamar de inmediato. No había tenido ninguna intención de regresar a Gloucestershire, lo que le dijo a su esposa la última vez que le vio era cierto, no deseaba volver a verle hasta el día de su funeral.

Claxton había dormido en la butaca de la biblioteca, había bebido hasta emborracharse, la casa se sentía pesada, lúgubre como si las paredes le estuviesen recriminando su comportamiento la última vez que había estado allí. Antes de embarcarse no había querido regresar, su ayudante de cámara y tres lacayos se habían encargado de llevarle todo su equipaje al puerto. La servidumbre lo trataba con frialdad…, incluyendo a Giles, el mayordomo. Decidió asearse y salir de la mansión sin hacer ningún tipo de comentario, tenía retazos de memorias de esa noche. Se sentía incómodo, al parecer, todavía William Claxton, duque de Ruthland, tenía un poco de conciencia. «Fui un cobarde», pensó mientras entraba al elegante edificio para entrevistarse con su administrador.

—Excelencia, es mejor que tome asiento, tendremos que discutir varios asuntos de suma importancia; de haber sabido de su regreso, hubiese ido a visitarle de inmediato. —Barnaby había estado administrando todo su patrimonio desde la muerte de su padre, él se había desecho del administrador anterior, había querido alguien que no hubiese tenido ningún tipo de lealtad hacia su padre.

Barnaby había sido recomendado por varios de sus conocidos.

—Me urgía la veracidad de cierta información que me acabo de enterar —respondió tomando asiento frente al escritorio de la lujosa oficina del hombre. Barnaby llevaba la contabilidad de varios amigos, entre ellos, el duque de Marborough.

—Es una extraña coincidencia que el administrador del ducado se haya reunido precisamente hace unos días aquí en mi oficina… Debo ser honesto, *milord,* me tomé la libertad de exigirle al hombre explicaciones de ciertos negocios que, aunque estaban dando magníficos dividendos, no tenía muy claro cómo aparecían en el libro.

—¿Magníficos dividendos?

—Le envié a su oficina en Nueva York varios documentos haciéndole hincapié en que había una sustancial ganancia debido a la venta de vinos…

—No leí nada de lo que me envió… nada que esté adscrito a mi título nobiliario me interesa —respondió acerado.

El señor Barnaby se sentó rígido en la silla de su escritorio, le habían llegado comentarios de quien estaba sentado frente a él, a través de los años. La mayoría de ellos no eran buenos, lo describían como un hombre violento, prepotente, muy dado a saltarse todas las reglas del bien estar. Pero su trabajo consistía en cuidar los libros de contabilidad de muchos aristócratas y burgueses. A medida que pasaban los años, eran más los nobles que preferían delegar la responsabilidad en una oficina como la suya. El duque de Ruthland pagaba muy bien por sus servicios.

´ —*Milord,* sus tierras cuentan con dos libros de contabilidad… Como le informé, me reuní con el señor Jones, quien lleva la contabilidad en Gloucestershire, él es muy bueno en su trabajo.

—¿Por qué dos libros? —Claxton se inclinó hacia el frente mirándole amenazante, sus ojos negros refulgían de rabia contenida.

—Al parecer, la duquesa tomó las riendas del ducado… Ella vio necesario agregar un segundo libro donde se incluyeran todos los negocios que ella hace a favor de los campesinos. *Lady* Marianne ha utilizado tierras que estaban sin arrendar y las ha convertido en viñedos que están dándole cuantiosas ganancias al ducado…

—¿Me pagan por el uso de esas tierras? —Claxton no daba crédito a lo que escuchaba, al parecer, su esposa se había convertido en una capataz.

—Debo ser franco, fue precisamente porque entendí que el pago era excesivo que envié por el señor Jones… Al parecer, la duquesa no desea ningún problema con usted y prefiere pagar un poco más de lo que sería lo justo. —Barnaby se limpió la frente con un pañuelo, le incomodaba la situación, no había que ser muy inteligente para saber que ese matrimonio era una farsa.

—Déjeme ver si entendí lo que usted me está informando. Mi esposa, la duquesa de Ruthland, ha dispuesto de unas tierras que estaban sin arrendar, las ha utilizado para cosechar uvas y se me está pagando por el uso de esas tierras.

—También hay un porcentaje por la venta de barriles de vino, *milord,* y debo señalar que la duquesa es muy buena, las ganancias son considerables, su patrimonio se ha triplicado en los últimos cuatro años —le aclaró el administrador.

Claxton se levantó tenso de la butaca y se dirigió a la única ventana de la estancia, las oficinas del contable estaban ubicadas en la calle de St. James Square, muy cerca de Hyde Park. Se concentró en el traqueteo de los carruajes a lo largo de la transitada calle mientras intentaba poner en orden sus pensamientos.

Marianne Ruthland estaba haciendo emerger el demonio que habitaba dentro de su cuerpo, por alguna extraña razón había pensado en ella revolcándose de angustia al no poder participar de los eventos sociales a los cuales tenía derecho. Ahora que lo pensaba, jamás había recibido ninguna carta de ella pidiendo clemencia, había estado tan concentrado en su propia angustia que nunca se había puesto a pensar en la esposa que había dejado atrás..., solo aparecía en sueños en los que solo podía ver su esplendorosa cabellera; era extraño, pero ese glorioso cabello se había quedado grabado en su subconsciente.

—Además, *milord,* hay otro asunto que debo informarle... —carraspeó Barnaby al verle rígido mirando por la ventana. El silencio del duque le preocupaba, el señor Jones le había contado maravillas de la dama y no quería que el duque se volviera un problema. Aunque no conocía a la mujer, le tenía admiración. Los números no mentían, era una mujer brillante, algo muy poco usual dentro de la aristocracia. Aunque él no podía pasearse por esos círculos, había conocido una que otra dama y la mayoría eran mujeres sin más ambición que la de casarse con un buen candidato que les mantuviera.

—Le escucho —respondió acerado sin girarse.

—La duquesa jamás ha tocado su asignación..., al parecer, al comienzo de su matrimonio le confió al señor Jones la venta de sus joyas y con ese dinero se ha mantenido…, aunque el administrador me confió que la cantidad casi está intacta.

—¿En qué se utilizan las ganancias de esos viñedos? —preguntó girándose, enfrentando al administrador, que desvió la mirada hacia los documentos que tenía sobre el escritorio.

—Se utiliza una parte para mejoras a lo largo de las tierras… por lo que puedo ver, no se utilizan las ganancias avenidas por los arrendatarios. La compra de purasangres se saca de la ganancia de los viñedos.

—¿No se ha gastado en ajuar?

—No, su gracia, le repito que su asignación está sin tocar en el banco, nunca la duquesa ha enviado a Jones por ella, precisamente el dirigente del banco me envió una carta, expresando su preocupación por los depósitos que no eran reclamados.

—¿Dónde están los libros? —preguntó mirando el escritorio del señor Barnaby.

—De regreso a Gloucestershire… El señor Jones se regresó con ellos, no vi la necesidad de quedármelos, después de la explicación que me dio sobre todas mis dudas.

—¿Algo más? —preguntó con frialdad. Si algo había aprendido a través de los años era que los conflictos interiores había que dejarlos fluir solo en la intimidad, el señor Barnaby no tenía por qué saber que estaba por completo sorprendido con lo que le estaba informando.

—No, *milord.*

—Quiero ver la cantidad de dinero —exigió.

—Aquí la tiene, *milord,* esta es la cuenta donde está el dinero de los terrenos que la duquesa administra junto al capataz.

El duque se acercó, tomando el papel en sus manos, dejó escapar una maldición al ver la cifra que estaba escrita, ¿quién demonios heredaría todo ese dinero? Él esperaba que todo se fuese a la ruina, que solo quedara el título.

—*Milord,* su ducado es uno de los más privilegiados, debe sentirse muy satisfecho —le felicitó el administrador sin percatarse del malestar que sus palabras causaban en el duque.

Claxton continuaba mirando las cifras sin comprender lo que había ocurrido; al parecer, mientras él estaba en América, su esposa se había mantenido muy ocupada. Dejó caer los papeles sin ceremonia sobre el escritorio y salió sin despedirse, le hizo un ademán al cochero y continuó caminado calle abajo, ignorando las miradas curiosas a su paso.

El duque de Ruthland era un hombre con una presencia misteriosa, sus botas de caña negras relucían, su casaca a medida de color azul oscuro contrastaba con su piel, iba resuelto y sin ninguna dificultad. Llegó a Covent Garden, sin dilación entró a la casa de moda de *madame* Coquet, donde había dejado una cuenta abierta para su esposa cinco años atrás. Aunque no había tenido intenciones de verla nunca más, sí se había preocupado de que tuviese todas las comodidades que le pertenecían por derecho. Le había enviado lejos de Londres, pero había pensado que ella participaría de los eventos sociales de la aristocracia rural.

—Bienvenido, excelencia. —Se acercó rápidamente la modista.

—Me gustaría saber si la cuenta de la duquesa de Ruthland ha sido utilizada —preguntó sin andarse por las ramas, la mirada confundida de la mujer le confirmó sus sospechas.

—Jamás ha sido utilizada, *milord*. La duquesa nunca ha enviado a hacer un vestido —respondió la mujer.

—Pensé que podía haber enviado a cualquiera a comprar algunos vestidos.

—*Lady* Marianne gustaba de escoger ella misma las telas de sus vestidos, le recuerdo, *milord,* que yo confeccionaba todo lo que la dama lucía.

Claxton asintió mirando el taller con interés, había varias damas observándole con disimulo, lo mejor sería no dejar ver lo poco que sabía de su esposa.

—Me gustaría que le diera mis saludos a *lady* Marianne, me daría mucho gusto poder confeccionar de nuevo algunos vestidos para ella, es una mujer con una figura envidiable. —*Madame* Coquet había escuchado los rumores del matrimonio de los duques de Ruthland, la dama no había sido vista por casi cinco años en los salones de Londres, y el que su marido viniese a su taller de moda a investigar sobre su cuenta, solo le afirmaba que los rumores eran ciertos: el duque se había desecho de su esposa enviándole lejos, hecho que era muy común entre los hombres de la aristocracia.

Se sentía asqueada con que una joven como *lady* Marianne hubiese tenido esa suerte, la recordaba con una elegancia natural, una dama que se hacía notar. Ella misma había diseñado su traje de presentación en sociedad y había sido uno de sus más comentados diseños, había sido muy aclamado.

Claxton asintió y se marchó sin añadir nada más, su presencia en la casa de moda de *madame* ya sería motivo de cotilleo en los salones de té. Pero no había podido resistir tener la confirmación de la modista. Dio gracias de que su cochero ya le estaba esperando, necesitaba llegar a la mansión, la noche anterior había subido a sus aposentos casi al amanecer, necesitaba descansar algunas horas.

Le había inquietado la mirada de Richard... le conocía bien, sabía que a pesar de mantenerse apartado de los círculos sociales era un hombre de honor, no se atrevería a yacer en el lecho con la esposa de un miembro de la hermandad, pero debía ser justo, *lady* Marianne era su esposa solo de nombre, y en su mundo se estilaba tener un amante, no tenía moral para castigar a su esposa si hubiese tomado un amante... Lo que le hervía la sangre era que fuese Richard, un hombre que bien sabía él era un dios en las artes amatorias, pocos podían igualarle.

«¡Maldición! Y a mí qué me importa», se regañó reclinando la cabeza en el sillón, tendría que enfrentarse a su esposa, algo que no había estado en sus planes cuando tomó la decisión de regresar a Londres, pero maldita fuese su suerte si era la amante de Richard porque tendría que dejarle de inmediato, no le permitiría hacerle un cornudo con su rival de toda la vida.

El carruaje se detuvo frente a los portones de una hermosa mansión georgina, Claxton miró asqueado el portón de hierro, era una de las casas más grandes de la calle. Observó el final de la concurrida acera y sonrió al recordar que la mansión de Richard estaba a pocas cuadras de la suya, le haría una visita, no se le iba a escapar el infeliz. Continuó adentrándose por el portón y para su sorpresa Giles, el mayordomo, le estaba esperando en la entrada.

—Excelencia, su gracia, el duque de York, le está esperando en la biblioteca —anunció recibiendo el abrigo.

—Asegúrate de que no nos molesten, Giles. Infórmale a mi ayudante de cámara que saldremos al amanecer... Viajaré a Gloucestershire.

—De inmediato, excelencia —asintió haciendo una reverencia.

Claxton se encaminó a la biblioteca, aplazando la visita que deseaba hacer al cuarto de la duquesa de Ruthland, recordaba que no había querido llevar a la joven a su habitación, la había arrastrado enfurecido envuelto en una incontrolable furia a la que había sido la habitación de su madre hasta el día de su muerte.

Desde que había desembarcado, la presencia de su mujer se hacía exasperante, «maldita mujer, me ha puesto en evidencia ante todo Londres», meditó sin saber a ciencia cierta por qué le molestaba ese hecho cuando él se había paseado por toda la ciudad con su amante de turno antes de emprender el viaje hacia los Estados Unidos.

—Espero que hayas venido para quedarte una temporada —le salió al paso Claxton saludando al duque de York, que estaba cómodamente sentado al lado de la chimenea disfrutando de una copa de coñac.

—Te tomo la palabra, no tengo deseos de enfrentar a mi madrastra, está últimamente muy extraña, tengo la sospecha de que me está ocultando algo.

—¿Qué quieres decir? —preguntó intrigado dirigiéndose al aparador para servirse un generoso vaso de *whisky*.

—Sabes que mi padre y ella estuvieron separados por muchos años… —dijo meditabundo mirando su copa.

—Por lo menos los tuyos estaban separados… En mi caso, ambos vivieron para hacer de mi vida un infierno —respondió sentándose en la butaca que estaba frente a su amigo.

—Cuéntame lo que pasó, Claxton. Cuando regresé de Francia ya te habías marchado a América y habías dejado a Londres hablando en todos los salones de lo que le había acontecido en la Abadía de Westminster. —Los ojos verdes de Phillip le miraron con burla.

—El maldito me había concertado un matrimonio casi desde la cuna. En la lectura del testamento casi golpeo al abogado cuando me leyó todas las disposiciones de mi padre para poder obtener el título. Casi pierdo la cordura al verme obligado a casarme con una mujer que ni siquiera había visto nunca.

—Es algo normal.

—¡Lo sé, Phillip!, pero supongo que esperé un milagro que nunca llegó. No fuiste el único que fue casi torturado por sus padres…, creo que Murray lo pasó mucho peor —le recordó.

—Cierto, a Grafton le salvó muchas veces Richard. A pesar de que siempre hemos sido rivales, tengo que aceptar que Norfolk es un hombre de honor. Las estipulaciones del testamento sacaron lo peor de mí, consumé el matrimonio y la envié a Badminton House… No he tenido comunicación con ella desde entonces.

—¿Qué pasó, Claxton? Te conozco, y cuando desvías la mirada estás ocultando información —lo enfrentó Phillip.

Claxton le miró sopesando lo que diría, ni siquiera lo había aceptado para sí mismo.

—La tomé a la fuerza —respondió con frialdad sin inmutarse por el jadeo de sorpresa de Phillip. Al fin lo había aceptado en voz alta, por fin se había atrevido a recordar lo que había hecho aquella noche en la habitación que por derecho pertenecía a la duquesa de Ruthland.

Phillip se puso de pie, dándole la espalda. Claxton era para él casi un hermano, habían cometido muchas locuras juntos, sabía de su carácter impetuoso, pero jamás lo hubiese creído capaz de semejante canallada.

—¿Cómo pudiste? —preguntó girándose, mirándole acusador.

—No lo sé… Recuerdo haber fumado una buena cantidad de opio, estaba desesperado, llegué a la iglesia completamente drogado. Recuerdo haberla sacado a rastras de la iglesia y traerla aquí. La sometí, Phillip, fui implacable. —Se incorporó en su butaca escondiendo la cara en sus manos.

—Debe odiarte… —respondió horrorizado.

—Debería…

—Entonces, lo que se rumora de tus pantalones llenos de sangre… —Phillip se mantenía lívido, no podía creer lo que su amigo había hecho.

—No lo sé, Phillip, de esa parte no me recuerdo, amanecí en el lecho de tres mujerzuelas de Covent Garden. Una de ellas me consiguió un carruaje de alquiler y salí del hostal en calzones, mis pantalones no estaban, cinco días después partí rumbo a América, donde he vivido los últimos cinco años.

—¿Qué piensas hacer?

—Me acabo de enterar de que mi esposa administra Gloucestershire, las sumas de dinero que generan los viñedos son impresionantes.

—Al parecer, no le importa el exilio.

—No.

—¿Irás a Badminton House?

—Tú vendrás conmigo —le dijo decidido.

—No creo que sea prudente…. —respondió dudoso.

—Me importa poco lo que mi queridísima esposa piense, no logro sentirla como mi esposa, hay algo dentro de mí que la ha rechazado desde el primer instante —admitió mirando fijamente a su amigo.

—¿Cuándo partiremos? —preguntó Phillip cruzando sus botas una sobre la otra poniéndose más cómodo en la butaca.

—Mañana al amanecer. Pero antes de partir debo hacer una visita —anunció pasándose la mano por el negro cabello con impaciencia.

—¿A quién? —preguntó Phillip con curiosidad.

—A Richard, tengo la impresión de que ha estado más cerca de mi esposa de lo que estuvo dispuesto admitir ayer en el club, necesito estar seguro de que no han sido amantes.

—Richard no se atrevería. Por más rivalidad…, es un hombre de honor —le defendió Phillip.

—Lo sé, pero tengo una corazonada de que hay algo más y voy a averiguarlo —respondió dejando a Phillip sorprendido.

Claxton había compartido varias amantes con Norfolk, era conocimiento de muchos que gustaban del mismo tipo de mujer, sumisas y fáciles de manejar, pero Claxton jamás se hubiese enfrentado al conde si no sintiese algún sentimiento por la dama aun siendo esta su esposa, cada vez más sentía que en esta historia había algo más que su amigo se estaba callando.

Capítulo 5

—**M**ilord —Richard miró con extrañeza la tarjeta en la pequeña bandeja de plata que le ofrecía el mayordomo, era tarde para visitas, había decidido quedarse a descansar y poner sus pensamientos en orden, últimamente se sentía apático, sin ganas de socializar en el club privado Venus del cual era socio junto con su amigo Peregrine, el duque de Marborough.

Levantó la tarjeta y frunció el ceño al ver de quién se trataba, «¿qué demonios querrá?», pensó contrariado.

—Hazlo pasar —ordenó sentándose en la silla de su escritorio, recostándose pensativo mientras esperaba a su inesperada visita.

—El duque de Ruthland —anunció el mayordomo dejando pasar a Claxton a la biblioteca.

—Adelante, Claxton —dijo Richard mirándole con interés, los años en América le habían sentado bien al desagraciado, al parecer, se había estado ejercitando diariamente—. ¿Un vaso de *whisky*? —ofreció señalándole la butaca frente al escritorio.

—No, lo que vengo a hablar contigo, Norfolk, es breve, salgo al amanecer para Gloucestershire —respondió tomando asiento sin apartar la mirada de Richard.

—No deberías precipitarte… —Richard no pudo evitar advertirle.

—No es tu problema lo que haga con mi vida —le interrumpió altanero.

—¿Qué quieres, Claxton? A pesar de que ambos pertenecemos a la hermandad creada en Oxford…, lo cierto es que siempre hemos estado enfrentados. —Richard estaba cansado de disimular su antagonismo hacia el carácter del hombre.

—¿Eres amante de mi esposa? —preguntó Claxton como si estuviese hablando del clima.

Richard ocultó la sorpresa que le había causado la pregunta tan directa, no era mal visto que mujeres en la posición en la que se encontraba *lady* Marianne optaran por tener compañía; sin embargo, había una razón de peso que estaba seguro era lo que había mantenido a la dama lejos de dicha tentación, un heredero: *lady* Marianne no podía tomarse el riesgo de quedar embarazada, sería repudiada de manera irrevocable arrojándola a una vida miserable junto al bastardo.

Richard se levantó y se acercó al aparador de los licores. Pensativo, se sirvió una copa de brandy mientras ganaba un poco de tiempo, no quería perjudicar a *lady* Marianne, pero no había que ser muy inteligente para darse cuenta de que ese matrimonio era una farsa.

—*Lady* Marianne es una dama, Claxton…, una mujer con mucha clase, si ella me hubiese dado algún motivo para que yo pensara en ella como una posible amante, no lo hubiese rechazado, es una mujer exquisita —respondió girándose, encontrándose con su mirada.

—Es mi esposa… —le recordó cerrando el puño con fuerza sobre su pierna.

—Toda la aristocracia sabe que fue un matrimonio concertado desde la cuna, por eso nadie te cuestionaría la decisión de haberla enviado fuera de Londres. La dama tiene derecho de manera discreta a hacer lo que le plazca —dijo estudiando el rostro del hombre.

Habría jurado que Claxton no tenía sentimiento alguno por *lady* Marianne, pero al parecer estaba equivocado. En ese momento dio gracias al cielo por no haber presionado a la dama para tener una relación más íntima, conocía el carácter de Claxton y ella hubiese sido la más perjudicada, le había tomado cariño y no deseaba que viviera ningún agravio.

—Eso lo veremos… —dijo tenso al saber que Richard tenía razón, lo más natural hubiese sido que buscara compañía dentro de la aristocracia rural.

—Cuidado, Claxton, siempre has sido un hombre impetuoso… y puede que la mujer que se casó contigo en la Abadía de Westminster ya no exista. —Richard se tomó un trago de brandy. «Te veo de rodillas, infeliz», pensó sonriéndole burlón.

—Es mi esposa, Norfolk, para hacer con ella lo que me plazca, no te quiero cerca de ella…, y eso incluye el hacer negocios —le advirtió sin ocultar su malestar. Le tenía sin cuidado lo que pudiese pensar Richard.

—¿Te sientes inseguro? —preguntó colocando la copa sobre el escritorio, cruzando las manos en el pecho, disfrutando la tensión que se podía palpar en el aire.

—Me tiene sin cuidado lo que puedas pensar, te lo advierto, Norfolk, te quiero lejos de mi esposa. —Claxton se levantó mirándole con furia contenida, por alguna extraña razón el imaginar a Richard con su mujer le revolvía el estómago.

—Hemos compartido amantes…, de hecho, hemos estado juntos en orgías, Claxton, no entiendo esa actitud posesiva hacia una mujer que no has visto en cinco años y a la que jamás le has prestado la mínima atención —respondió provocándole.

—Mantente apartado, Norfolk... —le advirtió nuevamente acercándose, ambos eran hombres altos, por lo que se miraron con intensidad. Richard, negándose a que Claxton se saliera con la suya y Claxton, dejándole ver que estaba hablando muy en serio.

—¿Y si no quiero? *Lady* Marianne es una buena amiga, es una mujer muy inteligente, me gusta conversar con ella —respondió negándose a dejarse intimidar, no pensaba dejar de hacer negocios con la dama y mucho menos privarse de su compañía cuando tuviese la oportunidad de reunirse nuevamente con ella.

—Te lo advierto…, me conoces muy bien y sabes que yo no advierto en balde.

Claxton no esperó respuesta, salió de la lujosa biblioteca hecho una furia, había tenido que hacer un gran esfuerzo para no golpearle. A pesar de que Richard negaba ser amante de su esposa, esa espina ya la tenía clavada. No pudo dejar de notar el brillo de deseo en la mirada del hombre al hablar de su esposa, tal vez no hubiesen sido amantes, pero de que le gustaba no tenía duda.

Desde que había desembarcado no había tenido ni un momento de tranquilidad, Richard tenía razón, no había explicación razonable para ese sentimiento de posesión que sentía hacia su esposa, era una total desconocida y sería hipócrita de su parte no aceptar que en todos esos años lejos de Londres, casi no había pensado en ella.

Sin embargo, ahora ocupaba toda su atención, los informes presentados por el señor Barnaby le habían dejado abrumado. Tal vez lo que había golpeado su ego fuera que ella había construido una nueva vida sin contar para nada con él, y no podía reclamarle nada en absoluto, él había tenido toda la intención de mantenerse alejado.

Se puso el abrigo que le tendió ceremoniosamente el mayordomo, dejó los guantes de cuero en el bolsillo y salió en busca de su carruaje. Phillip se había ido a despedir de su madrastra, esperaba partir lo antes posible, tenía necesidad de encarar a su esposa, pedir explicaciones, aunque no las mereciera tenía por derecho ordenar y ser obedecido, y su flamante esposa no sería la excepción.

Se bajó deprisa del carruaje y sin prestar atención al lacayo que le abrió la puerta, siguió hacia la entrada de su mansión. Las pocas horas que faltaban para amanecer las pasaría en la biblioteca a solas; sin embargo, justo cuando pasaba frente a las elegantes escalinatas, una fuerza poderosa lo instó a subir. Como si estuviese poseído por un hechizo, sus piernas se dirigieron con decisión propia a la habitación que había sido testigo de su vileza.

Se detuvo inseguro frente a la puerta, bien sabía Dios que William Claxton, duque de Ruthland, no tenía conciencia, pero una punzada traicionera lo pinchaba en el pecho cada vez que recordaba los gritos de su joven esposa. Mantuvo fuertemente agarrada la cerradura de la puerta, indeciso a enfrentar los recuerdos de esa noche. Los demonios se reían de él, los escuchaba, «malditos», pensó abriendo la puerta.

La habitación tenía las lámparas de gas encendidas, no había signos de su esposa en aquella habitación, más bien, seguía estando igual a cómo su madre la dejó. Su mirada se detuvo en el tocador y se acercó más al ver objetos tirados sobre él. Reconoció de inmediato el anillo que había elegido para su esposa, era el anillo que habían utilizado por generaciones las duquesas de Ruthland, lo levantó mirándole con el ceño fruncido.

Su esposa había dejado la mansión al día siguiente de la boda, el anillo había sido dejado al descuido sobre el aparador, sacó la alforja de sus cigarros y puso el anillo dentro. Su esposa se había divorciado y él ni siquiera lo sabía, ella se había ido de Londres renegando del matrimonio. Se dispuso a salir de aquellos aposentos que le ocasionaban una extraña sensación de angustia, cuando su mirada se tropezó con una butaca, sobre esta había una larga trenza cobriza y su corazón dejó por un instante de latir.

Un frío intenso recorrió su espalda al presentir a quién pertenecía aquella trenza. Se acercó horrorizado, su mano tembló al levantarla, supo que esa noche había cometido un sacrilegio. A su mente regresaron sus palabras dichas por la ira y la impotencia. «Cortó su cabello», pensó antes de abandonar la habitación con la trenza en las manos rumbo a su propia habitación con su mente en un caos de emociones nunca antes sentidas.

***

Phillip acomodó sus largas piernas en el amplio faetón con el escudo de los Ruthland, se había sorprendido de los cuatro carruajes que su amigo había dispuesto para viajar, al parecer, pasarían una larga temporada en Gloucestershire.

—Por la cantidad de equipaje, estaremos mucho tiempo fuera de Londres.

—Llevo unas barricadas de licor que traje de América. En la mansión tengo un sótano convenientemente aclimatado para preservar en buen estado el licor. El tiempo que estaré en Gloucestershire solo dependerá de mi queridísima esposa —respondió sacando un cigarro de la alforja que llevaba en la casaca.

Lo prendió dándole una profunda calada, no había podido dormir, su descubrimiento lo había mantenido despierto, había sostenido la larga trenza entre sus manos hasta que la luz de la mañana había entrado a su habitación. En ese momento fue más angustioso porque con la luz pudo distinguir con claridad el hermoso color de cabello de su esposa, cabello de cortesana, hermoso, hecho para hechizar y esclavizar a un caballero.

—Estuve conversando con mi madrastra anoche, sabes que es amiga de la marquesa de Kent, vuestra suegra. —Phillip interrumpió los pensamientos de su amigo. Desde que se habían reunido en la biblioteca para emprender el viaje, le había notado ausente, retraído en sus pensamientos.

—¿Te mencionó algo? —preguntó con interés.

—Al parecer, *lady* Marianne nunca ha contestado ninguna de sus cartas, y mucho menos le ha invitado a ella o a sus hermanas a visitarle. Aparentemente, tu esposa ha decidido no tener ninguna comunicación con su familia.

Claxton entrecerró los ojos. Él le había enviado a su mansión campestre, pero nunca le hubiese prohibido ver a su familia, no entendía qué era lo que en realidad pasaba.

—Nunca le hubiese prohibido ver a su familia…, de hecho, estaba seguro de que ella participaría de la nobleza rural, pero parece que tampoco la frecuenta.

—La duquesa de Wessex es la única que se ha entrevistado en los últimos años con *lady* Marianne, mi madrastra me aseguró que cuando se pone el tema de *lady* Marianne ella se mantiene en silencio negándose a hablar de la dama.

—La duquesa de Wessex es su tía…

—Exacto, ¿no te parece extraño que no permita que nadie la visite?

—No la conozco, Phillip, no sé nada de ella, a excepción de su nombre. —«Y una cabellera gloriosa», pensó mientras se recostaba en el cómodo asiento del faetón, les quedaba un largo camino por delante.

Y las palabras de su amigo solo aumentaban su curiosidad, ¿quién era en realidad su esposa?, ¿por qué se había conformado con tan poco? El saber que en todos estos años no había tocado ni una libra de su asignación le causaba cierto malestar…, al confesar en voz alta su canallada, se había visto obligado a pensar en el daño que pudo haberle causado a la joven. «Maldición, soy un hombre grande, varias prostitutas se habían quejado», pensó preocupado, debía de haberle hecho mucho daño.

—¿Qué piensas?

—En esa noche, Phillip, yo no la preparé y…

—Olvídalo, yo también lo pensé, te olvidas de que eras el terror de los más jóvenes en el internado —le recordó.

—En esa época estaba experimentando, prefiero las mujeres, Phillip.

—Me alegra saberlo, no lo tomes a mal, pero a mí me gusta sentir curvas y pechos generosos —respondió burlón—. Dime qué es lo que sucede con Richard.

—Olvídalo.

—¿Piensas que son amantes?

—No lo son…, pero el saber que Richard conoce a mi esposa más que yo me mortifica —respondió tenso tomando otra calada de cigarro.

—Richard tiene unas preferencias en la intimidad que ninguna dama inexperta puede satisfacer —le recordó Phillip.

Claxton asintió, eso era precisamente lo que lo tranquilizaba: tener una amante como *lady* Marianne no era el estilo de Richard, pero siendo honesto consigo mismo, los años y la experiencia te van cambiando y eso podría haberle pasado a Norfolk, él lo había notado diferente.

—Esperemos a llegar a Badminton House, te confieso que hasta yo estoy intrigado por conocer a la dama —le confesó Phillip sacando también una alforja de cuero de su casaca; pero, al contrario de Claxton, el elegante y frío duque de York sacó un pequeño cigarro de sativa, lo encendió y le dio una profunda calada haciendo reír a su amigo.

—Eres un vil hipócrita, Phillip.

—Ya no fumo como antes…, pero si me voy a meter basura al cuerpo, que sea algo que me dé placer —respondió sonriendo, pasándole el pitillo a Claxton, que lo aceptó encantado.

Capítulo 6

Sara terminó con pesar la tarea de cortar el cabello de su señora, todos esos años se había lamentado en silencio del sacrilegio de cortar tan hermoso cabello, la textura era de seda y el color caoba de su cabello era indefinido, Sarah juraba que tenía más de tres tonalidades diferentes. Pero se lo había prometido y religiosamente sin rechistar lo cortaba dejando su cuello libre con todos los rizos apuntando a todas partes.

—Bien. —Sonrió satisfecha mirando su reflejo en el espejo ovalado sobre el tocador—. Sarah, recuerda que estaré a lo sumo tres días fuera, quiero llegar a los límites de la propiedad por el sur, tengo que estar segura de que no habrá problemas durante los meses más fríos, sería arriesgado cabalgar hasta esa colindancia cuando la nieve obstruya la mayoría de los caminos a su paso. Hay varias mujeres ancianas que se niegan a abandonar sus casas.

—Usted no se detiene, le enviaron varias invitaciones, una de ellas es una velada musical —le informó Sarah limpiando el cabello que había caído en el suelo.

—Da las gracias como de costumbre y declina la invitación —respondió sonriendo, sabiendo que a su doncella le molestaba su renuencia a participar de cualquier evento donde tuviese que utilizar su título nobiliario.

—Señora, ¿no le da deseos de ponerse alguno de esos vestidos que guarda en el vestidor? —preguntó alentándola a disfrutar de alguna de las tantas invitaciones que le llegaban durante el año.

—Seguramente están pasados de moda, Sarah, han transcurrido cinco años desde que me puse uno de ellos —respondió sonriendo.

—A mí no me engaña, lo que usted tiene es miedo —dijo con confianza.

—Puede ser… no me gustaría que ningún hombre me tocara mientras bailamos, me sentiría incómoda —admitió sincera.

—Es una pena que no haya alentado al conde de Norfolk —insistió la joven.

Marianne suspiró y se levantó de la silla del tocador, había pensado en el conde, no podía negar que se había sentido atraída por su personalidad, pero no deseaba más problemas en su vida, se sentía cómoda como estaba. Tal vez fuese cobarde, pero el solo pensar que pudiesen lastimarla nuevamente le hacía mantenerse en las sombras.

—Olvídalo, Sarah, tú bien sabes cómo es el duque de Ruthland, no quiero que ese hombre tenga ninguna excusa para venir por mí. Frecuentar a la nobleza rural o frecuentar un amante puede ser motivo para atraer a la fiera; además, el conde de Norfolk es un caballero que podría llegar a enamorarme… Nunca lo he estado antes, sería horrible amarlo sin poder nunca ser otra cosa que su amante. —Su mirada se entristeció ante el pensamiento.

—Es cierto, señora, no lo había pensado… El conde es un hombre de muy buena presencia —aceptó inconforme, ella deseaba que su señora fuese feliz así fuese con un amante a escondidas.

—Fausto debe estar esperando, recuerda enviar la alforja con las monedas al párroco para arreglar el tejado de la capilla. —Marianne se colocó el pañuelo sobre sus bucles y agarró distraídamente su abrigo de oveja que le habían hecho varias de las mujeres del pueblo. Le tenía mucho afecto al singular abrigo. Salió de la habitación seguida por Sarah, que no le perdía el rastro mientras estaba en la mansión.

—Fausto está enamorado de usted —le dijo mientras bajaban las estrechas escalinatas que llevaban a la cocina, Marianne nunca utilizaba las elegantes escalinatas curveadas que comunicaban los tres pisos que componían Badminton House. Según había sabido, el fallecido duque había renovado la mansión, el arquitecto William Kent se había encargado del trabajo, haciendo las ampliaciones al estilo palladiano. Debía admitir que era hermosa, aunque ella no utilizara nada dentro de ella.

—Eso no es cierto, Sarah —respondió sin girarse a mirarla. No pensaba aceptar que se había dado de cuenta del interés del capataz, Sarah no la dejaría en paz, estaba obsesionada con buscarle compañía, su doncella y amiga no entendía que en su posición social tener un amante podría traerle más fatalidad que alegrías—. Fausto me ha mostrado todos estos años lealtad y respeto, además de enseñarme a manejar un arma —replicó entrando en la cocina. Levantó su mano dándole la señal a la doncella de que callara; la cocinera y tres doncellas estaban amasando pan.

—Señora, Fausto la espera en las caballerizas —le dijo la doncella más joven.

—El capataz se llevó los víveres para los dos días que estará fuera, mi señora. —La cocinera, una mujer alta con caderas redondeas, se acercó.

—Señora, el ama de llaves la estaba buscando, al parecer, necesitamos dos doncellas más…, esta casa es inmensa.

—Dígale que el herrero tiene dos hijas que podrían hacer buen trabajo, que las haga traer —ordenó girándose hacia su doncella personal—. Sarah, encárgate de mi correo, estoy esperando carta del duque de Marborough.

—Sí, señora.

Sarah la siguió con su mirada, el pañuelo se había deslizado hacia abajo dejando el cabello a la vista. No sabía por qué, pero toda la mañana había sentido una extraña opresión en el pecho, como si algo fuese a ocurrir. Desechó los malos pensamientos y se dispuso a seguir las órdenes de *lady* Marianne.

—Es extraño que lleve su cabello tan corto… —murmuró la doncella más joven mientras la veía salir.

—No se te ocurra mencionar su cabello en su presencia —le advirtió Sarah saliendo de la cocina, dejando a la joven más intrigada.

—Es una mujer muy hermosa, aun con esos extraños bucles alrededor de rostro —dijo la cocinera volviendo a su faena, mientras las demás mujeres asentían.

***

El faetón del duque de Ruthland entró a toda prisa a los terrenos que pertenecían a su inmensa propiedad dejando sorprendidos a los campesinos que dejaba a su paso, se miraban entre sí preocupados al ver el escudo que distinguía al ducado en el majestuoso carruaje que iba seguido por cuatro cocheros más. Los aldeanos hicieron correr como pólvora la noticia de la llegada del duque ausente.

Mientras tanto, el mayordomo de Badminton House apretó fuertemente la mandíbula para disimular su malestar al ver llegar los cuatro carruajes. De inmediato le hizo señas a varios lacayos para que se apostaran frente al negro faetón. «Maldición, esto no augura nada bueno», pensó mientras miraba descender al muchacho que había visto hacía más de quince años por última vez. «No se parece en nada a su padre», pensó con un poco de aprensión.

El antiguo señor había sido implacable con la educación de su hijo. Su mujer no había podido concebir más hijos, y el antiguo duque se había querido asegurar de que su vástago estuviese a la altura. Mirándole, el viejo mayordomo pensó que se había equivocado estrepitosamente. El hombre que se acababa de bajar del carruaje se notaba que no era un duque al uso. Inclinó la cabeza al verle subir las anchas escalinatas que llevaban a la puerta principal.

—Bienvenido a Badminton House, excelencia —saludó el mayordomo.

Claxton se detuvo mirando con interés todo a su alrededor, regresó su oscura mirada al viejo mayordomo, su familia había estado por generaciones al servicio de los Ruthland.

—Preparen una habitación para el duque de York —ordenó continuando su camino con Phillip pisándole los talones, mirando con sumo interés todo a su paso. La mansión era una belleza, de techos altos y lámparas de candil, Claxton se sentía un extraño, nada de lo que le rodeaba le hacía sentir bienvenido; todo lo contrario, y eso solo avivaba su lado cruel y amargo.

Él era el duque, aunque para aquella gente fuese una desgracia.

Phillip se quedó impresionado ante el espectáculo del salón principal, a pesar de las cortinas estar corridas para que entrara la luz del sol, la mayoría de los muebles estaban cubiertos por sábanas para evitar que el polvo los cubriera. Miró a su amigo, quien también había entrecerrado el ceño ante el espectáculo.

—Están cubiertos para evitar que el polvo los dañe —interrumpió impávido el mayordomo a su espalda.

Claxton se giró con lentitud, sus ojos negros brillaban intrigados, el viejo le sostuvo la mirada sin amedrentarse.

—¿La duquesa de Ruthland no vive en esta casa? —preguntó acercándose al mayordomo, intimidándole con su altura. Su cabello lacio se había soltado por completo del lazo de cuero, dándole un aspecto de pirata más que de un respetable duque.

—La señora no utiliza esta parte de la casa, excelencia —contestó sin dejar ver su incomodidad al tener que hablar de la señora Marianne.

—¿Qué parte utiliza? —preguntó sin poder contener su curiosidad.

—El ala oeste que está justo sobre la cocina, su gracia. —El mayordomo comprendió que lo que ellos habían sospechado todos estos años había sido cierto, *lady* Marianne había sido repudiada por su marido.

—Haga llamar a mi esposa…, la estaré esperando en la biblioteca. Mientras tanto, muéstrele su habitación al duque de York y que los lacayos suban baldes de agua para un baño.

—Las habitaciones tienen baños, excelencia…, cuando se hicieron las renovaciones su difunto padre exigió incluir estos en las habitaciones principales y en cada piso hay dos para el uso de los demás invitados.

—Maravilloso —respondió Phillip relajándose un poco, Claxton había insistido en solo detenerse para que los caballos descansaran y comer alguna cosa en las posadas a lo largo del camino y no habían tenido suerte, los guisos distaban mucho de ser comibles—. Envíeme algo de comer a la habitación —le ordenó Phillip al mayordomo, no tenía deseos de estar presente en la reunión de su amigo con su supuesta esposa.

Su instinto le decía que esta visita solo traería complicaciones, lo más acertado era dejarle a solas y de paso descansar unas horas.

—De inmediato, excelencia —respondió el mayordomo sin perder detalle de la elegancia y el porte del duque de York, le recordaba, su difunto padre era muy amigo del padre del duque de Ruthland.

Les observó con disimulo, «los granujas mantuvieron la amistad a través de los años, son tal para cual», pensó mientras admiraba al duque de York ascender por las escalinatas seguido por un lacayo que se apostaría a las afuera de su puerta para lo que necesitase.

El mayordomo le hizo señas a una de las doncellas que esperaba por órdenes, para que se encargara de la comida del duque de York mientras él hacía tiempo para informarle a su gracia que su esposa no regresaría en un par de días.

—Excelencia, *lady* Marianne no se encuentra en estos momentos, regresará dentro de dos días —le comunicó, manteniendo una calma que estaba lejos de sentir.

Claxton, que había estado a punto de seguir su camino hacia la biblioteca para tomarse un buen trago, se apartó la cabellera lisa que le caía por los hombros y esta vez se acercó más de lo debido al viejo mayordomo.

—¿Dos días? —repitió acerado.

—La señora ha salido a atender un asunto en las tierras al sur de la propiedad —interrumpió el ama de llaves.

—¿Y a usted quién le dio permiso para interferir en la conversación? —Claxton se giró lentamente clavando su mirada negra en la pálida mujer de pie a su espalda.

—Su gracia, cuando la señora regrese de inmediato le haré saber su urgencia de reunirse con ella —dijo el mayordomo evitando que siguiese ensañándose con el ama de llaves.

Claxton sabía que le estaban ocultando información, los miró a ambos en silencio.

—Envíen a un lacayo por ella… —dijo en un tono que no admitía réplica.

—Sí, señor —respondió haciendo la inflexión de rigor antes de retirarse con el ama de llaves, quien le seguía en silencio sin atreverse a decir nada más.

Claxton se aprestaba para seguir hacia la biblioteca, pero un sexto sentido le hizo mirar hacia lo alto de la escalinata. La mansión se componía de tres pisos, las habitaciones designadas a los duques se encontraban en el tercer piso y sin pensarlo subió casi corriendo los tres pisos, sus pasos fueron derecho hacia el ala este donde se suponía estaba la habitación de la duquesa, su habitación era justo la de al lado, la que por derecho le pertenecía luego de la muerte de su padre.

Caminó dando largas zancadas, sus lustrosas botas de caña eran el único sonido en el silencioso pasillo lleno de cuadros y pequeñas mesas con delicados jarrones llenos de flores frescas. Llegó frente a la puerta y sin detenerse la abrió adentrándose en los que deberían ser los aposentos de su esposa, su mandíbula se contrajo al ver todos los muebles cubiertos con sábanas; como había sospechado, ella jamás había utilizado la habitación.

Caminó hacia el vestidor y al abrirlo estaba vacío. Regresó a la puerta y salió al pasillo, el lacayo que estaría apostado en su puerta venía junto con dos doncellas más.

—¿Dónde está la habitación de la duquesa? —preguntó a gritos haciendo que el lacayo se detuviera con el baúl y las dos doncellas lo miraran horrorizadas.

—*Lady* Marianne siempre ha dormido en el ala oeste señor… —respondió la más joven.

—Lléveme —ordenó sin una pizca de culpabilidad al ver la palidez de la joven.

Sentía que la sangre le bullía, hacía tiempo no sentía tanto coraje, ¿cómo se atrevía a ponerle en evidencia? No la deseaba en su vida, pero no le había quitado lo que por derecho le correspondía. Había despreciado su dinero, no había tocado nada de lo que por derecho le correspondía, haciendo que la servidumbre pensara que era su verdugo, y eso no era cierto. La joven se movió de prisa guiándole por el laberinto de pasillos que llevaban al ala en la que estaban las habitaciones de *lady* Marianne.

Cuando llegaron frente a la puerta, Sarah salía casualmente de la estancia y no pudo evitar abrir los ojos con asombro al ver la presencia del duque.

—Sarah, el señor quiere ver la habitación de *lady* Marianne —le dijo la doncella atropelladamente sin ocultar su nerviosismo ante la presencia del dueño de la mansión.

—¿Quién eres? —Claxton no perdió detalle en el uniforme de la joven, a diferencia de la servidumbre con sus uniformes negros, la joven vestía un sencillo vestido.

—Sarah, excelencia, soy la doncella personal de la señora Marianne. Vine con ella desde Londres —respondió rápidamente.

Claxton la observó con interés, sin saber por qué supo que aquella joven había sido la que había cortado el cabello de su esposa, sentía el antagonismo en la mirada de la muchacha. Sin importarle lo que pudiese pensar, pasó a su lado entrando en la habitación de su esposa, no pudo evitar tensar la mandíbula ante la sencillez de la habitación. Para asombro de Sarah, abrió uno de los baúles pegados a una pared y tomó uno de los vestidos en su mano, «ella no puede estar vistiendo este andrajo», pensó mortificado tirándolo sin ceremonias en el suelo.

—¿Dónde están los vestidos de la señora? —Se giró lívido por la furia contenida.

—Esos son los vestidos que usa *lady* Marianne. —Sarah no entendía el proceder del duque, nunca se había preocupado por su esposa, le había prometido verla en su funeral y ahora estaba molesto por los sencillos vestidos que usaba su señora, definitivamente el hombre estaba loco.

—La duquesa de Ruthland no tiene por qué vestir estos andrajos —respondió con su voz fría haciendo que Sarah diera un paso hacia atrás.

El hombre era en verdad intimidante, su cabello negro, con el rostro cubierto por una suave barba le daban un aspecto amenazante. La joven solo podía rezar porque su señora pudiese enfrentar a este sujeto, su mirada también era fría, no había nada de calidez en su manera de actuar.

—Los vestidos de la señora los hace la costurera del pueblo… —tartamudeó Sarah, sin saber qué responder.

—¡Fuera! —le gritó ya sin poder contener la rabia que bullía dentro de él—. ¡Maldita sea! —dijo en voz alta al ver a la joven salir despavorida del modesto cuarto.

Claxton miró a su alrededor, mordiéndose los labios por la frustración. Siempre hacía lo mismo cuando sentía que no estaba en control de la situación y eso era lo que sucedía en esos instantes en que se le estaban escurriendo de entre las manos las bridas de su vida. Él no le permitiría mucho menos de una mujer que se suponía estaba bajo su dominio, bajo su yugo, él no había tenido la intención de regresar a Badminton House, sin embargo, allí de pie en aquel cuarto que suponía era parte del área destinada a la servidumbre, supo que su esposa se había vengado de la peor manera.

Había puesto al ducado por completo en su contra, había tenido cinco años para lograrlo, lo odiaban y, aunque ese hecho le tenía sin cuidado, no podía dejar de sentirse injuriado. Nadie podía culparle de no sentir nada por aquellas tierras, su deseo era que fuesen a parar a cualquier heredero lejano, quien fuese no le importaba. Sin embargo, su maldita esposa se había puesto a la cabeza del ducado haciéndole quedar como un maldito pelele sin cerebro y eso no era cierto, su fortuna personal era inmensa y lo había conseguido por méritos propios, había trabajado muy duro durante los cinco años que había estado ausente, podía vivir muy bien sin las propiedades y el dinero atado a su título nobiliario.

—No tienes idea de lo que has provocado con tu osadía... —susurró entre dientes saliendo de la habitación rumbo a la biblioteca a esperarla.

Capítulo 7

arianne aseguró el caballo y se detuvo a inspeccionar los barriles dispuestos para ser llevados al sótano de la mansión, esperaba que pudiesen ser vendidos antes de que el clima los mantuviera incomunicados por varias semanas. Todavía la temporada no había llegado a su fin, por lo que alguno de sus más leales compradores aún estarían en Londres.

—Señora, creo que usted puede proseguir, nosotros terminaremos de atar los barriles a las carretas —le dijo Fausto acercándose a ella.

—Quiero que te mantengas atento, no quiero ningún imprevisto… Seguiré a galope, no me tomará más de una hora llegar a Badminton House —respondió ocultando su cansancio, había sido un viaje agotador, pero estaba satisfecha con lo logrado.

—Uno de los hombres la escoltará. —Fausto no se confiaba de que galopara sola por las solitarias tierras, nunca se sabía quién pudiese acechar en las sombras y su señora era una mujer demasiado hermosa para su propio bien.

—Está bien —aceptó subiendo con gracia a la silla de su purasangre, llevaba unas botas altas, y un traje masculino de montar que había logrado que la costurera con el paso del tiempo lo perfeccionara. El abrigo era hasta las rodillas, lo que disimulaba un poco su silueta.

Una sonrisa traviesa se instaló en sus labios al recordar la cara de asombro del conde de Norfolk la primera vez que la vio con un calzón puesto. Los campesinos ya se habían acostumbrado a la excéntrica señora al frente del ducado de Gloucestershire, la realidad era que la vestimenta masculina era mucho más ventajosa para las largas horas de caminata.

Se despidió de Fausto y salió a todo galope con un hombre armado detrás de ella, esperaba llegar antes de que anocheciera. Su pañoleta salió volando, dejando sus salvajes bucles libres. La sensación la hizo reír, se había acostumbrado al extraño peinado que siempre llevaba, el solo pensar en las miradas que le darían en cualquier salón de Londres la obligó a sonreír, se sentía libre completamente satisfecha con su vida y se entregó a la magia de galopar sin restricciones dejándose llevar por su montura.

Badminton House estaba silencioso, se extrañó cuando llegó al patio trasero desmontando, acarició con cariño al caballo antes de seguir, sin embargo, la mirada de su guardaespaldas le hizo girarse a ver qué le causaba tal gesto de preocupación. La mandíbula de Marianne se tensó al reconocer a uno de los dos hombres que estaban frente a ella, lo miró sin pestañar de frente sin miedo, el diablo había venido por ella y esta vez estaba más que preparada para morderle el rabo. Antes de dejarse humillar nuevamente por su marido, prefería la muerte.

Claxton también se tensó ante la presencia de la mujer que figuraba como su esposa ante toda la aristocracia de Inglaterra. No recordaba que fuese tan alta, y no pudo evitar sentir admiración ante su porte regio, no le desvió la mirada atemorizada, al contrario, el frío en sus impresionantes ojos verdes le dejó claro que le odiaba.

Su mirada luego se desvió a su cabello, «todavía lo corta», pensó mientras veía cómo los rizos iban en todas direcciones.

—Creo que se ha adelantado algunos años, excelencia, en nuestra última reunión usted me seguró que nos veíamos el día de mi muerte —le dijo tranquila sin ninguna emoción, siendo ella la primera sorprendida de tener la entereza de enfrentar a su esposo sin que sintiera el mínimo temor.

—Claxton... —Phillip lo asió por el brazo, presintiendo un desastre, la mujer frente a ellos más parecía una guerrera que una dama de la aristocracia.

—Le espero en la biblioteca dentro de una hora, *milady* —le dijo Claxton tratando de mantener la compostura, estaba ante una mujer de carácter.

No había conocido a la mujer con la que contrajo nupcias, pero estaba seguro de que no era quien le estaba plantando cara. La duquesa de Ruthland quería sangre... y era la suya, solo había que mirarla para saber que lo más inteligente era ir con cautela, tenía todas las de perder.

Marianne ladeó la cabeza mirando con curiosidad a los dos hombres, el amigo de su esposo era un dandi, no había más que ver su ropa para saber que era confeccionada por un sastre de alta costura, solo la casaca debía costar varias libras, el pañuelo atado a su cuello estaba sujeto por un broche que dedujo eran diamantes legítimos. Su supuesto marido era otra cosa muy distinta, Marianne le miró sin importarle lo que él pudiese pensar. «Maldito, se nota su mala sangre..., lo lleva escrito en su rostro, un hombre sin conciencia ni honor», pensó mientras les hacía una leve inflexión y se retiraba hacia la puerta de la cocina.

—Demonios, Claxton, ella te odia. —Phillip se llevó su mano a su pañuelo desatándole un poco. Se había quedado casi sin respiración al sentir el cuerpo tenso de su amigo.

—¿Quién demonios es esa mujer? —se preguntó más a sí mismo incapaz de moverse, todavía con la mirada puesta en la puerta por donde ella había desaparecido.

—Todavía estás a tiempo —le previno Phillip, no le había gustado la mirada que le había dado la dama, había sentido su desprecio. Claxton tenía las manos llenas si deseaba quedarse en Badminton House.

—¿A tiempo? —preguntó girándose a mirarle sin comprender a qué se refería.

—De dejarla al frente del ducado y continuar con tu vida como lo has hecho hasta ahora. No creo que sea justo que vengas a trastocar su vida cuando fuiste tú mismo quien impuso las condiciones para la convivencia del matrimonio. Tú le enviaste lejos, nunca te envió una misiva para que recapacitaras, al contrario, ella se ha dedicado a reconstruir su vida en el exilio que se le fue impuesto. —Phillip trató de que entendiera la postura de la duquesa, pero estaba claro de que Claxton una vez más haría lo que se le viniera en gana, siempre había sido un redomado egoísta que solo pensaba en su propia satisfacción.

—Tomaré la decisión cuando hable con la dama —respondió sorprendiendo a Phillip.

—Daré una cabalgata —anunció Phillip, prefería mantenerse apartado, su amigo ni siquiera le había presentado, la presencia de su esposa le había tomado desprevenido, seguramente Claxton se había hecho una imagen de una mujer delicada y sumisa.

Lady Marianne se podía describir como hermosa, pero en definitiva no era ni delicada y mucho menos, sumisa.

Marianne se detuvo en el estrecho pasillo que llevaba a la cocina, respiró hondo levantando su mirada al techo, estaría en graves problemas si su esposo decidía quedarse..., no podía hacer nada en absoluto. Eso sin pensar que estaba por completo en sus manos; sin embargo, se sintió poderosa en aquel momento. Había sido capaz de enfrentarle y lo haría mil veces de nuevo, «prefiero la muerte antes de volver a dejar que me humille y me trate como a una vulgar prostituta», pensó tensando su mandíbula al recordar las fuertes manos del hombre sobre su espalda sometiéndola sin piedad, era precisamente ese sentimiento de impotencia lo que le había hecho madurar su carácter y dejar atrás a la delicada joven que habían moldeado en la elegante escuela de señoritas a la que había sido enviada.

Todo eso lo recordaba como si hubiese pasado en otra vida, se le haría imposible volver a conducirse en sociedad como lo había hecho la antigua *lady* Marianne. Esta mujer no estaba dispuesta a poner la otra mejilla y dejar que dictaran su futuro. Si el duque de Ruthland quería guerra, ella se la daría, no se escondería a llorar por las esquinas como lo haría la mayoría de las damas de sociedad.

—¡Por Dios, señora! No sabe lo que ha pasado. —Sarah le tomó ambas manos nerviosas mirando hacia atrás por si alguien se acercaba.

—El duque de Ruthland nos honra con su visita —respondió sarcástica a la joven.

—¿Lo vio? —preguntó bajando la voz para que nadie las escuchara, mirándola con horror con sus hermosos ojos azules.

—Le acabo de dejar en el patio —le dijo halándole para que la siguiera por las escaleras a su dormitorio, debía asearse un poco antes de bajar a la biblioteca.

—Señora..., es un demonio —le aseguró la joven.

—¿Sabes quién es el caballero que le acompaña? —preguntó abriendo la puerta de su habitación, entrando directamente hacia el aparador donde estaba la jofaina. A pesar de que la mansión contaba con baños, esta área destinada a la servidumbre no había sido incluida por el antiguo duque en las reformas.

—Le escuché a Giles decir en la cocina que era el duque de York, al parecer, es muy amigo de su esposo —le informó buscando las toallas en el armario de roble.

—Debí imaginarlo por su ropa y su manera de mirarme, deduje que era alguien con un alto título nobiliario —respondió quitándose por completo el traje de montar, antes de asearse con una delicada esponja.

—La servidumbre está muy nerviosa, el señor no visitaba la mansión desde hacía muchos años.

—Yo también estoy sorprendida —aceptó tomando la toalla, secándose.

—Dame cualquier vestido.

—Él estuvo aquí señora —advirtió Sarah.

Marianne se giró y le miró sorprendida.

—¿Aquí?

—Estaba furioso al ver los vestidos, debería ponerse uno de los que tiene guardados en el baúl.

—Pásame un vestido, Sarah, me tiene sin cuidado lo que el duque pueda pensar de mis vestidos, no estoy en Londres ni frecuento la nobleza rural, por lo que no le he avergonzado públicamente.

—¿Sería una vergüenza su ropa?

—Mi esposo está supuesto a proveerme de un vestuario acorde con su posición... —contestó poniéndose un sencillo vestido azul cielo que, aunque era modesto, en ella lucía como si fuese de gran valor.

—Le queda muy bien ese vestido.

—La elegancia, querida Sarah, nada tiene que ver con las vestiduras, es un don, mi tía Antonella tiene una presencia tan digna que, aunque estuviese vestida con un saco de patatas, seguiría luciendo igual.

—Tal vez tenga razón —aceptó la joven siguiendo a su señora fuera de la estancia rumbo a la biblioteca, donde le esperaba el demonio.

—Espérame en mi salón, revisaré el correo tan pronto termine con su gracia.

—¿No tiene miedo? —preguntó siguiéndola sin ocultar la aprensión en su voz.

—El miedo no me sirve de nada en estos momentos…, al contrario, debo mantener la calma o de lo contrario nuestras vidas se pueden convertir en un infierno, está aquí por alguna razón y te aseguro, Sarah, que no debe ser por nada bueno.

Atravesaron los silenciosos pasillos que llevaban al centro de la mansión, Marianne se preparó mentalmente para el encuentro, nada bueno saldría de ello, tenía la terrible sospecha de que había avivado el interés de su esposo, había visto desconcierto en sus impresionantes ojos negros…, pero también había visto un atisbo de deseo, el mismo que había visto en el rostro del conde de Norfolk y la había complacido; en cambio, verle en el rostro de su esposo era de cuidado porque él tenía todo el derecho de tomar su cuerpo y ella no estaba dispuesta a permitírselo.

Bajaron las circulares escalinatas que llevaban del tercer piso al primero, Marianne dejó pasear su mirada en la elegancia de la mansión, había evitado usar ese lado de la residencia que le recordaba quién era ella, una duquesa despojada al exilio como algo inservible, sin ningún valor…, ni siquiera para concebir un heredero. Tensó la mandíbula y enderezó más los hombros, no le permitiría humillarla más de lo que ya lo había hecho.

—Señora —dijo Sarah preocupada al llegar a la puerta de la biblioteca, donde esperaba el duque por su señora.

—No te preocupes, espérame en mi oficina…, encárgate de la correspondencia, estoy esperando la visita de dos caballeros pertenecientes a la nobleza que están interesados en el vino.

—De inmediato —contestó regresando por el pasillo hacia el ala donde se encontraba su pequeña oficina.

Marianne tocó a la puerta y esperó la orden para entrar a una estancia que le era por completo desconocida. Se sorprendió al verle solo en camisa, se había abierto varios botones y el borde de sus mangas habían sido subidas, era impropio recibir a una dama en aquellas vestimentas, pero qué se podía esperar de un hombre con la fama de su marido.

—Toma asiento —le ordenó tuteándola, señalando una butaca frente a él con el vaso de *whisky* que llevaba en la mano.

—Mientras estemos juntos en la misma habitación, prefiero mantenerme de pie —contestó serenamente.

Claxton levantó una ceja y se acercó lentamente el vaso a los labios mirándola con intensidad. Sus ojos negros refulgían con un brillo peligroso. La recorrió lentamente con la mirada, a conciencia, sin ocultar que lo que veía le agradaba, haciendo que Marianne sintiera un frío por toda su espina dorsal.

—Le recuerdo, *milady,* que usted es mi esposa —dijo acerado recostándose en el escritorio de roble que llenaba gran parte de la estancia.

Marianne sonrió con sarcasmo ante su declaración, cruzó los brazos en el pecho, sosteniendo su mirada, no sabía de dónde le estaba saliendo toda esa valentía, lo más seguro era esa espina clavada en su alma desde hacía cinco años. Quería venganza, esa era la cruda realidad, había llorado sin consuelo a causa de este hombre cínico y arrogante que descaradamente se presentaba a intentar poner su mundo al revés.

«Te vas a sorprender, *milord*», pensó con altivez, su esposo era el típico aristócrata conservador, el granuja ahora se acordaba que tenía una esposa, pues ella le iba a enseñar unas cuantas lecciones que de seguro lo regresarían al infierno de donde había salido.

—El día de nuestra boda, usted, *milord,* me anunció que no me vería hasta el día de mi muerte, y he dado gracias por tal regalo durante los últimos cinco años. Jamás le he cuestionado o me he quejado por su despiadada decisión. Ahora le tengo frente a mi recordándome un lazo que no ha existido nunca, salvo en un papel —le dijo imperturbable al ver su rostro transformarse.

Marianne supo que estaba a punto de perder el control, por instinto se acercó más a la esquina del escritorio, sus ojos se detuvieron en un abridor de cartas de oro, regresando rápidamente su verde mirada al hombre frente a ella.

—Soy vuestro marido, *milady,* si cambié de parecer no había nada que me obligara a comunicárselo con antelación. —Claxton dejó caer con fuerza el vaso sobre el escritorio y se acercó invadiendo el espacio de Marianne que, al sentir su fuerte mano en la cintura, perdió todo el sentido de la sensatez.

Su mano voló al abrecartas mientras una de sus piernas se dobló y sin misericordia impactó con fuerza y coraje en la entrepierna del duque al tiempo que le clavaba el filoso abrecartas en el hombro haciéndole caer de rodillas y logrando que un grito agónico saliera de su garganta.

Marianne no se movió cuando él cayó de rodillas frente a ella y por la intensidad del dolor dejó su cuerpo ir hacia atrás, mirándole sorprendido. Ella no se apiadó ni un poco, al contrario, puso su pesada bota sobre la mano que sujetaba la entrepierna y se inclinó para mirarle más de cerca.

—No le temo a la muerte, *milord*…, me vuelve a tocar y lo mato. De buena gana iré a la horca, pero antes tendré el placer de enviarle de regreso al infierno, donde pertenece. —Marianne se incorporó cuando sintió la puerta abrirse, supo quién era sin girarse—. Usted, excelencia, es testigo de mi amenaza contra mi marido, el duque de Ruthland. —Marianne se giró a encarar a un sorprendido duque de York, que se había quedado sin poder moverse en la entrada de la puerta—. Lo mataré si vuelve a tocarme —, escupió furiosa antes de salir de la estancia dejando a su marido revolcándose de dolor en el piso.

—¡Maldita sea! —bramó tapándose los ojos con un brazo.

Phillip cerró con suavidad la puerta, se acercó todavía sin saber si reír o tratar de levantar a su amigo del piso. Decidió sentarse en el piso, al lado de Claxton mientras berreaba como una cabra por el dolor. Sin preguntar nada, se abrió la casaca, buscó su alforja de cuero y sacó un pitillo de sativa, se incorporó y lo acercó a una vela que estaba encendida en el aparador. Dio una calada, regresó al lado de su amigo que bramaba como si le faltara el aire y sin ninguna ceremonia se lo puso en la boca.

—¡Me ha pateado las pelotas! —le dijo antes de dar una fuerte calada al pitillo de sativa.

—Piensa lo que ella sintió cuando la sometiste con esa cosa deforme que tienes entre las piernas.

—¡Cállate, Phillip! —le gritó cerrando los ojos adoloridos—. Esta sativa es muy buena —murmuró ronco dándole otra calada, desesperado.

—De lo mejor..., los hermanos Brooksbank solo venden lo mejor.

—Eso he escuchado en las tabernas de mala muerte —contestó más calmado.

—¿Te puedes levantar?

—Todavía no —respondió con dificultad.

—Tienes sangre en la camisa —dijo Phillip al verle la camisa manchada.

—Me clavó el abridor de carta —contestó malhumorado—. Maldita loca.

—Me sentaré en la butaca a tomar *whisky* mientras las pelotas te regresan a su lugar —respondió mientras se levantaba, llevándose con él la botella de *whisky*, sería una noche muy larga, conocía a Claxton y, aunque comprendía a *lady* Marianne, ella solo había avivado el orgullo herido de su amigo. Su enfrentamiento traería consecuencias, Claxton arremetería contra ella.

—Me ha sorprendido..., no tuve ningún trato en el pasado con ella, pero estoy seguro de que si esa gata hubiese existido cinco años atrás se hubiese defendido de mi ataque. Recuerdo llanto y gritos, pero estoy seguro de que no se defendió —dijo todavía acostado sobre la alfombra mirando el techo.

—Estuvo mucho tiempo sola...

—¿Qué piensas, Phillip?

—Te conozco, Claxton, sospecho tus intenciones, te aconsejaría dejarla aquí y que siga administrando el ducado como lo ha estado haciendo hasta ahora, no te entorpece en la vida disoluta que llevas. Además, te odia y está dispuesta a matarte si es necesario, pero sé perfectamente que no te quedarás con ese dolor de entrepiernas…

—Hace mucho tiempo no sentía ese calor por una mujer…, maldita sea si no la tendré, más si es mi mujer —dijo admitiendo que le había impactado lo hermosa que era su esposa. «Aun con sus rebeldes bucles esparcidos sin rumbo definido sobre su cabeza es la mujer más hermosa que he conocido», pensó mientras aspiraba el humo del pitillo tratando de calmarse; el impacto había sido brutal.

Phillip estiró las piernas y colocó una pesada bota sobre la otra, mientras una sonrisa sarcástica se dibujaba en sus labios, «si no lo estuviese presenciando, no lo hubiese creído jamás, Claxton encaprichado por su esposa —pensó sacando otro pitillo de la alforja—, pienso con más claridad cuando me fumo varios de estos», sonrió relajado.

—¿Qué quieres de ella, Claxton? —preguntó Phillip ladeando su cabeza, sus ojos de un verde muy claro mirándole con suspicacia.

Claxton se incorporó con dificultad, recostándose en la butaca, a su espalda en la caída se le había desatado la cinta de cuero y su cabellera negra lacia le cubría parte del rostro. Respiró agitado, todavía sentía un agudo dolor, «me pegó con saña», pensó quitándose parte del cabello de la cara, mientras enfocaba su mirada penetrante sobre su íntimo amigo.

—La convertiré en mi amante, Phillip…

—¿Amante? —Phillip no pudo ocultar su sorpresa ante la prepotencia de su amigo—. ¿Te atreverías a poner tu hombría en la boca de esa mujer? Por Dios, Claxton, te odia.

—Tal vez…, pero es que yo no quiero su corazón, yo busco desfogarme con la mujer que me pertenece, que es mía para hacer con ella lo que me plazca.

—¿Hablas en serio?

—Seducirla, Phillip… —sonrió con malicia—, lograré avivar el deseo carnal y oscuro en mi esposa… al punto que le importará poco quién sea yo. Iré despacio, sin prisa, acechando, dejándole sentir algunas migajas…

—Adicción. —No pudo evitar admirar la frialdad de su amigo.

—Despertaré su deseo, Phillip, no tendrá más remedio que recurrir a mí por alivio.

—¿Y si decide tomar algún amante?

—Destruiré a quien se me cruce al frente —sentenció, y Phillip asintió convencido de que lo haría—. Nadie sabe más de astucias sobre la seducción —dijo dando otra profunda calada.

—¿Me permitirás un consejo?

—¿Cuándo has pedido permiso para cabrearme, Phillip?, eres un maldito grano en el culo desde que nos pusieron juntos en la misma habitación en la universidad —contestó mirándole con ironía, haciendo que su amigo soltara una carcajada ante lo cierto de su acusación, se las había jugado varias veces, más bien, le había salvado el pellejo varias veces.

—Abandona Badminton House antes de que sea tarde…, no estás viendo el peligro, sin embargo, yo sí puedo ver la diferencia en tu proceder, nunca has perseguido a ninguna mujer, esta sería la primera, aléjate, Claxton, o me temo que serás cazado por tu prepotencia a creer que eres inmune al amor… —Se miraron en silencio. Claxton, asimilando sus palabras; Phillip, sabiendo que ya era tarde, la suerte de los duques de

Ruthland estaba echada y por primera vez apostaría en contra de su amigo. «Te llegó la hora», pensó levantando la copa de *whisky* en señal de salud.

—Que te jodan, Phillip, conozco esa mirada…, yo seré el vencedor —sentenció desplomándose en la alfombra.

—Entonces te daré mi último consejo, sácala de aquí, Claxton, llévatela a Londres, esta gente ya le es leal a vuestra duquesa. Si piensas en seducción, deberás tenerla cerca.

Claxton soltó una sonora carcajada, asintiendo con malicia, dio otra calada honda mirando a su amigo con picardía.

—Eres brillante, no lo había pensado, tienes toda la razón, la duquesa de Ruthland regresará a Londres y se paseará de mi mano en los salones más concurridos —ronroneó satisfecho ante el pensamiento, antes de caer desmadrado sobre la alfombra, inconsciente.

—Parece que le di el que estaba mezclado… Bueno, necesita dormir —susurró sonriendo Phillip, mirando al hombre inconsciente sobre el borde de su copa.

Capítulo 8

Marianne entró a su habitación con todo el cuerpo temblando, nunca se hubiese creído capaz de enfrentar a su marido. Cuando la agarró por la cintura sintió la necesidad imperiosa de protegerse, al parecer, las clases que le había impartido su capataz habían sido acertadas. Cuando se lo había propuesto, ella se había negado, incapaz de pensar en pegarle a otro ser humano, Fausto tuvo que insistir hasta que ella dio su consentimiento para que él le mostrase cómo debía defenderse en un momento de necesidad.

Había sentido mucha rabia, le había pegado a conciencia con deseo de lastimar, se llevó su delicada mano al cuello, ¿qué pasaría ahora? Él no se quedaría tranquilo. Tendría que esperar a que él hiciese el siguiente movimiento, lo mejor sería mantenerse apartada de su camino y evitar encontrárselo, si tenía suerte, el hombre se marcharía y la dejaría en paz.

—¡Señora! Están trasladando al duque a sus aposentos, ¿qué sucedió? —Sarah entró deprisa con miedo en la mirada.

—Discutimos…, le di un golpe en sus partes delicadas —contestó sentándose en la cama, retirándose los bucles que le caían sobre la frente. Sarah abrió los ojos sorprendida, acercándose.

—¿Y la sangre? —preguntó bajito como si alguien más estuviese en la habitación.

—Se lo merecía… El muy descarado me agarró por la cintura como si tuviese todo el derecho.

—Lo tiene —le recordó carraspeando.

—¿De qué lado estás? —preguntó entrecerrando la mirada.

—Del suyo, por supuesto, pero la realidad es que él es dueño de su cuerpo. ¿Me permite decirle algo?

—Siempre has dicho lo que has querido, Sarah.

—El duque es un hombre de muy buena presencia…, nunca lo había visto tan cerca.

—Lo sé, es imponente —aceptó a regañadientes.

—Bueno…

—Jamás podría, algo dentro de mí se rompió la noche de bodas. Si él hubiese sido amable, con eso me hubiese conformado, pero estuviste allí a mi lado, viste toda aquella sangre…, de solo pensar en ello le aborrezco. —Sarah le miró con pesar, su señora tenía razón, había sido terrible.

—Tiene razón, *milady,* no hay justificación para su maldad. ¿Entonces qué hará?

—Mantenerme alejada, sin embargo, tú estarás atenta a todos sus movimientos, incluyendo al duque de York.

—Ese sí que es hermoso, camina como si fuese el rey —suspiró con placer haciendo sonreír a Marianne.

—Sí, es el amigo personal del duque de Ruthland, debe ser un ángel caído. Además, Sarah, tuve la oportunidad de ver al monarca en mi presentación en sociedad y el pobre no es para nada agraciado.

—Pero se rumora que tiene muchísimas amantes, *milady*.

—En efecto…, pero ¿quién se atreve a rechazar los avances amatorios de Jorge IV? —le recordó.

—Es cierto, *milady*, pero con el duque de York me conformo con una sola mirada —suspiró haciendo sonreír resignada a Marianne con sus cambios de amores.

—Deberías poner tus miras en Fausto.

—Él está enamorado de usted. La mira todo el tiempo con ojos de borrego degollado.

—Muéstrale tu valía, Sarah…, porque yo también he notado tu mirada cuando piensas que nadie te ve —le dijo Marianne sorprendiéndole, la joven se sonrojó y asintió contrariada, estaba enamorada de un imposible porque, a pesar de lo que pudiese decir su señora, ella no podía competir con su belleza—. Sé lo que piensas, Sarah, y no es cierto, eres una joven muy bella y lo más importante, con un corazón tan enorme que casi se te sale del pecho, te debo mucho y deseo con toda el alma que encuentres la felicidad y tu hogar se llene de niños hermosos.

—¿Usted cree que tengo alguna oportunidad? —preguntó sin poder ocultar su exaltación.

—Debes intentarlo, nada pierdes.

—Tiene razón, señora, me pondré en ello de inmediato —sentenció saliendo deprisa rumbo a las caballerizas.

—Suerte —susurró Marianne siguiéndola con la mirada triste, ella también había albergado esperanzas, por lo menos Sarah podía escoger, ella no había tenido ninguna oportunidad.

***

Marianne se había levantado los últimos dos días al alba, salía muy temprano para evitar algún encuentro desagradable con cualquiera de los dos hombres, no deseaba enfrentamientos que solo atrajeran más la atención de su esposo sobre ella, debía ser cauta, el duque de Ruthland podía disponer de su vida a su antojo y, aunque ella estaba preparada con varias alforjas llenas de libras, no quería dejar a su gente a la deriva.

Eso sin mencionar que su marido podía ir contra ella en la corte, lo más sensato era esperar y tener paciencia, ella no conocía a su esposo, no sabía cómo pensaba o de lo que sería capaz. Sarah le había comentado que el duque se había encerrado a trabajar en unos libros en la biblioteca, y se había reunido con el señor Jones, el administrador. Sarah también había averiguado que el duque de York y su marido eran amigos desde la juventud. Aparentemente, el mayordomo le había comentado al ama de llaves que el título nobiliario del duque de York era de los más antiguos; al parecer, había regresado recientemente de Francia y prefería pasar un tiempo con su marido que ir a visitar su ducado. Al final, todos eran parecidos. Libertinos, derrochadores, con el único propósito de divertirse.

Azuzó su purasangre y se adentró por un estrecho camino que le llevaba a un pequeño riachuelo que casi atravesaba toda la inmensa propiedad, era una bendición para todos, pero en especial para los arrendatarios. A ella le gustaba acercarse para estar un rato a solas, quería mucho a Sarah, pero a veces la volvía loca con su contante charada. Fausto había aceptado quedarse a supervisar el cargamento destinado al club Venus en Londres, el conde de Norfolk había tenido razón al decirle que sus amigos aristocráticos estarían interesados en sus barriles de vino…, se los habían comprado todos.

Marianne se detuvo frente a la corriente del río y se desmontó del caballo permitiéndole pastar libremente, no se iría muy lejos, estaba muy bien entrenado. Suspiró con placer, quitándose la pañoleta de la cabeza, miró a su alrededor buscando dónde sentarse, se dirigió a un tronco enorme de roble, se sentó y estiró las piernas sobre él recostándose, mientras disfrutaba del silencio. Su mirada recayó en sus gastadas botas de trabajo, no pudo dejar de pensar en lo diferente que hubiese sido su vida si su padre no la hubiese obligado a casarse con un desconocido.

Le hubiese gustado haber disfrutado de más temporadas junto a su amiga, la señorita Diane…, le había conocido en su presentación y rápido habían hecho amistad, Diane era hija de un terrateniente americano. «Qué habrá sido de ella», pensó con pesar, no había podido despedirse luego de que su padre le confirmara su pronto matrimonio, no le había permitido salir de la casa, habían sido días muy duros para ella. «Ojalá hayas tenido suerte, Diane», pensó cerrando los ojos, buscando descansar un poco.

Marianne sintió la presencia de su marido, no había escuchado ningún movimiento, nada que le hubiese indicado que alguien se acercaba, lo que delató su presencia fue el sutil aroma de sándalo que había olfateado en el aire, las veces que había estado en su presencia ese aroma embriagador había llegado hasta ella. Sin duda la fragancia sería exclusiva para él, hecha en alguna perfumería exclusiva de Londres. Abrió los ojos y se encontró con su oscura mirada atravesándola. Él había apoyado su lustrosa bota negra sobre el tronco, mientras descansaba sus manos sobre su pierna, atento a su reacción.

—¿Cómo me ha encontrado, *milord*? No he escuchado ningún caballo acercarse —dijo ganando tiempo, había subestimado a su marido, se prometió mentalmente que no lo volvería a hacer. Estaban muy alejados de la mansión y ese paraje era bastante solitario, por eso le gustaba escaparse allí para descansar.

Claxton se mantuvo alerta a las reacciones de su esposa, no pudo negar que la mujer tenía agallas, no había pestañado, ni apartado la mirada en ningún momento, intuía que estaba preocupada por la soledad del riachuelo, el lugar había sido su escondite favorito cuando venía de vacaciones de la universidad y deseaba estar a solas sin tener que fingir ante sus padres y los invitados de estos.

La recorrió sintiendo disgusto ante su ropaje tan humilde, en otras circunstancias no tendría ninguna importancia para él, pero curiosamente le fastidiaba verla vestida como una campesina más. Phillip tenía razón, debía llevársela por una temporada de Badminton House, todavía no estaba seguro de lo que deseaba de su esposa. Había deseado a muchas mujeres a lo largo de sus treinta y nueve años, se había desfogado y luego las había desechado. Al contrario de sus conocidos, nunca había tenido una amante oficial, nunca había querido ataduras, aunque fuesen pequeñas, y una amante siempre terminaba exigiendo. «Qué demonios me pasa con esta mujer porque, aunque sea mi esposa, es una total desconocida», meditó mientras se lamía los labios.

—Pasaba aquí muchas horas cuando venía de vacaciones —contestó mirándole con intensidad los labios.

—No pienso disculparme por lo ocurrido en la biblioteca.

—No estoy esperando que lo haga, me pegó con rabia, había mucho rencor acumulado, quería lastimarme. Creo hemos saldado una deuda, *milady* —dijo con frialdad, constatando un hecho.

—No creo que haya sufrido lo suficiente… —le dijo sin ocultar su deseo de seguir lastimándolo.

Claxton asimiló sus palabras, sin apartar su mirada. Él no era hombre de guardar rencor, siempre había resuelto sus conflictos en el momento, su antipatía hacia sus padres no se debió a que fuesen malas personas, más bien siempre había sido un espíritu rebelde y siempre se le dio mal el que le diesen órdenes. Pero Marianne tenía una herida que estaba sulfurando todavía; a pesar de haber pasado cinco años, su esposa seguía anclada a su noche de bodas, había alimentado ese odio visceral hacia él y, aunque lo merecía, la estaba afectando más a ella que a él. Su esposa se estaba escondiendo bajo el disfraz de una campesina y eso era lo que le hacía remover un poco, solo un poco, su escasa conciencia.

—Tenía el deber de consumar el matrimonio, no me voy a disculpar por desvirgar a mi mujer en su noche de bodas. No tuve sexo con usted, *milady,* solo la desfloré para que no pudiese anular el matrimonio, si debía tener una esposa, daba igual quien fuese. —Marianne se horrorizó ante la frialdad de sus palabras.

Su rostro sereno, tranquilo, sin ningún remordimiento. Se levantó del tronco acercándose amenazadora, pero su esposo fue más ligero, sorpresivamente se incorporó girándola sin esfuerzo, pegándola al tronco mientras sujetaba con fuerza sus manos en la espalda.

—No vuelvas a levantarme la mano…, porque me olvidaré de que eres una dama.

—¡Usted me violó, *milord*! Esa es la palabra: violación —escupió furiosa sintiendo su peso sobre su espalda.

—No hay justificación para la manera cómo lo hice… —Su voz ronca le ocasionó un calor desconocido en su vientre que le hizo entrecerrar los ojos ante la sorpresiva reacción de su cuerpo—. Pero no fue violación, solo quería consumar el matrimonio, tuve mi hombría dentro de usted solo unos segundos. En Escocia me hubiesen pedido la sábana con su sangre como prueba de ese hecho, lo que estuvo mal fue no prepararla para que no sintiera tanto dolor, si la hubiese seducido hasta el punto de humedecer sus partes pudorosas, usted no me estaría reclamando nada. Por eso no vale la pena ahondar en la herida, el mal ya está hecho, solo hay que mirarte para saber que lo que hice tuvo repercusiones graves. — Marianne descansó su frente sobre el tronco mientras le escuchaba, se negaba rotundamente a que ni una lágrima saliera de sus ojos, no le daría nunca esa satisfacción. «Nunca, maldito, me verás nuevamente humillada», pensó tratando de encontrar una salida.

—Suélteme.

—No deseo lastimarte.

—No pensaba pegarle, *milord* —aclaró contrariada.

—No soy un caballero, recuérdalo siempre, *milady,* te aconsejo no ponerme a prueba.

Claxton la soltó, pero no se apartó. Marianne se giró quedando su cabeza bajo su mentón, se mordió el labio al sentirse amenazada con su cuerpo, su cercanía la ponía nerviosa, la hacía sentir insegura.

—Necesito hablar con la duquesa de Ruthland.

—Está muerta, *milord,* usted mismo se encargó de ello el día de su matrimonio. No tenía por qué haber sido tan cruel, de buena gana yo hubiese acatado la orden de alejarme de Londres…, no comprendo por qué se ensañó así conmigo, ¿qué le hice? —Levantó su mirada y se encontró con sus ojos negros, había sido esa la pregunta que la había martirizado siempre.

—No hicisteis nada, Marianne…, descargué mi furia contra ti.

—¡No me tutee! Odio que pronuncie mi nombre. ¿Es esa su disculpa ante semejante cobardía?

—Nunca pediré perdón, porque no hay manera de justificar mi cobardía y, si me conocieras, sabrías que William Claxton nunca se arrepiente de nada, no tengo cargos de conciencia —contestó colocando una mano contra el árbol, encerrando un poco a la joven con su cuerpo—. No tendría por qué mencionarlo, pero debes saber que ese día había fumado opio desde el amanecer… Fue un verdadero milagro el haber consumado el acto…, recuerdo retazos. No se lo cuento, *milady,* para intentar redimirme, al contrario, deseo que sepa exactamente lo que ocurrió.

—Todo lo que hablan de usted es cierto.

—Libertino, rebelde, lujurioso, oscuro, que me gusta la vida disipada. Sí, *milady,* todo es cierto.

Marianne le creyó, por alguna extraña razón supo que era honesto, no quería ni pedía que lo perdonaran, la lastimó a conciencia, vengándose en ella la obligación a un matrimonio no deseado. Sus padres habían concertado el enlace sin importarles lo que ellos dos pudiesen pensar sobre ello. Ella tuvo que acatar la orden de su padre sin rechistar, sin embargo, su marido buscó revancha en ella, humillándola y degradándola de la manera más ruin, por eso al mirarle solo podía sentir aversión, coraje, deseos de arremeter contra él para que sufriera lo mismo que ella había sufrido.

—¿Qué desea, *milord?* Porque no se va y continúa con su vida como la ha vivido los últimos cinco años. Le aseguro que me mantendré apartada de su camino.

Claxton sonrió sarcástico y se alejó de ella, caminó hacia la orilla del riachuelo abriendo varios botones de su negra camisa de seda. Sacó un cigarro de su bolsillo y con un artilugio desconocido para Marianne lo encendió dando una intensa calada y poniéndose de espalda.

Marianne admitió con rabia que era un hombre físicamente imponente, era muy alto, con una espalda ancha y unos glúteos… «¿Pero es que has perdido la razón?», pensó cerrando los ojos con fuerza, avergonzada.

—No lo haré…, tú me invocaste y aquí estoy —contestó girándose a encararla.

—Nunca lo he invocado —dijo sin comprender lo que su marido quería decir.

—Cuando le dije que no esperaba verle hasta el día de su muerte no mentí, no deseo herederos, me tiene sin cuidado el título y todo lo que esté atado a él… Mi fortuna personal es tal vez tres veces más grande que el patrimonio de los Ruthland. —Claxton se detuvo al ver la sorpresa en el rostro de su esposa, se mantuvo a distancia, había sentido su miedo, aunque ella lo había disimulado muy bien.

—¿Entonces no vive de ese dinero?

—No. Me tiene sin cuidado a dónde vaya a parar el dinero que estás amasando, en cinco años has triplicado las arcas del futuro heredero de este ducado, que desconozco quién sea —dijo sin ninguna emoción, dejando a Marianne sorprendida con su frialdad y su desapego.

—No puede hacer algo así…

—Nunca tuve intención de tener un hijo, tal vez si mi padre no me hubiese presionado… No supe nada de ese acuerdo hasta el día en que se leyó el testamento, justo un mes antes de la boda que, dicho sea de paso, vuestra familia organizó de inmediato, vuestro padre estaba muy deseoso de entregarte —comentó con ironía.

Marianne tuvo que aceptar que para ella también había sido una sorpresa, ese mes antes de la boda su padre casi la había tratado como a una prisionera, negándole la salida y la comunicación con sus amistades más íntimas.

—No logro entender por qué dice que lo invoqué, *milord*.

—Lo hiciste al no tocar vuestra asignación. Lo hizo, *milady*, al negarse a participar en actos públicos dentro de la aristocracia rural. Lo sigue haciendo al avergonzarme utilizando ropa tan humilde que no tiene nada que ver con vuestra posición como duquesa de Ruthland.

—No deseo el título.

—Eres la duquesa hasta el día de tu muerte, y por eso te seguí esta mañana, me has desafiado…, pensaste que no sacaría tiempo para venir por ti. —Claxton se acercó amenazante—. Tienes dos días para poner a alguien al frente de esto, mientras regresas conmigo a Londres por una larga temporada.

—No puede obligarme —le retó tensa al ver su expresión fría totalmente despreocupado por lo que ella pudiese sentir.

—Dos días, Marianne —dijo acercándose más, inclinando su rostro para hablarle sobre el oído—. Te tutearé cuando me plazca, eres mi esposa, has hecho de esta gente tu familia, he recorrido los últimos dos días las tierras y he escuchado solo elogios de la señora de Gloucestershire. Dos días o arraso con todo lo que has construido —amenazó con frialdad, levantando la cabeza para clavar su mirada en ella—. En dos días quiero a la duquesa de Ruthland en el faetón, disfrutará de la temporada y al final, si es lo que deseas, regresarás y te dejaré administrar todo como lo has hecho hasta ahora, no me molesta en absoluto, al contrario, me sentiré aliviado de no tener que preocuparme.

—¿Qué es lo que quiere? —preguntó horrorizada con su proposición.

—Te deseo como amante…, pero deseo que vengas por tu propia voluntad.

—Eso no pasará nunca, *milord*. —Se apartó alejándose a la orilla del riachuelo, dándole la espalda, negando con la cabeza, haciendo que sus bucles se movieran como si estuviesen danzando.

—Entonces regresarás aquí y yo me buscaré una amante complaciente.

—¡Es usted un imbécil! —le gritó sin esconder su indignación ante sus palabras tan fuera de lugar.

—No, soy un hombre con una gran libido y te deseo, cuando te miro solo pienso en enterrar mi cara entre tus piernas y lamer con ímpetu, devorarte, quedarme con tu esencia de mujer en mi boca. —Marianne abrió los ojos como platos al escucharle, tan natural como si estuviese hablando del tiempo—. No soy un caballero, tampoco acostumbro a ocultar lo que deseo. Disfruto del sexo y no lo hago a escondidas. —Marianne no pudo evitar girarse para enfrentarlo, estaba totalmente descompuesta—. Te tomaría aquí mismo sobre ese tronco en el que descansabas, te abriría las piernas para que me mostraras todos tus secretos, te acariciaría hasta que empaparas mis dedos, mientras chuparía de tus pechos, que me los imagino rosados y generosos, los dos desnudos, sin inhibiciones, solo dándonos placer.

—¡Deténgase!

—Todo eso te ofrezco, convertirte en mi amante, seré fiel a tu cuerpo, solo tienes que entregármelo.

—¡Cállate! —gritó tapándose los oídos, desesperada. Salió corriendo en busca de su caballo y sin precauciones se montó.

—Dos días, *milady* —gritó con la mirada llena de malicia, sonrió al verla marchar a todo galope.

—Tu mente me odia con justa razón..., pero tu cuerpo tiembla ante mi roce, amada esposa —susurró mientras se disponía a desnudarse para tomar un baño y autocomplacerse, no era un hombre de tener remilgos y tendría que hacerlo por mucho tiempo, su esposa no solo le albergaba desprecio y odio, además se había dado cuenta de que todavía era completamente inocente. «Será todo un reto iniciarla», fue su último pensamiento antes de adentrarse al río y enfriarse un poco.

Capítulo 9

Marianne desmontó en la caballeriza, le entregó el purasangre al mozo de cuadra y se recostó en una montaña de heno. El corazón se le quería salir del pecho, ella no sabía nada sobre la intimidad entre un hombre y una mujer, tal vez por eso lo sucedido en su noche de bodas la había tomado por sorpresa. Se sentía avergonzada de haber percibido una sensación extraña en su entrepierna al escuchar las palabras de su marido. «¿Será posible que él haga esas cosas que mencionó?», pensó acalorada mientras las palabras martilleaban una y otra vez en su cabeza.

—¿Señora? —Fausto se acercó preocupado al verle sonrojada.

—Pensaba buscarle, necesito hablar unas palabras con usted, sígame a la oficina.

—Sí, señora —aceptó siguiéndola.

—Tendré que viajar a Londres, no sé cuánto tiempo estaré fuera de Badminton House, necesito dejarle al frente de todo, Fausto, usted es de mi entera confianza y sé que podrá solucionar cualquier emergencia mientras esté ausente —le informó inmediatamente que entraron en la estancia.

Fausto se quitó el sombrero preocupado con la inesperada noticia.

—Siéntese.

—¿Se va?

—El duque ordena mi presencia en Londres, y no puedo contradecirlo, no puedo permitir que destruya todo lo que hemos conseguido —aclaró reacia a dejar ver su débil posición ante su marido. —El señor Jones estará al tanto de mi partida, enviaré una misiva de inmediato. Afortunadamente, pudimos vender los últimos barriles de vino. Confío en usted, Fausto, estoy segura de que lo hará muy bien, todos los arrendatarios le respetan y los aldeanos le tienen afecto.

—Será como usted ordene, señora. ¿Cuándo partirá?

—Dentro de dos días, al parecer, el duque tiene urgencia por regresar. —Marianne intentó mantenerse en calma, no deseaba murmuraciones sobre sus problemas con su esposo, las odiaba. Aunque le fastidiara, el duque de Ruthland era el señor de aquellas tierras y, a pesar de que no lo mereciese, había que respetarle.

—No se arrepentirá, señora, todo estará igual a su regreso —le aseguró el capataz.

—Lo sé, Fausto, ahora vaya y hable con los hombres con los que tenga más confianza para que estén al tanto de mi partida. —Lo despidió mostrando una tranquilidad que estaba lejos de sentir.

Marianne dejó salir el aire que estaba aguantando, no deseaba enfrentamientos entre la servidumbre del ducado y su esposo. Se acercó a la pequeña ventana de cristal que daba a uno de los muchos jardines que rodeaban la inmensa propiedad. Enfrentar de nuevo la sociedad no era algo que le motivara ninguna ilusión, no había extrañado nada de esa vida, a excepción de su amiga

Eugene, a ella era a la única persona en Londres que deseaba abrazar.

Pensó en su tía Antonella y se le escapó un gemido de angustia, sabía que su tía tenía a su marido entre ceja y ceja, la última vez que le visitó despotricó contra él todos los insultos que existían, sería terrible que su marido y ella se enfrentaran. Un toque en la puerta le sacó de sus cavilaciones.

—Adelante —contestó sin girarse, segura de que sería su doncella—. Estaba a punto de ir a buscarte, Sarah.

—Lo siento, *milady*, pero creo que me confunde. — Marianne se giró de inmediato para encontrarse con la mirada pícara del duque de York.

—Excelencia. —Hizo la inflexión de rigor y se acercó con desconfianza, había algo en el duque que la inquietaba.

Phillip dejó la puerta entreabierta, la experiencia de la vida le había hecho muy precavido en evitar situaciones que pudieran llegar a ser comprometedoras, y un hombre soltero en una habitación solo con una dama casada podía llegar a ser motivo de cotilleos maliciosos.

—Me gustaría tener unas palabras con usted, *milady*, antes de partir a Londres…

—¿Se marcha?

—Se me ha presentado un imprevisto, saldré de inmediato.

—Usted dirá, su gracia.

Phillip no se sentó, miró la pequeña estancia con interés y se recostó en una butaca azul oscuro cerca del escritorio.

—¿Pasó algo? —preguntó preocupada.

Phillip la miró con intensidad, sus ojos verdes eran tan claros que le daban un aura sobrenatural, haciendo que

Marianne casi quisiera santiguarse, había algo en él que la mantenía en tensión.

—Soy un hombre complejo, *milady*… —comenzó a hablar—, con muchos defectos; sin embargo, una de mis pocas virtudes es la honestidad…, usted me ha juzgado sin conocerme. —Phillip sonrió sarcástico al ver la mirada sorprendida de la dama.

—Se equivoca, *milord* —respondió alterada sabiendo que en el fondo tenía razón.

—Usted me ha mirado con desprecio…, juzgando mi manera de vestir y mi amistad con su esposo —continuó ladeando un poco el rostro.

—Excelencia… —Marianne se sentía avergonzada de haber sido tan obvio su antagonismo hacia él, estar tan alejada de la sociedad le estaba haciendo olvidar lo importante de mantener las emociones en control.

—Permítame terminar. Su marido y yo, *milady,* somos hombres muy lejos de ser los conocidos caballeros aristocráticos que se mueven por los diferentes clubes de Londres. Por lo menos yo no he permitido que me usen como un semental. —Marianne no pudo evitar avergonzarse ante las palabras del duque—. Verá, *milady,* como futuros duques, se espera de nosotros que nos desposemos con alguna dama insulsa que solo sepa hablar de fiestas, lazos y vestidos.

—No todas las damas, *milord* —contestó indignada.

—¿Me quiere decir que no son enviadas a esas escuelas exclusivas solo con el único propósito de atrapar a un hombre como yo? —preguntó sin ocultar su desprecio.

—Es cierto, *milord*…

—Es lo que se espera, debemos entrar a la habitación conyugal e intentar hacerle un heredero a un cadáver, porque se les enseña a que no deben disfrutar del acto sexual.

—*Milord,* creo que esta conversación no es adecuada.

—Alguien tiene que dejarle claro, *milady,* que Claxton hizo en su noche de bodas lo que se espera de nosotros, consumar el acto.

—¿Lo está excusando? —preguntó con desdén.

—Claxton hizo esa noche lo que se esperaba de él…, no fue amable, no fue sensible, ¿pero acaso usted hubiese disfrutado del acto? No, *milady,* las damas como usted son frías, vergonzosas, lloriquean al menor abrazo efusivo y lo más seguro se desmayarían con un beso apasionado lleno de lujuria y desenfreno —continuó con su voz ronca retándola a contradecirle.

—Le ruego que pare, excelencia —le advirtió con desagrado.

—Lo que fue imperdonable fue que volcara contra usted toda su rabia, yo era uno de los invitados a la iglesia, vi cómo le sacó casi a rastras delante de todos los invitados, Claxton arremetió contra usted sin clemencia, esa es la verdadera razón por la que usted debe odiarle, no por consumar el matrimonio —suspiró incorporándose—. Usted, como la mayoría de las jóvenes casamenteras, llegó al matrimonio sin saber nada de lo que puede ocurrir en los aposentos conyugales, déjeme informarle, *milady,* que la mayoría de las veces es nada más que una transacción fría y desapasionada para tener un heredero —terminó con desprecio—. En lo personal, me niego a casarme con una mujer que no desee darme y exigir placer. El daño ya está hecho, sin embargo, déjeme darle un pequeño consejo… no nos juzgue por lo que vestimos o podamos fumar…, se sorprendería de lo que escondemos bajo capas de frialdad y altanería.

—Según usted, *milord,* la actitud de mi esposo estaba justificada. —Marianne estaba haciendo un gran esfuerzo por mantenerse fría e imperturbable como se esperaba de una mujer de su posición. Ante el duque de York, ella era la duquesa de Ruthland.

—Si quiere mantener un matrimonio de conveniencia, siga alimentando su odio contra Claxton… quién soy yo para decirle que pierde un preciado tiempo. Usted está atada a su marido hasta la muerte, precisamente por ese momento de violencia lleno de sangre y gritos; esa consumación es lo que los ata. Está en usted seguir escondida llorando sus sueños de niña o reconstruir desde las mismas cenizas del infierno este matrimonio que le han impuesto.

Phillip se acercó a Marianne haciendo que ella retrocediera sintiéndose amenazada por su mirada.

—Su esposo y yo somos amigos desde la adolescencia, tenemos muchas historias compartidas. —Phillip la miró pensativo antes de seguir hablando—. Nunca le vi mirar a una mujer como le mira a usted… ¿No siente curiosidad por conocer la verdadera pasión, *milady*? Su marido podría iniciarla… Claro que para´ello debe despojarse de todos sus prejuicios y no es algo que sea muy fácil para una correcta dama de la aristocracia, al vestir esas ropas no desaparecen sus orígenes. Más que una duquesa, usted, *milady,* tiene el porte y la gracia de una reina.

Marianne se quedó petrificada en medio de la habitación mientras el enigmático hombre salía. «Lo he juzgado…, él tiene razón, no le conozco y lo he acusado de ser un dandi», pensó contrariada de que todo se estaba complicando. «Es un hombre que atemoriza», pensó pasándose las manos por los brazos al sentirlos fríos.

Todavía con los nervios a flor de piel cerró la puerta, no entendía el significado de las palabras del duque.

Debía aceptar que su marido había tenido todo el derecho de asegurarse de que el matrimonio estuviese consumado, pero eso no le eximía de su brutalidad innecesaria; ella, como todas las damas en su lugar, hubiese consentido que su marido hubiese tomado su virginidad en la noche de bodas. Las palabras del duque resonaban insistentes en su cabeza, pasión… ¿quería ella algo así?

Con honestidad, no lo deseaba con su marido, le daba pavor el solo imaginarle intentando someterla como lo había hecho, sin embargo, las palabras del duque habían avivado su curiosidad, desde la última visita del conde de Norfolk a Badminton House…, se sentía inquieta, con deseos que atormentaban su carne en las noches haciéndola sudar y desear compartir el lecho con un hombre. No había nunca sentido esa necesidad hasta que la mirada ávida de deseo del conde había despertado su pasión, haciéndole entender que quería ser amada, besada.

«No puedo sucumbir al deseo con un hombre como mi esposo», pensó mordiéndose inconsciente el labio inferior. Regresar a Londres sería una manera de estar más cerca de él, sentía que había intenciones ocultas en la inesperada decisión de viajar juntos. Su marido se había mantenido al margen de las necesidades del ducado durante todos esos años, de manera sorpresiva regresaba exigiendo una posición que no había querido ocupar. «No sé qué esperar», pensó apartándose impaciente los bucles que le habían caído sobre la frente.

***

Claxton seguía con interés los movimientos de su esposa sentada frente a él. Hacía ya dos días que habían salido de Badminton House, había tomado la decisión de ir despacio descansando en las mejores posadas que se habían encontrado a lo largo del camino. La mayoría del tiempo se había mantenido en silencio, absorbiendo el mínimo gesto de la dama, se sentía intrigado por el comportamiento de su mujer, no parecía apegada a los bienes materiales, en las posadas no había exigido ni siquiera agua caliente, su doncella personal más bien parecía una amiga, le hablaba con demasiada confianza.

Él había insistido en que viajara con algunas de sus antiguas vestiduras, el mismo día en que él había arribado a Badminton House había enviado de vuelta a uno de sus lacayos con uno de los horrendos vestidos que había encontrado en su habitación, con órdenes precisas para *madame* Coquet; esperaba que la mujer hubiese seguido sus órdenes y el nuevo ajuar de su esposa estuviese terminado.

—¿Podría dejar de mirarme tan fijamente, *milord*? No es apropiado —le dijo impaciente Marianne devolviéndole la mirada. Le crispaba los nervios esa manera insistente de mirarla como si quisiese leerle sus más íntimos pensamientos.

—Me gusta mirarle… su piel es perfecta, *milady,* su cuello es una obra de arte, me recuerda a un cisne, sus ojos son del color de las esmeraldas, parecen gemas, me subyugan… Mas su boca, *milady,* es la que ocupa mi entera atención, verá, me la imagino alrededor de mi verga totalmente abierta mientras yo entro sin piedad en ella. —Marianne apretó su puño enguantado, negándose a sentirse escandalizada por las perversas palabras de su marido, no le iba a dar la satisfacción de verla así.

Claxton ladeó el rostro sonriendo con malicia, sus negros ojos relucían divertidos sabiendo que seguramente tendría cerrados los dedos de los pies, su esposa era una mujer orgullosa, decidida a ponerle en su lugar; sin embargo, desconocía su carácter tenaz, decidido, inclemente. William Claxton no se detenía ante nada para obtener lo que deseaba y, por designios del demonio, ella era su nueva obsesión, la mujer que menos había esperado, su esposa…, la mujer que por derecho le pertenecía y ese hecho avivaba su libido.

—Es usted despreciable —escupió con rabia, se sentía avergonzada de la reacción de su cuerpo ante cada provocación lujuriosa de su marido.

Desde que habían salido no había perdido oportunidad de rozarla, de acercarse y susurrarle cualquier cosa en su oído haciéndola enloquecer ante su olor tan a limpio. Olía a una fragancia suave que, ligándose con la de su cigarro, la hacían salivar de la anticipación. Se odiaba así misma por sentir algo más que desprecio por su marido, y lo más humillante era que sabía que lo que le ocurría lo podía ver en su sonrisa maliciosa y complaciente.

—¡Por supuesto que lo soy! Pero en estos momentos más bien soy un hombre hambriento —le respondió seductor, provocándola.

—Excelencia —puntualizó su título marcando las distancias, intentando recordarle que a pesar de ser su esposa no existía nada entre ellos, ni siquiera la mínima cortesía—, usted puede revolcarse con la mujer que desee, no me interesa lo que pueda hacer con su vida, en los últimos cinco años estoy segura de que ha fornicado con muchas mujeres, le ruego que continúe haciéndolo y me deje en paz —contestó arrancándose prácticamente los guantes, haciendo que los ojos negros de Claxton brillaran divertidos al verla perder por fin la compostura.

«Vamos, princesa, sal de esa cueva donde has vivido estos últimos años», pensó disfrutando de lo sonrojada que se había puesto, su piel se había teñido de un rosa que incitaba a tocarla, tuvo que hacer un gran esfuerzo para no alargar la mano y acariciar uno de aquellos rizos, que le estaban poco a poco hechizando.

—Podría, excelencia —dijo provocándola, mencionando su título, él sabía que aborrecía su condición de duquesa—, pero no lo haré…, no le daré un arma para usar en mi contra, el tomar una amante le podría llevar a pensar erróneamente que consentiré que usted pueda buscar compañía en otro caballero.

Marianne elevó una ceja, ante la implicación de lo que sus palabras significaban.

—¿No podría tener un amante? —preguntó con toda la intención de mortificarlo.

—Primero tendría que darme un heredero… y para eso tendría que yacer conmigo totalmente desnuda mientras disfruto del placer de su cuerpo. —Claxton suspiró como si la conversación no tuviera ninguna importancia para él, se recostó más sobre el mullido sillón llevándose la mano a la banda de cuero que sujetaba su largo cabello, dejándolo caer sobre sus hombros—. Honestamente, estaba reacio a tener hijos, pero ahora que he estado más cerca de mi apetecible esposa, y considerando mis fuertes apetitos sexuales, podríamos tener unos cinco o seis mocosos correteando por Badminton House mientras su madre trabaja las tierras. Como le dije, no me interesa administrar mi patrimonio, el mío personal ya es bastante —le confesó.

Marianne lo miró pensativa, siempre que había pensado en su esposo lo recordaba como el hombre que la arrastró furioso fuera de la iglesia, mas debía admitir que nunca se había preocupado por conocer algo del hombre, lo había sentenciado en el momento que le agredió y ya no le interesó conocer nada más. Su marido, sin dudas, no era un caballero, sin embargo, tampoco podía asegurar que fuese un hombre sin propósito.

—¿Qué piensa? —preguntó curioso al ver su expresión distante.

—Que no le conozco, *milord*, que estamos casados hace cinco años y es usted un completo desconocido —le dijo con honestidad, dejando caer la muralla que había erigido por primera vez.

—Creo que deberíamos por lo menos tutearnos, aunque solo sea en la intimidad —propuso aprovechando el cambio en su tono de voz.

—¿Cómo le gustaría que lo llamase? —preguntó a regañadientes, no estaba segura de querer intimar, aunque fuese un poco con él.

—Todos me llaman Claxton, fue una costumbre que comenzamos cuando estudiábamos en Oxford. Mi nombre es William…, nadie me llama así —aceptó mientras le miraba los labios con insistencia, haciéndole sentir esa extraña sensación en su entrepierna que no le abandonaba desde que él había irrumpido en su vida de nuevo.

—Puede llamarme Marianne —contestó ofreciéndole una tregua, nunca podría volver a confiar en el duque de Ruthland, conocía su crueldad de primera mano, pero era más sensato buscar la calma en la tempestad y no podía negar que su marido le causaba curiosidad, no sabía que esperar de él, siempre la dejaba sorprendida con su actitud tan desenfadada sin ningún apego a las normas protocolares que se esperaban de un hombre de su posición.

Le había visto conversar animadamente con arrendatarios sin importarle sentarse en el suelo para hacerlo. Asimismo, había aceptado un cigarro de un viejo campesino muy querido por el ducado. Su marido no era un hombre prepotente, todo lo contrario, ¿entonces por qué había sido tan despiadado con ella? Podía entender que hubiese estado enojado por las imposiciones del testamento del difunto duque, pero qué tenía ella que ver en todo eso, al contrario, había sido también una víctima. Tanto de sus padres como de él.

—Una de las pocas cosas que recuerdo del día de nuestra boda es una gloriosa cabellera de color oro... —dijo sorpresivamente extendiendo una de sus manos, alcanzando uno de los pequeños rizos que se habían salido del pequeño sombrero de Marianne.

Se mantuvo en silencio, no deseaba dejarle ver lo doloroso que fue para ella el que la comparara con una cortesana, cuando ella nunca había estado a solas con un hombre, incluyendo a su padre, que siempre le llamaba a su presencia acompañado por su madre. Sus miradas se encontraron, «es un demonio que ha venido a tentarme», pensó envuelta en el embrujo del momento.

—Me acusó, *milord,* de tener un cabello de cortesana... —dijo sin poder evitarlo.

Claxton continuaba con el rizo en su mano mientras se había incorporado acercándose más a ella. Al escuchar sus palabras, para el desconcierto de ella, sonrió con malicia ya muy cerca de sus labios.

—Era un halago, *milady*..., muchas cortesanas pasan horas para poder lucir unos rizos naturales como los que tenías, los cortaste para castigarme, es un sacrilegio lo que has hecho, el color de tu cabello es muy inusual. No recordaba tu rostro, mas sí esa gloriosa cabellera rizada.

Claxton soltó su cabello y se volvió a reclinar en el asiento, mientras disfrutaba del desconcierto de su mujer. «Tenía que zanjar lo de tu cabello, princesa, y no me equivoqué, por tu expresión, era algo que te hirió de muerte», pensó contrariado al sentir un inesperado sentido de culpa que hacía muchos años no sentía.

Cerró los ojos y fingió dormir, tal vez Phillip había tenido razón al advertirle con dejar a su esposa tranquila en la vida que había creado para ella. Se sentía extraño a su lado, la mayoría del tiempo la buscaba con insistencia con un incomprensible miedo a que se esfumara en el aire y de nuevo estuviese sumergido en su vida aburrida de siempre.

Marianne era una mujer inteligente, carismática y, a pesar de que no confiaba en él, lo enfrentaba, le plantaba cara y eso era nuevo para él; las mujeres en su vida eran para ponerlas sobre la cama y desfogarse, siempre había sido egoísta, el placer era suyo. Mientras seguía divagando, el carruaje seguía avanzando, tenía que lograr seducirla, hasta ahora estaba satisfecho con lo logrado, sin embargo, esas emociones desconocidas que su deliciosa esposa provocaba en él le preocupaban. Él era el cazador, no a la inversa. ¿Sería posible que el diablo le estuviese tendiendo una trampa? Sería el hazmerreír de todos sus pares si William Claxton, duque de Ruthland, terminara enamorado de su esposa. «Maldición, no me dejarían en paz, especialmente Norfolk».

El suave perfume de ella llegó a su nariz y su entrepierna se endureció haciéndole tensar el cuerpo. Abrió los ojos y se encontró con su verde mirada fija en sus labios. «No soy un caballero», se recordó antes de incorporarse y pasar su mano detrás de su cabeza, acercando a una sorprendida Marianne que no esperaba esa reacción imprevisible de su esposo. Abrió la boca para protestar por el asalto, dándole la oportunidad a su marido de saquear su boca. Este entró a plantar bandera, a tomar posesión de sus labios, a dejar bien en claro sus intenciones, era suya y jugaría para ganar.

Su lengua sedujo a la de su mujer, invitándola a seguirle en una danza erótica, la estaba iniciando en el ardiente mundo del deseo carnal, era un beso cargado de sensualidad. De su garganta salió un gruñido impaciente al calentarse su sangre a niveles nunca antes sentidos, su respiración se agitó al escuchar el primer gemido de su mujer, «eso es, princesa, entra en mi mundo, déjate llevar», su mente solo tenía un propósito, hacerle el amor a su mujer con su boca, mostrarle lo que se estaba perdiendo, avivar su curiosidad, crear anhelo, el deseo febril de entregarle su cuerpo porque Claxton sabía que no merecía nada más y lo asumía.

Marianne sintió un terror visceral a la tempestad que sentía por todo su cuerpo. Sacando fuerzas empujó a su esposo separando sus bocas, se quedaron mirándose, mientras respiraban agitados, Claxton no ocultó su inconformidad ante la separación.

—¿Por qué? —susurró buscando en su mirada la respuesta—. ¿Por qué ahora? ¿Por qué no hubo un beso como este en la noche más importante de mi vida? ¿Por qué regresas y me arrastras a un mundo desconocido? ¿Por qué te has ensañado conmigo cuando fui obligada a casarme contigo? —Marianne no se apartó, sus palabras habían sido suaves, pero Claxton se tensó al sentir remordimientos, se sintió sucio y no le gustó.

Se incorporó nuevamente en el mullido asiento del amplio faetón y desvió la mirada pasándose impaciente la mano por su cabello, que había caído sobre sus hombros mientras besaba a su mujer.

—No vuelva a besarme... Como seguramente se habrá dado cuenta, ni siquiera sé cómo hacerlo..., se suponía usted sería mi primer beso, mi primera caricia, no esperaba amor, pero sí rogaba por cariño; eso nunca ocurrió y he sabido aceptarlo. Eres un hombre muy apuesto —comenzó a tutearle buscando llegar a su conciencia—, seguramente no tendrás problemas en conseguir una amante, déjame en paz, William, no me humilles más, ha sido suficiente.

Claxton absorbió las palabras de su esposa, su corazón se le quería salir del pecho, nunca se había sentido tan miserable, ni siquiera podía sostenerle la mirada. Había sido cruel, no había justificación para su proceder con ella, todo había sido por su egoísmo, por ese deseo enfermizo de controlar todo, de no tolerar que se le impusieran órdenes ni restricciones.

Sus padres no habían sido malas personas, pero él siempre tuvo ese proceder arrogante, impetuoso, rebelde que a lo largo de los años le había traído demasiados problemas. Ni siquiera en Oxford pudo integrarse por completo a la fraternidad de amigos a la cual pertenecía, siempre había mantenido las distancias; a excepción de Phillip, no había querido confiar en nadie.

—Es imposible…, ya no hay marcha atrás, podría volver a América y olvidarme de todo, tengo muchos negocios allí, pero no lo haré, te deseo, te quiero en mi cama y nadie me detendrá hasta lograrlo —sentenció girando su rostro para encontrar su mirada.

Vio sorpresa ante sus palabras, «yo también estoy sorprendido de lo que me haces sentir, princesa», pensó mientras sus ojos disfrutaban de los labios hinchados de su esposa, se veía arrebatadora, era una mujer que no estaba todavía consciente del poder que podía ejercer sobre un hombre, porque de lo contrario hubiese tenido que retirarse del juego. Su esposa podría convertirlo en un pelele si se lo proponía y el canalla que vivía dentro de él no le daría esa ventaja.

Capítulo 10

La llegada a Londres de los duques de Ruthland causó gran conmoción entre la elite de la aristocracia, que no perdió el tiempo y comenzó a enviarle invitaciones a la pareja con la esperanza de verlos juntos en una de tantas reuniones sociales. Marianne declinó las invitaciones y se mantuvo en la elegante mansión de su marido. Extrañamente, no recordaba nada de esta, muchas cosas de esa tarde se habían borrado de su memoria, suponía que había sido la angustia del momento.

Había dado instrucciones al mayordomo para no dejar pasar a nadie de su familia, no deseaba verlos, tanto su madre como sus hermanas le habían enviado una carta en la que la culpaban por la decisión del duque de enviarla lejos, dejándole saber que estaban avergonzadas, no quería saber nada de ellas, no les guardaba rencor, mas no deseaba tenerles cerca. Para su asombro, su marido también había declinado varias invitaciones, le hizo saber que la acompañaría a cualquier baile que ella estuviese dispuesta a asistir, pero que él no gustaba frecuentar salones de bailes.

Siempre compartían el desayuno juntos, luego él se iba a la biblioteca por horas, Marianne sabía que trabajaba con algunos libros de contabilidad, su esposo era un hombre sumamente responsable con su patrimonio personal.

Debía admitir que la intrigaba y le sorprendía esa parte de su personalidad que aparentemente pocos conocían.

Su vestuario le había dejado sin habla, *madame* Coquet había ido personalmente a entregar el ajuar y a asegurarse de que todo fuese de su agrado, los vestidos eran exquisitos, su esposo se había extralimitado en todo lo que había ordenado para ella. Se detuvo frente a un espejo ovalado en el salón principal y se sintió extraña al ver su imagen con uno de los nuevos vestidos, la duquesa de Ruthland le estaba devolviendo la mirada a través del espejo, recordándole que siempre había estado allí, aun con su rechazo.

—*Milady* —Marianne se giró y miró con extrañeza la tarjeta en la pequeña bandeja de plata. La tomó, y una gran sonrisa se dibujó en sus labios.

—Llévala a mi salón privado, Giles.

—Como guste, excelencia.

Marianne se apartó dejando que la doncella depositara en la mesa de centro de la estancia el servicio de té con algunos dulces que había pedido. Cuando la puerta se abrió se giró inmediatamente mirando con ansias, Eugene Johnson entró como una exhalación y corrió a encontrarse con su vieja amiga mientras se fundía con ella en un apretado abrazo fuera de convencionalismos protocolares. Al diablo con que su amiga fuese una duquesa, ella le había extrañado cada día. Se separó de Marianne con los azules ojos húmedos por las lágrimas.

—No sabes cuánto te extrañé —le reprochó Eugene haciendo un puchero. La joven era tan alta como Marianne, pero al contrario de esta, Eugene tenía grandes curvas y un generoso trasero que no pasaba desapercibido debajo del vestido de seda.

—Me alegro mucho de que estés aquí, pensé que ya no estarías en Londres —contestó sujetando sus manos mirándola con afecto.

—Todavía sigo soltera, Marianne —dijo con pesar.

—¿Cómo es posible? —respondió Marianne sin ocultar su sorpresa.

—Las propuestas que me han surgido son de hombres que solo vienen por mi dote… Este será mi último año, ya he decidido regresar a Estados Unidos, no puedo seguir perdiendo mi tiempo con tanto ocio, mi padre me necesita —le anunció dejándole ver lo decidida que estaba de terminar su estadía en Londres y regresar a Nueva York, donde pertenecía.

—Sentémonos, y cuéntame con calma qué ha pasado durante estos últimos cinco años. No puedo creer que entre tantos caballeros solteros no hayas podido encontrar al candidato idóneo. —Marianne le hizo una señal a la doncella para que sirviera él te, Eugene sacó su pañuelo de su pequeño bolso de mano y se limpió las lágrimas.

—Son hombres sin ninguna personalidad, ¿qué pasará cuando mi padre fallezca? Soy su única hija, había pensado en un hombre de carácter que me ayudara a administrar mi patrimonio, pero la mayoría son unos holgazanes, pendientes de estar en sus clubes privados —dijo contrariada haciendo que Marianne levantara una ceja ante las acusaciones de su amiga.

—Había olvidado que ayudabas a tu padre con sus negocios.

—Me ha dado un ultimátum, si no escojo un caballero, debo regresar a ayudarle, él ya está bastante mayor y han pasado cinco años, soy una florera, Marianne.

—Eso no es cierto, has tenido proposiciones, lo que sucede es que buscas a un capataz, no un marido —contestó con burla.

—No lo había visto de ese modo —soltó una carcajada ante las palabras de su vieja amiga—. ¡Es cierto! ¿Qué me recomiendas? —preguntó dejando caer al descuido su bolso en el sillón.

—Que busques entre los candidatos que han heredados los títulos nobiliarios por casualidad…, no son herederos directos, tal vez entre ellos encuentres a vuestro capataz.

—¡Lo haré! —Sonrió abriendo los ojos ante la original idea—. Ahora cuéntame la verdad de lo que sucedió luego de vuestro matrimonio. No me mientas, porque vuestro padre no me permitió hablarte antes del matrimonio… y fue terrible para mí verte salir casi a rastras de la catedral.

Marianne asintió con pesar ante sus palabras, en el fondo esa era la verdadera razón por la que rehuía las reuniones sociales, recordaba la catedral llena de invitados, todos fueron testigos del comportamiento cruel de su esposo.

—Me gusta mucho vivir en Badminton House…, no deseaba regresar a Londres.

—Están esperando vuestra aparición pública.

—Lo sé… Qué te parece si me acompañas al teatro, es una manera de dejarme ver sin tener que socializar demasiado. Mi esposo, al parecer, tiene su palco privado.

—Se morirán de envidia cuando vean a la duquesa de Ruthland conmigo. —Sonrió de placer pensando en lo que ocurriría—. Los cotilleos sobre vuestro marido son muy mal intencionados.

—No deseo hablar de mi esposo… Bueno o malo, no me parece correcto hablar de él.

—Discúlpame, tienes razón, pero no sabes lo angustiada que quedé al no recibir noticias vuestras. Y, como recordarás, tu familia no veía con buenos ojos nuestra amistad —le recordó Eugene mientras tomaba un sorbo de su té.

—Olvidadlo, Eugene, mejor hablemos de los eventos a los que me acompañarás, seguramente si no hago acto de presencia en alguno de ellos, mi tía Antonella vendrá y me sacará a la fuerza.

—Se me había olvidado que la duquesa de Wessex es vuestra tía. No sabes el nuevo cotilleo que se comenta en los salones de té.

—¿De qué hablas, Eugene?

—Al parecer, ha regresado el duque de Saint Blair y todas las especulaciones de lo que pasó la noche en la que sufrió las quemaduras en sus piernas, culpan al hijo de la duquesa de Wessex de esa desgracia —le contó.

—Eran inseparables, mi primo André era su mejor amigo, después de esa noche desapareció. —Marianne se detuvo entrecerrando la mirada, intentando recordar—. Estoy segura de haber escuchado a mi madre contarle a mi hermana mayor que se había metido a corsario y vivía en el Caribe.

—¡Oh, por Dios! Luego hablan de los americanos y aquí en Inglaterra ustedes viven entre novelones, ni Tolstoi les gana en dramatismo.

Marianne no pudo evitar romper en carcajadas ante lo real del comentario de su adorada amiga, si ella supiese lo que había vivido, seguro no paraba de llorar en horas.

—¿Viste al duque de Saint Blair? —preguntó curiosa, recordaba al duque porque al ser el mejor amigo de su primo frecuentaban los mismos círculos.

—Sí, un hombre muy distinguido..., precisamente el cotilleo fue que sacó a bailar un vals a la única hija del duque de Cornwall. Todos en el salón quedaron sorprendidos y se rumora que fue prácticamente una petición de cortejo del duque hacia el padre de la novia que estaba presente y al mirarle todo el mundo vio cómo le asintió al duque de Saint Blair dando su consentimiento.

—Puede ser...

—La pobre topo no sabía dónde meter la cara.

—¿Topo?

—Creo que soy de las pocas personas que la pueden llamar así, estoy intentando que acepte venderme unas patentes para la cadena de droguerías que tenemos en el sur de Estados Unidos. Es muy inteligente, te las presentaré, tanto ella como Charlotte, la hermana del duque de Saint Blair, son muy simpáticas.

Marianne sonrió con esperanzas, tal vez había llegado el momento de regresar, estaba segura de que ya nada sería igual. A pesar de lo vivido, se dio cuenta de que, si no hubiese sido por el desprecio de su marido, tal vez seguiría siendo la joven insegura y poco dispuesta a aventurarse, sería una dama más de las que circulaban por los salones de té sin ningún propósito más que de agradar a su marido y a sus pares.

Ella había crecido ante la adversidad, había sabido sacar provecho de su situación, y se convirtió en una persona que tenía un objetivo, amaba a los campesinos de Badminton House, se sentía parte del ducado de Ruthland, y eso no cambiaría. Su marido la había traído a Londres con un propósito, ella sabría enfrentar el reto, no le tenía miedo, había otros sentimientos envueltos, pero el miedo no era uno de ellos.

Se despidió de su amiga y subió a su habitación a tomar un baño, deseaba pasar la tarde a solas leyendo una novela de las que había hecho traer de una librería cercana. El pensamiento de ir con su amiga al teatro extrañamente la llenó de entusiasmo, suspiró al ver la bañera ya preparada.

—Pueden retirarse, yo me haré cargo —les dijo a las dos doncellas vestidas de negro con sus delantales blancos que esperaban instrucciones al lado de la bañera.

—Sí, señora, toque la campana si necesita ayuda —le dijo la mayor de las dos saliendo de los aposentos.

Marianne se extrañó de la ausencia de Sarah, pero lo cierto era que su doncella personal era la que la mantenía al tanto de todo lo que ocurría en la casa, para consternación de la servidumbre, prácticamente hacía lo que le venía en gana.

Se metió detrás de la mampara y se desnudó, sus pensamientos retornaron a la conversación con su esposo sobre su cabello, frunció el ceño ante el recuerdo de sus palabras. Por años no había podido superar el que su esposo la comparase con una cortesana, y todo había sido una mala interpretación de lo que él había dicho. Se llevó la mano a sus bucles y salió rumbo a la bañera totalmente desnuda. Pensativa, descansó su mano en el borde, el olor a violetas inundaba el cuarto dándole una sensación de bienestar que bien sabía Dios necesitaba en aquel momento.

Marianne sintió el mismo instante en que su marido entró a la habitación, aunque no había sentido la puerta que comunicaba ambas habitaciones abrirse, el olor inconfundible de su fragancia llegó hasta ella. Cerró los ojos con fuerza y esperó. Sintió su presencia muy cerca de su espalda, su aliento le llegó a su cuello, y el silencio le crispó los nervios, no pensaba girarse y quedar totalmente expuesta ante sus ojos. «Maldición», pensó sin atreverse a abrir los ojos.

—Orgullosa…, hermosa —susurró ronco sobre su cabello deslizando con lentitud sus dedos por su brazo desnudo. Marianne casi se hace sangre el labio negándose a gemir de placer, su cuerpo traicionero la estaba dejando en evidencia.

—Entraría contigo en esa bañera y lavaría tus pechos para luego mimarlos con mi boca… Mis dedos jugarían con tu centro hasta lograr que llegues a la cúspide del deseo. Te inclinaría de espaldas a mí mientras mis manos aprisionan vuestras caderas, entrando mi verga hasta el fondo, duro, intenso, con ganas, porque un hombre como yo fornica a conciencia. Nuestros jugos se mezclarían, sexo, placer, entrega. —Los labios de Claxton bajaron sonriendo por el cuello de su mujer, estaba temblando de deseo, miró con malicia sus puños, subió nuevamente sus manos por sus brazos, y su boca chupó su oreja haciendo que ella respirara más agitada—. Solo tienes que pedir, esposa, y te convertiré en mi amante, te mostraré cómo debió ser, te prometo el cielo solo con una palabra… sí, esposo —ronroneó seductor a sus espaldas.

—¡Nunca! —susurró ante el terrible asalto a todos sus sentidos. «Es un maldito demonio», pensó mientras sentía su entrepierna empapada de deseo insatisfecho.

—Vuestro orgullo nos está privando de muchos placeres… No puedo cambiar el pasado, lo que sí puedo hacer es resarcirte, mi querida esposa.

—Salga de mi habitación, *milord*, vaya a buscar a cualquiera de sus conquistas y déjeme en paz —respondió evitando mirarle, sabía que el maldito lo estaba disfrutando y lo peor de todo es que tenía todo el derecho de estar en su habitación y mirarle desnuda o como a él se le antojase. Se sentía humillada ante su derecho sobre ella, ante su posesión, porque eso era ella, una posesión más del duque de Ruthland.

«Ya veremos si sigues sonriendo», se prometió.

—Puedo entrar cuando quiera a esta habitación, cierra la cerradura y yo mismo sacaré la puerta y haré una sola estancia de las dos —la amenazó, se estaba divirtiendo, hacía mucho no se la pasaba tan bien, seducir a su esposa se estaba convirtiendo en un juego seductor.

Claxton le acarició el cabello, fascinado por el color indefinido que tenía, miró con atención los rizos entre sus dedos.

—¿Seguro que no deseas que te ayude a bañar? —le preguntó muy cerca de su oído, haciendo que su ronca voz le erizara toda la espalda.

—Estoy esperando que salga, *milord*.

—Estaré en el club… por si cambias de opinión —le ronroneó besándole el hombro desnudo.

Marianne dejó salir el aire retenido al sentirlo marcharse de la habitación. Sin girarse se metió a la bañera y dejó que su temblor volviera a la normalidad. No entendía lo que pretendía ese hombre, ella no sabía nada de amantes, ¿cómo él podía pensar que ella podría ser una? Las mujeres como ella no debían estar desnudas ante su marido, era impúdico, no podía imaginar nada de lo que él de manera maliciosa describía, casi se desmaya cuando mencionó la cosa dura y larga que tenía entre las piernas. «Jamás dejaré que me vuela a entrar esa cosa tan desagradable…, solo recuerdo dolor, mucho dolor», pensó comenzándose a enjabonar con fuerza como si con ello se fueran las huellas de su marido sobre su piel.

Claxton salió de la habitación, una sonrisa de placer se dibujó en sus labios, «no puedes ganar, princesa».

—Tiemblo de solo pensar por qué tienes esa sonrisa en los labios —Phillip le vio descender por las escalinatas mientras le daba el abrigo al mayordomo.

—Regrésale el abrigo, Giles, nos vamos al club —le dijo a su amigo todavía con su sonrisa de suficiencia en los labios, lo que hizo que Phillip levantara una ceja.

Salieron a la acera de la mansión donde le esperaba el carruaje, ambos se arrebujaron en sus abrigos y se pusieron sus guantes.

—¿Qué te traes entre manos? —preguntó Phillip acomodándose en el mullido asiento.

—¿Qué te hace pensar que estoy planeando algo? Solo estoy disfrutando la cacería —dijo suspirando complacido, se sentía bien saber que, a pesar del odio de su mujer, su cuerpo temblaba entre sus manos.

—Cuidado, Claxton, y no termines siendo el cazado —advirtió Phillip con el presentimiento de que su amigo se llevaría una sorpresa.

Siempre había sido soberbio, pero esta vez había sentimientos envueltos y su amigo todavía no se había dado cuenta de que su comportamiento no era el de siempre, que su esposa le provocaba sentimientos que él nunca le había visto antes sentir por ninguna mujer. «Estás a punto de perder el corazón, pero a lo mejor te lo mereces», meditó Phillip sacando en cigarro de su alforja.

—¿No fumas pitillo esta noche?

—Solo los fumo para mantenerme alerta, estoy bien… por ahora.

—Me alegro, amigo, al contrario de a otros, a ti la sativa te ayuda, quién lo iba a decir.

—Me hizo bien ese viaje a Asia.

—Tal vez ahora puedas pensar en una esposa…

—Olvídalo, Claxton, no deseo una mujer en mi vida, me gusta la soledad, mucho menos una dama debutante que no sepa decir dos frases seguidas —contestó sin esconder su hastío, lo que preocupó a Claxton, que le pareció un hombre vencido sin nada por lo que vivir.

Asintió, sin estar totalmente convencido de los motivos verdaderos de su amigo para no desposarse. Phillip había tenido problemas serios en Oxford, era una mente brillante, demasiado inteligente; para su propio bien, no había tenido que estudiar, lo que molestaba a muchos. Ahora, al pasar los años, Claxton entendía que la envidia es uno de los sentimientos más peligrosos que puede albergar el ser humano, se te incrusta en el alma y te lleva a cometer y decir muchas atrocidades.

Si era honesto consigo mismo, esa era la verdadera espina clavada entre el conde de Norkfolk y él, lo envidiaba. Richard era un hombre como pocos, el maldito tenía la habilidad de caminar por el camino del bien y del mal sin despeinarse un solo cabello. Richard Percy, ante los ojos de la aristocracia, era todo un caballero, había sabido jugar bien las cartas, al contrario de él, que se había dejado llevar por la soberbia de ser intocable y había ganado muchos enemigos. Por primera vez en su vida tenía miedo, había traído a Marianne a Londres con el firme propósito de convertirla en su amante, sin embargo, no había pensado en los posibles peligros, y hombres solteros como Richard serían una amenaza real para sus planes.

Su esposa era una mujer de honor, no tenía duda de ello, de lo contrario, sería el cornudo más grande de toda Inglaterra, se lo merecía. Pero Marianne le odiaba…, a pesar del deseo, le odiaba y siempre habría la posibilidad de que le entregara su corazón a otro caballero.

El pensamiento le hizo tensarse. «Maldita bruja embaucadora, estás jugando sucio, esposa, estás intentando abrir un corazón que está cerrado a sol y cántaro», meditó preocupado de sentir su corazón palpitando de prisa. Inconscientemente llevó su mano enguantada hasta él, intentando controlarlo, «no te dejaré entrar, ¡eres mía!, con vuestro cuerpo es suficiente». Se estaba atormentado y eso debía parar, jamás le daría poder a una mujer sobre él, eso no pasaría nunca.

—Vamos, Claxton, hemos llegado. —Phillip se ajustó el abrigo y salió—. Estás muy callado —le dijo cuando llegó a su lado.

—Necesito una botella de *whisky*… y tal vez un pitillo, tengo la mente hecha un torbellino —le contestó dirigiéndose a la puerta del club donde un grupo de conocidos también entraban; al parecer, muchos pares necesitaban distracción esa noche.

Claxton y Phillip se dirigieron a su mesa de siempre, ignorando las miradas curiosas de otros nobles que los seguían. No era habitual ver al duque de Ruthland y al duque de York en Almacks, era bien sabido que ambos gustaban de las tabernas de mala muerte, por años los cotilleos no habían cesado, ambos siempre habían nadado contra la corriente.

—Escuché rumores de que los hermanos Brooksbank abrirán un nuevo club donde se unirá la burguesía con la aristocracia, le haré una visita mañana a Julian, deseo una invitación —dijo Phillip sentándose, ignorando a los caballeros de la mesa cercana a la de ellos.

—Los Brooksbank son dueños de los mejores clubes de la ciudad, incluyendo este —puntualizó.

—El mayor de los hermanos, conocido como el Buitre, se ha casado con la hermana del nuevo duque de Kent, al parecer, encontraron a Howard muerto en los muelles. —Phillip saludó con la mano al marqués de Lennox, que iba rumbo a la barra.

—Ese maldito era una escoria, no me da pena que lo hayan encontrado muerto.

—Cierto, pero antes de su muerte casó a su única hermana con un hombre de reputación dudosa.

—Me sorprendí…, *lady* Kate es una belleza, Howard pudo concertar un matrimonio mucho más ventajoso.

—Su hermano Sebastian ha tomado el control del ducado, no se ha dejado ver en ningún evento público, estuvo desaparecido por muchos años y justo a la muerte de Howard él reaparece, ¿no te parece extraño?

Claxton aceptó una copa de una de las muchachas que trabajaban para el club. Se tomó un gran trago, mirando luego con sus penetrantes ojos negros a su amigo.

—Si Nicolas Brooksbank es ahora el cuñado del duque de Kent, lo mejor es olvidar todo eso. Si Howard está muerto, seguramente el infeliz se lo buscó, era una rata. —Claxton se recostó más en la butaca y le hizo un gesto con la mano de que no era de importancia la muerte del antiguo duque de Kent, al contrario, para muchos era un alivio.

Paseó su mirada por los alrededores del club, observando los cambios desde que había sido comprado por los hermanos Brooksbank. Las lámparas de arañas en el techo le daban un toque de elegancia, la madera rojiza brillaba por los pasamanos de las escalinatas que llevaban a los tres pisos que componían el club. Las mesas redondas estaban estratégicamente colocadas de manera que los clientes tuviesen un poco de privacidad. Las mujeres que servían las bebidas estaban elegantemente ataviadas con unos vestidos en seda de colores sobrios. Levantó una ceja al ver la enorme barra en madera que iba de un extremo al otro del primer piso y podía verse sin problemas desde cualquiera de los pisos superiores. En su caso, se encontraba en el segundo. Tenía que admitir que la nueva imagen del club era más favorecedora, se sentía a gusto en ese nuevo ambiente, algo que no había ocurrido en el pasado cuando había estado allí.

Su rostro se crispó al ver acercarse a Richard, quien venía directamente hacia ellos, como siempre elegantemente ataviado con una casaca negra sobre una camisa en seda blanca, Claxton no pudo evitar gruñir de desagrado.

—Caballeros, qué grata sorpresa. —El conde de Norkfolk se sentó en la silla frente a Claxton, quien no ocultó su incomodidad.

—Lárgate, Richard, vine a relajarme y cada vez que te veo siento unas ansias enormes de borrarte esa estúpida sonrisa del rostro.

Richard levantó una ceja sonriendo con ironía, al parecer, su enemigo eterno estaba de muy malas pulgas. «Que te jodan, Claxton, esta vez me las voy a cobrar todas juntas», meditó sirviéndose sin permiso un buen vaso de *whisky* de la botella que habían dejado sobre la mesa.

—Me sentí feliz al saber de la llegada de… Marianne a Londres.

—¿Desde cuándo tuteas a mi esposa, infeliz?

—Claxton —advirtió Phillip mirándolos preocupados.

—Déjame, Phillip.

—Sí, déjalo, ya está bastante mayor para que sigas cubriéndole las espaldas —se burló Richard.

—Eso no es cierto, Richard —lo contradijo Phillip sacando un cigarro de su alforja de cuero, mientras los miraba exasperado.

—¿Desde cuándo tienes tanta confianza con mi esposa? —preguntó tensando la mandíbula.

—*Lady* Marianne es una dama muy peculiar, he disfrutado de nuestros encuentros en Badminton House, es una dama con la que se platica muy a gusto, un adversario para tener en cuenta a la hora de hacer negocios. Ahora que se encuentra en la ciudad me gustaría disfrutar de su compañía. —Richard estaba disfrutando el momento, estaba haciendo un gran esfuerzo para no reír a carcajadas, eran muchos años de conocer a Claxton para no saber que estaba a punto de tirar la mesa que los separaba y arrancarle la cabeza.

—Richard… —intervino Phillip sin comprender qué se proponía, estaba dando la impresión de que *lady* Marianne y él tenían una íntima amistad.

—No te quiero al lado de mi esposa.

—¿Inseguro?

—¡Vete al diablo, imbécil!! —le gritó sin importarle que pudieran escucharle.

—Daría cualquier cosa por verte perder el corazón, por ver esa mirada estúpida que ponen los hombres enamorados…

—Eso no ocurrirá nunca —contestó de prisa.

Richard se tomó un trago y le guiñó un ojo mientras se levantaba.

—Espero que sea cierto, porque estaré la vida entera riéndome de ti, cretino. La mejor manera de *lady* Marianne de vengarse es arrancándote el corazón del pecho.

—¡Jódete! —le gritó poniéndose de pie, Phillip se levantó deprisa atajándole el paso, los hombres de Brooksbank se habían puesto alertas al escuchar los gritos de Claxton.

Richard se alejó riéndose a carcajadas mientras sus pares lo miraban desde todos los puntos del club. Bajó al primer piso, donde se encontraba el libro de apuestas sobre una elegante mesa redonda de caoba. Lo abrió y, ante la sorpresa de todos, sacó la pluma del tintero y escribió el origen de su apuesta dejando sorprendidos a los caballeros que se habían acercado a leer lo que se apostaría.

Cuando varios ojos elevaron la mirada para mirar a Claxton riéndose, Phillip supo que los dos hombres se habían declarado la guerra, sería un milagro que no terminasen en un duelo a muerte.

—Si le pone un dedo encima a mi mujer, ¡lo mato! —escupió furioso.

Phillip prefirió darle una calada a su cigarro, Claxton estaba metido hasta el fondo y todavía el iluso no se daba cuenta. Richard había podido ver lo mismo que él, sus sentimientos hacia su esposa ya no eran los mismos, desde que le había conocido, su comportamiento era completamente diferente. «Maldición, y luego dicen que el amor es el sentimiento más sublime. Si agarro a Byron, no le quedará más ganas de escribir estupideces», meditó Phillip mirando de reojo a su amigo, planteándose seriamente fumarse un pitillo de sativa en la parte trasera del club.

Capítulo 11

Marianne ladeó el rostro mientras Sarah terminaba los últimos arreglos a sus rizos cobrizos, debía admitir que se veía muy diferente. El vestido color azul resaltaba el color de su piel. El corpiño era bastante sugerente, la otra Marianne que había sido jamás se hubiese atrevido a lucir tal escote, pero la mujer que sonreía ante el espejo era una que había luchado y había vencido, no dejaría que su esposo le robara un día más de felicidad. La trajo de vuelta a Londres, pues que se preparara, porque presentaría batalla, no sería ella la humillada nuevamente.

—Está hermosa…, *milady* —dijo Sarah emocionada mirándole a través del espejo.

—Me has sorprendido, mi cabello se ve estupendo.

—He logrado que parezca un recogido…, debería dejarlo crecer, aunque sea un poco. Al cortarlo, le está dando a él poder sobre usted. —Sarah se atrevió por primera vez a hablar sobre el delicado tema que atormentaba a su señora.

Marianne se observó pensativa en el espejo, meditando las palabras de su doncella. Suspiró asintiendo, incorporándose del banquillo, extendiendo las manos para que Sarah le pusiera los largos guantes negros.

—No lleva alhajas —murmuró apenada Sarah.

—Sabes que las vendí… Las alhajas de la duquesa de Ruthland jamás se me enviaron y nunca preguntaré por ellas. —Marianne se acercó a la cama y acarició la delicada capa que la acompañaría al teatro esa noche. Era un sueño, *madame* Coquet tenía un verdadero arte para la costura. La levantó y Sarah la ayudó a colocársela.

—Parece una reina, *milady* —dijo mirándola sorprendida del cambio de su señora.

—Esta noche soy la duquesa de Ruthland. Aunque me cueste llevar el título, no me puedo presentar públicamente sin ostentarlo… Despreciar a mi esposo de esa manera solo me traería repudio.

—Nosotros estamos orgullosos de que sea la duquesa del ducado de Ruthland —respondió mirándola con cariño y respeto.

—Nunca olvidaré lo que hiciste por mí aquella noche, fuiste mi ángel de la guarda, y espero poder algún día pagarte de alguna manera.

Sarah sonrió desviando los ojos empañados de lágrimas, tomó el frasquito de perfume del tocador y delicadamente puso una gota en un pequeño pañuelo y con mucho cuidado lo colocó dentro del corpiño del vestido de Marianne, de esa manera el delicado aroma llegaría a las personas que se acercaran a saludar a su señora.

—Delicioso aroma… ¿Francés? —preguntó curiosa Marianne mirando el elaborado frasco.

—No, *milady,* el frasco es de la perfumería Floris en la avenida St. James, *madame* Coquet lo envió junto con el ajuar, fue hecho especialmente para usted. Deprisa, *milady,* el carruaje le espera —la urgió Sarah.

—Eugene debe estar impaciente. —Tomó su pequeño bolso de satén y salió decidida a disfrutar la noche.

Marianne comenzó a bajar las escaleras tan concentrada en colocar el bolso en su muñeca que no vio a los dos hombres que estaban a punto de salir de la mansión hasta que fue demasiado tarde. Su mirada se encontró con la de su marido, que se detuvo sin ocultar su sorpresa al verla con un atuendo de gala. Marianne ignoró el brillo de amenaza en su mirada y terminó de bajar los últimos escalones.

—Caballeros, espero que pasen una grata noche. —Hizo una breve inflexión y se dispuso a continuar su camino. Por el rabillo del ojo vio al mayordomo, pero decidió ignorarlo.

—¿A dónde vas? —La voz acerada de su esposo tuteándola en público llegó hasta ella haciéndola detenerse.

Antes de girarse a encararlo, una sonrisa diabólica se dibujó en sus labios.

—Voy al teatro, *milord*. He decido utilizar el palco privado de los duques de Rutland que por años ha estado abandonado. Buenas noches —sonrió continuando su camino con Sarah pisándole los talones, preocupada por la mirada del duque.

—Dejará a muchos caballeros sin respiración en el teatro —murmuró Phillip mirando a la mujer mientras se alejaba.

Claxton estaba petrificado al lado de Phillip, incapaz de pronunciar palabra alguna, todavía no podía creer que su esposa pudiese verse tan arrebatadora, le había dejado sin respiración, había sido toda una visión verle bajar las escaleras sin sujetarse del pasamanos, como toda una reina. Marianne tenía una elegancia natural que había visto en muy pocas mujeres.

—Sube a cambiarte —ordenó a su amigo.

—¿No iremos al club? —preguntó Phillip mirándole como si se hubiese vuelto loco.

—No voy a dejar a mi mujer a merced de los libertinos de la ciudad —respondió dejándole con la boca abierta mientras lo veía subir casi corriendo las escalinatas.

—¿Giles?

—Excelencia. —El mayordomo se acercó con el rostro inexpresivo.

—¿Claxton mencionó a los libertinos de la ciudad? —quiso saber mirando confundido al leal mayordomo.

—Sí, excelencia, al parecer, el señor olvidó que él pertenece a dicha lista —respondió el mayordomo mirando las escaleras por donde había desaparecido el duque.

—Avísale al cochero que tardaremos en salir —suspiró ascendiendo Phillip por las escalinatas para cambiar sus vestiduras por unas más acorde para una velada teatral y de paso meter uno de sus pitillos a su alforja de cuero, algo le decía que sería una noche larga.

Si alguien le hubiese contado la actitud de su viejo amigo en los últimos días, no lo hubiese creído. Claxton había sido poseído por algún tipo de magia bien negra, no había otra explicación para que un hombre maduro estuviese comportándose como un estúpido petimetre sin experiencia, no había que ser muy inteligente para darse cuenta de que *lady* Marianne bajó por las escaleras en plan de guerra.

«¿Por qué tengo que ser tan leal? Debería dejarle caer, va directamente al abismo». Terminó de subir las escaleras dándose de trompicones con su ayudante de cámara, que ya le estaba esperando con el atuendo de gala.

***

Marianne disfrutó del traqueteo del carruaje por las estrechas callejuelas de la ciudad, mientras trataba de entender el deseo irracional que sentía de provocar a su marido. «No es sensato desatar su ira», meditó corriendo un poco la cortina para disfrutar de la noche. Le atraía, esa era la verdad, sentía una extraña fascinación por su marido, las perversas palabras que le susurraba en el oído se habían clavado en su subconsciente haciendo de su cuerpo un hervidero de sensaciones insatisfechas.

Suspiró al presentir que sería una batalla campal entre ambos, él buscaba su propia satisfacción como hombre y ella era incapaz de dar su brazo a torcer, no quería perdonarle, había derramado muchas lágrimas para yacer como si nada en la cama con su marido. ¿Qué pasaría cuando se extinguiera el deseo? «Buscará a otra y volverá a enviarme lejos», se respondió con un dejo de amargura. Sería un desastre que se enamorara de su esposo, no era un hombre fácil de manejar, los pocos días a su lado le habían mostrado un carácter fuerte, testarudo. Era un hombre que tomaba lo que deseaba sin pedir permiso, por ello le extrañaba que no la hubiese obligado a aceptarlo en el lecho conyugal, había mencionado el deseo de hacerla su amante, pero ella debía participar del acto y eso era lo que la intrigaba.

¿Por qué él buscaría compañía en una mujer como ella? No tenía experiencia…, no sabría complacer a un hombre de la talla amatoria a la que estaba segura pertenecía su marido. Marianne suspiró, cada vez estaba más intrigada con la conducta de su esposo. «Me avergüenza sentirme atraída hacia su cuerpo», meditó mordiéndose el labio inferior.

No tenía a nadie con quién platicar sobre los sentimientos contradictorios que tenía. Aunque Eugene se había convertido en su amiga luego de su presentación en sociedad, lo cierto era que habían pasado cinco años; hablar con ella sobre su matrimonio no le parecía bien, sus problemas conyugales no le interesaban a nadie, solo a ellos dos. A pesar de que guardaba rencor hacia su esposo y repudiaba ser la duquesa de Ruthland, había un sentido de lealtad en ella muy arraigado. No discutiría su intimidad con nadie, tendría que ingeniárselas ella sola para sortear los obstáculos. Lo mejor era la honestidad, tendría que hablar claro con su esposo, él debía saber lo que ella pensaba, de otra manera era dar vueltas en círculos.

El carruaje se detuvo y sonrió en la oscuridad del faetón, con nuevos bríos se dispuso a disfrutar la noche. Eugene se acercó de inmediato al verla bajar con la ayuda de un lacayo. Su mirada se paseó por la acera, donde muchas parejas con sus mejores galas hacían su entrada al majestuoso teatro de Drury Lane, situado en el conocido vecindario de Covent Garden. Marianne elevó la mirada, fascinada de estar de nuevo frente al gigantesco teatro, era lo único que había extrañado de su antigua vida en Londres. Una sonrisa brillosa se dibujó en sus labios.

—Estás impresionante. —Eugene la tomó del brazo mirándola con asombro.

—Tú estás radiante. —Le sonrió coqueta a la alta mujer, ataviada con un hermoso vestido azul que realzaba su generoso busto.

Se había hecho un recogido en lo alto de su cabeza dejando una cascada de rubios rizos caer sobre sus hombros. Todavía Marianne no comprendía por qué su amiga no se había casado, era una joven hermosa. Suponía era su personalidad franca y vivaracha, Eugene era una mujer con costumbres muy americanas, las que el tiempo transcurrido en Londres no habían podido cambiar.

—Entremos, has causado bastante conmoción. —Eugene rio avanzando entre los grupos que intentaban entrar, el Drury Lane podía albergar a más de tres mil espectadores y, al parecer, esa noche toda la aristocracia se había dado cita.

Marianne ignoró las miradas curiosas, su título nobiliario le daba una cierta libertad en cuanto a poder dejar de lado los saludos forzosos, una duquesa estaba en lo alto de los miembros de la corte. Siguió a Eugene que, para su sorpresa, se interponía en el camino de algún noble que deseaba acercarse. No se sentía temerosa, más bien lo que sentía era curiosidad por ver hasta cuánto su título era de importancia para aquellas personas.

Si era sincera consigo misma, extrañaba su hogar, su gente. Siguió de buen grado a su amiga, entraron conversando animadamente al palco privado perteneciente a su marido. Eugene la estaba poniendo al tanto de los cotilleos más importantes. Era tal su distracción que cuando percibió el silencio dentro del teatro ya estaba en medio del amplio palco. Marianne se acercó lentamente al borde y levantó orgullosa el mentón, quería que supieran que no tenía nada de lo cual avergonzarse, no pensaba bajar la mirada ante nadie. «Bueno, a Jorge porque es nuestro rey, porque de lo contrario tampoco», pensó disfrutando las miradas curiosas de los caballeros de los palcos más cercanos. Sacó con cuidado de su bolsa sus anteojos de teatro, de concha de nácar, y se dispuso a dar una mirada alrededor del teatro. Su respiración se agitó cuando vio a través de ellos al conde de Norfolk sonriéndole divertido. Marianne, se quitó de inmediato los espejuelos, sonrojada.

—¿Le conoces? —preguntó Eugene curiosa al ver la expresión del caballero y el sonrojo de su amiga.

—Es el conde de Norfolk —contestó todavía ruborizada, había olvidado por completo al conde.

—Creo que viene hacia acá —le murmuró acercándose más a ella.

—No me dejes a solas con él, no deseo provocar más cotilleo, es suficiente con mi regreso a Londres —le pidió apresuradamente antes de que llegara el conde hasta ellas.

—Nunca le había visto con anterioridad —le dijo Eugene contrariada.

—El conde pertenece a la realeza alemana, su abuelo es el soberano actual, desconozco por qué utiliza uno de sus títulos inferiores.

Se giraron al sentir la cortina del palco abrirse y entrar por ella al conde de Norfolk. Eugene tuvo que abanicarse, el caballero irradiaba una elegancia arrebatadora, no se parecía en nada a los señores que había conocido en los distintos salones de bailes.

Richard tomó la mano enguantada de Marianne llevándosela a los labios, mientras le miraba con intensidad. Eugene no perdió detalle con el efusivo saludo, el conde mantuvo más del tiempo necesario la mano de su amiga entre su mano.

—*Milord,* ¡qué grata sorpresa! —saludó Marianne arrebolada por el sugestivo beso. Aunque llevaba guante, no había podido evitar sentir los labios del conde contra su piel, el repentino cosquilleo le recorrió la mano.

—Es un deleite estrechar nuevamente su mano —le dijo sin soltarse de su agarre.

—Deseo presentarle a una gran amiga, la señorita Eugene Johnson. —Marianne intentó desviar la atención desmesurada del hombre, sentía la mirada del teatro sobre ellos, seguramente el efusivo saludo del conde de Norfolk a la duquesa de Ruthland sería el cotilleo más importante de los salones de té, especialmente porque se suponía que ella había estado exiliada en una de las propiedades de su esposo; tendría que rezar para que los maliciosos comentarios no llegasen a los oídos de su marido. El conde era un cliente muy importante para los viñedos del ducado de Ruthland.

Richard inclinó brevemente la cabeza, pero al contrario de lo que había hecho con Marianne, no tomó su mano para besarla.

—Encantado, *milady*.

—Le comentaba a Marianne que jamás le había visto antes, y esta vendría a ser mi sexta temporada. —Eugene no pudo evitar preguntar, aun sabiendo que lo más probable fuera que el conde no tomara con agrado su curiosidad por él.

—No suelo aceptar invitaciones a eventos sociales, por su leve acento deduzco es americana. —Richard la miró con curiosidad, su apellido le resultaba conocido. Ya investigaría más tarde, su interés en esos momentos era la deliciosa e inesperada aparición de la duquesa en público. Como siempre había sospechado, vestida con todas sus galas era arrolladora.

—Es cierto, *milord*, esta será mi última temporada, deseo regresar a Nueva York, mi estancia en Londres se ha alargado más de lo que mi padre había prescrito —contestó sin perder detalle del rostro del conde. Le causaba curiosidad cómo un hombre con semejante porte y elegancia todavía estuviese soltero.

—Estuve hace unos meses en Nueva York, tengo negocios allí… Una ciudad interesante, la próxima vez que vaya será para estar una larga temporada. Mi amigo, el duque de Grafton, vivió muchos años en dicha ciudad y me ha hablado maravillas.

—¿El duque de Grafton regresó a Londres? —preguntó sorprendida, el noble era una leyenda en Nueva York, se había ganado el respeto de la alta burguesía de la ciudad, incluyendo a su padre que siempre lo mencionaba como un ejemplo que deberían seguir los demás aristócratas europeos.

—Regresó para casarse y ocuparse de su ducado —contestó sonriendo a la sorprendida dama—. Seguramente, llegará a Londres con su familia en las próximas semanas. Estamos a inicio de temporada, Londres se llenará de un hervidero de gente.

Richard miró a Marianne con una sonrisa pícara, disfrutando de la turbación que veía en su rostro. En las visitas que había hecho a Badminton House, ella siempre se había mantenido inalterable ante sus comentarios con una doble intención. Con ese rubor en las mejillas se veía adorable, seductora.

—Será un temporada interesante… ¿El duque de Ruthland no la acompaña? —Richard se acercó más a Marianne, obligándola a tener que subir la mirada, el suave olor de la colonia del conde le distrajo en su contestación.

—Ya estoy aquí, Richard —contestó una voz acerada desde la entrada del palco.

Marianne se giró sin poder ocultar su sorpresa, su marido era la última persona a la que había esperado encontrarse en el teatro, y mucho menos con signos de querer sangre, no comprendía por qué estaba tan alterado, se acercó a ellos deteniéndose justamente frente al conde.

—No recuerdo haberte invitado a mi palco privado, Norfolk… —le espetó sin importarle la cara de sorpresa de las dos mujeres ante su falta de cortesía.

—He venido a saludar a la duquesa…, tenemos años de conocernos —contestó insinuante sin dejar de mirar a Marianne, lo que puso más tensión al encuentro.

—Cierto…, *milord* acaba de entrar —intervino Marianne.

—Pensaba disfrutar la obra con *lady* Marianne, como ya sabes, me considero un amigo personal de vuestra esposa. —Claxton podía sentir la burla en sus palabras y apretó fuerte la mandíbula para no tirarlo del palco, estaban en el quinto piso del Drury Lane y las ganas de lanzarlo se hacían cada vez más fuertes.

Eugene detuvo el abanico en el aire al escuchar la punzante voz del marido de su amiga, le recordaba al día del matrimonio y, como en antaño, se le crispó la piel al verle, el duque de Ruthland inspiraba miedo, había algo en sus ojos negros que daban ganas de persignarse.

Su mirada azul recayó en el hombre, que se había mantenido a las espaldas del duque. Entrecerró la mirada con interés, llevaba casi seis años participando en la sociedad londinense, sin embargo, era la primera vez que estaba cerca de estos caballeros. Había escuchado muchos cotilleos sobre ellos, mas nunca había tenido la ocasión para verlos de cerca, era una coincidencia increíble que su amiga Marianne estuviese de alguna forma ligada a ellos.

—Mi esposa tiene quien le acompañe. —Los ojos negros de Claxton brillaban de rabia contenida, y Richard tuvo que hacer un gran esfuerzo para no reírse a carcajadas, estaba celoso y hasta para él era una gran sorpresa el ver caer a un titán.

Claxton toda la vida había sido su rival, pero debía aceptar que de todos los miembros de la hermandad era el menos que hubiese pensado perdería el corazón. Claxton siempre había sido un hombre muy sexual, frío y hasta cruel con su amante de turno, verle frente a él reclamando su sitial de esposo era todo un espectáculo.

Mariane intercambió una rápida mirada con su amiga, no entendía qué estaba pasando, la tensión entre los dos hombres era palpable, su esposo estaba a punto de traspasar la línea, le había contestado al conde con toda la intención de dejarle ver su postura, no le quería allí y Mariane se negaba a pensar que fuese por celos, el duque de Ruthland era un hombre demasiado frío y controlado para demostrar un sentimiento tan vulgar en público.

—*Milord*, me gustaría presentarle a mi amiga, la señorita Eugene Johnson. —Marianne se atrevió a tocar el brazo de su marido, estaban llamando la atención de los palcos cercanos y ella no pensaba permitirle a su marido más escándalos.

Claxton sintió su mano y volvió a respirar, se le había escapado todo el aire de los pulmones al abrir la cortina y encontrar a Richard mirando a su mujer como si quisiera devorarla. Sentía el corazón latiéndole descontrolado, jamás había tenido que hacer ningún esfuerzo por mantenerse en control, tenía unos deseos inmensos de agarrarle por el cuello y apretarle hasta dejarle sin vida. Llevó una mano hasta la de su esposa y se aferró a ella, buscando serenarse.

Claxton hizo una breve inflexión, más que otra cosa, por cortesía.

—¿Johnson? ¿Es usted familiar de sir Jeremy Johnson, el terrateniente americano dueño de una de las flotas de navíos más grande del continente americano? —Claxton entrecerró los ojos al reconocer el apellido de uno de los hombres más influyente en Estados Unidos.

—Sí, excelencia —respondió azorada—. ¿Conoce a mi padre?

—Su padre y yo frecuentábamos el mismo club en Nueva York… De hecho, tenemos negocios en común. —Eugene asintió, guardando la información para cuando tuviese la oportunidad de hablar con su padre.

—Hace tres años que no le veo, *milord*, regresaré a Nueva York luego de terminada esta temporada.

—Se da por vencida… —interrumpió Phillip, oculto a la espalda de Claxton, atrayendo las miradas sorprendidas del grupo.

—No recuerdo que nos hayan presentado, *milord*. — Eugene dio un paso al frente dispuesta a decirle a aquel rufián lo que se merecía.

—Preséntame, Claxton, para poder terminar de decirle a la dama que si vino en busca de un título para agregar a su ya cuantioso patrimonio, deberá empacar y marcharse, los solteros que desgraciadamente hemos llegado a la ciudad no estamos en busca de esposas insurrectas.

—Phillip… —intervino Richard.

—¿Insurrectas? —preguntó sin dar crédito a lo que el caballero decía, no le conocía de nada y el imbécil la estaba atacando públicamente.

—Las damas americanas tienen la reputación de rebeldes y poco dispuestas a seguir las normas establecidas por la aristocracia europea.

—¿Se puede saber qué te ocurre? —intervino Richard—. La mayoría de nosotros tampoco las seguimos. —Richard le miraba como si hubiese perdido la cordura.

Ninguno de ellos era un ejemplo de buenas costumbres; ni siquiera él, que era el segundo hijo del monarca alemán. Había sido la oveja negra de la corte de Hannover, utilizando para la consternación de su padre uno de sus títulos más inferiores, despreciando el de príncipe.

—¿Desde cuándo eres tan presuntuoso? —Claxton le miró con el ceño fruncido.

—Puede tranquilizarse, *milord*… — Eugene le miró con sus ojos verde claros desafiante.

—Phillip Carnegie, duque de York. —La vestimenta tan pulcra de Phillip, su lazo tan bien hecho le hacían ver como un caballero inaccesible, todo en él, hasta la perfecta nariz aguileña, gritaba que pertenecía a la aristocracia, y eso sacó lo peor de Eugene que durante todos esos años había tenido que soportar que la miraran por encima del hombro a pesar de ser la hija de uno de los hombres más ricos del continente americano.

Eugene bajó el abanico y se rio estruendosamente del hombre frente a ella, se rio de la aristocracia y de toda la mierda que había tenido que soportar.

—¡Dios, Marianne! —exclamó enfurecida señalando con su abanico a Phillip—, esta es la razón por la que sigo soltera, son tan presumidos, mírale, parece que tiene un bastón metido por el…

—¡Eugene! —la atajó Marianne contrariada porque su noche de teatro se estuviese convirtiendo en una pesadilla.

—Déjele terminar, quiero saber lo que tiene… metido… —Richard se lo estaba disfrutando en grande, quería que James le estuviese esperando en el White, seguramente el club de caballeros estaría lleno, era sábado, noche de apuestas.

Las luces del teatro se atenuaron, indicándoles que el primer acto estaba por comenzar. Marianne sintió la mano de su esposo sujetarle por la cintura, el contacto fue sorpresivo, pero decidió hacerse la desentendida, odiaba las escenas frente a desconocidos y, con la aparición inesperada de su marido en el teatro, había logrado que todos estuviesen pendientes de lo que ocurría en el palco de los duques de Ruthland. «Nuestra primera aparición a punto de convertirse en la comidilla de toda la sociedad», meditó mirando con disimulo a su esposo.

—Caballeros, la obra está a punto de comenzar —les recordó Marianne.

Richard se giró para mirarla, extendió su mano para besar la de Marianne, pero para sorpresa de todos Claxton interpuso su mano, evitando que la tocara. Marianne se sonrojó de la vergüenza, Richard no se dio por aludido, simplemente hizo una leve inflexión sonriéndole a Marianne y abandonó el palco en busca de la salida, no deseaba quedarse a ver la obra música, necesitaba un *whisky* y un lugar donde poder reírse a carcajadas sin ser molestado.

Estaba sorprendido, cuando vio entrar a *lady* Marianne al palco, miles de ideas ilícitas se agolparon en su cabeza, hacía tiempo que ninguna mujer lo había inquietado tanto. Si se había mantenido a distancia, había sido por proteger a la dama; si era honesto consigo mismo, no le debía nada a Claxton, era un miserable…, pero ahora todo había cambiado, jamás se inmiscuiría en una relación en la que hubiese sentimientos envueltos, Claxton le había dejado claro que sentía algo más por su esposa de lo que fanfarroneaba a sus amigos más íntimos. Un hombre como él no amenazaría a otro si no tuviese motivos verdaderamente poderosos, así fuese su esposa.

Para la mayoría de ellos, los matrimonios eran meramente un acuerdo en el que la mujer era una moneda de cambio, no representaban nada más que el medio para tener herederos. La mayoría eran frías, interesadas y un dolor de cabeza, esa era una de las principales razones por las que se mantenía alejado de la corte de Hannover y la influencia de madre. Por lo menos en Inglaterra, su tío, el rey Jorge, no se metía en su vida privada, al contrario, el monarca era su aliado, mantenía a su madre a distancia, era conocimiento de la aristocracia europea las peleas entre los primos. «No te lo haré tan fácil, ya conozco tu punto débil», meditó sonriendo mientras salía del teatro rumbo a su carruaje, que le esperaba en la esquina del lugar.

Marianne se sentó y Eugene siguió ignorando la mirada intensa del duque de York. Para su sorpresa, el duque se sentó a su lado, inclinándose de manera íntima sobre su oreja.

—Tiene unos pechos exquisitos —le susurró al oído, ocasionando que su rostro se tiñera de un rojo intenso. «Maldito rufián», pensó.

Eugene mantuvo su mirada al frente, ignorándole. Si algo le habían enseñado los londinenses, era a ignorar todo lo que le desagradara y este hombre era insoportable, un majadero. Si fuese por ella, le apretaba la nariz hasta que gritara.

—No responde…, la creí más aventurera… Soy un caballero soltero bastante agraciado y usted me ignora —le dijo burlón muy cerca.

Eugene miró con interés el escenario, sentía las miradas curiosas de la gente a su alrededor, el duque se estaba acercando demasiado, pero si ella se levantaba, armaría una escena y no estaba dispuesta a darle la satisfacción de avergonzarla en público.

—Al parecer, me he equivocado, se comporta como toda una dama londinense —ronroneó provocándola.

Eugene giró lentamente la mirada, le sonrió con dulzura, mientras dejó caer su mano enguantada sobre la entrepierna del hombre y apretó con saña imaginándose el ordeño de una vaca. Los ojos de Phillip comenzaron a lagrimar mientras trataba con disimulo de sacar la mano de la mujer de entre sus piernas.

—Tenga cuidado, excelencia, la próxima vez le dejo como un eunuco —le dijo sonriéndole dulcemente con sus ojos angelicales, mirándolo con adoración.

—¡Maldita loca! —escupió buscando aire.

—Me siento abrumada con sus palabras, *milord*, es usted un caballero encantador. —Le aleteó las pestañas, dejando a Phillip sin palabras, mirándola como si tuviese dos cuernos en la frente.

—¿Qué le sucede a vuestro amigo? —Marianne miró a su marido, quien se había sentado a su lado y se había negado a soltar su mano. Su rostro miraba tenso hacia el escenario, evitando su mirada.

—No lo sé, nunca le había escuchado hablarle así a una dama. —Claxton se negaba a mirarla, todavía no podía entender qué había sucedido minutos atrás, todavía sentía el corazón agitado, se sentía amenazado y no era precisamente por Richard, la amenaza real era su esposa, había visto la sonrisa de complacencia de su rival.

Richard lo sabía, hombres como ellos no eran de demostrar ningún tipo de sentimiento, mucho menos en público y él, uno de los duques más descarriados del reino, había estado a punto de golpear a Richard frente a la vista de la mayoría de la aristocracia inglesa. «El teatro está lleno…, seguramente el monarca se enterará por algún cotilla».

Sentía la mirada intensa de Marianne, pero no se giró, mantuvo su mano entre la suya y se concentró en el escenario.

Phillip miró de soslayo a Eugene, «¿qué demonios me sucede?», pensó levantándose sin anunciarlo, saliendo casi cojeando del palco, le latía la entrepierna casi al punto de querer gritar. Mientras avanzaba rígido por el pasillo buscando algún lugar donde pudiese fumarse un pitillo de sativa que lo ayudase con el dolor, se maldijo por haber regresado a Londres, estaba muy bien en su *chateau* en Francia, desde allí había podido dirigir su imperio de piedras preciosas.

La orfebrería siempre había sido su pasión, controlaba las minas de Golconda en India, recientemente había comprado algunas en Brasil, no tenía tiempo para perder con damas en busca de maridos, su verdadero objetivo en Londres era convencer a Nicolas Brooksbank de que se uniera a su selecto grupo de orfebres, no la seducción.

«Maldita loca», pensó entrando a un pequeño balcón que daba a la parte trasera del teatro. Suspiró agradecido de tener un poco de intimidad, sacó su alforja de cuero y con cuidado la abrió, solo llevaba un pequeño pitillo de sativa. Por lo general, pasaban semanas antes de que tuviese que fumar alguno para ayudarle a mantener su mente clara, la sativa le ayudaba con su problema de ansiedad. Las manos le temblaban, acercó el pitillo a uno de los candelabros en la pared y rápidamente le dio una calada fuerte cerrando los ojos por el placer. Luego los abrió azorado al sentir que le arrebataban el pitillo. La causa de su malestar estaba frente a él y sin ninguna vergüenza se metió con descaro el pitillo de sativa entre los labios y gimió de placer.

—¿Se puede saber qué hace aquí?

—Llevo años sin darme un pitillo, excelencia —respondió cerrando los ojos mientras daba una segunda calada al pequeño cigarro.

—Lo uso como un método medicinal… —se justificó sin saber por qué, nunca lo había hecho, le tenía sin cuidado lo que pudiesen pensar de su costumbre de fumar pitillos de sativa.

—Yo también padezco de ansiedad, *milord* —respondió abriendo los ojos mirándole con interés.

—Yo también…

—Fui muy brusca allí dentro. —Sus ojos verdes le miraron avergonzada.

—Fue inapropiado lo que le dije, usted es la mejor amiga de *lady* Marianne, fue imperdonable —se disculpó incómodo todavía sin comprender la razón de haber sido tan brusco con la joven.

—¿De verdad le gustan mis pechos? —preguntó coqueta mirándole los labios sensuales, era un caballero que quitaba el aliento.

Los ojos de Phillip bajaron sin disimulo al ajustado corpiño y se regodeó admirándolos. «Dormiría feliz entre ellos», meditó más relajado a causa de la sativa.

—No busco esposa, *milady*. —Se sintió obligado a recordarle, no podía convertir a una dama casamentera en su amante.

—Yo tampoco…, no voy a poner en manos de un inglés el patrimonio de mi padre, *milord*. Necesito un esposo que esté acostumbrado a trabajar, y me perdonará mi atrevimiento, pero no he conocido a muchos caballeros a los que les guste algo más que estar en su club de caballeros. Soy hija única, mi hermano murió de unas fiebres hace diez años, debo regresar y ayudar a mi padre. —Eugene se sinceró con el caballero, esta sería su última temporada en Londres y estaba harta de seguir las reglas del decoro. «No me han funcionado en absoluto…, ni un beso robado en la oscuridad me llevo como recuerdo», pensó con acritud dejando caer su mirada por todo el cuerpo del duque.

Se deleitó sin disimulo con sus largas piernas musculosas que ni los pantalones ni sus botas de caña podían ocultar.

Phillip ladeó el rostro mirándole con atención, de la manera cómo fumaba no era la primera vez, el verla disfrutar así del pitillo le estaba excitando. Era hermosa, una mujer bastante alta que le llegaba casi al mentón, con una piel inmaculada. Pensó en adornar su cuello con pequeñas esmeraldas, se puso en tensión ante sus pensamientos y extendió la mano para que le entregara el cigarro.

—Muchas gracias por compartirlo —le dijo con una sonrisa en sus ojos verdes.

—No lo hice —le recordó sarcástico.

—Deberíamos tratar de llevarnos mejor…, su mejor amigo es el esposo de mi mejor amiga, eso nos hace ser parientes —se burló causándole risa la cara de desconcierto del duque, se notaba que no estaba acostumbrado a una charla franca fuera de los convencionalismos aristocráticos.

—Nunca pensaré en usted como una amiga… —respondió retándola a contradecirlo.

—Mirándole con atención, *milord,* y después de haber fumado ese pitillo de sativa…, yo tampoco podría verle como un amigo, me gustaría verle despeinado sin ese elaborado lazo que lleva al cuello, tal vez desnudo…

Phillip se abalanzó sorpresivamente sobre ella estrellándola contra la oscura pared, apoderándose de sus labios, el sabor a sativa les volvió locos a ambos, que se aferraron al beso como si les fuera la vida en ello. Eugene abrió su boca dejándole morder su lengua. «Joder con el duque», pensó antes de bajar sus manos y apretarle las nalgas, lo que lo hizo gemir más fuerte.

—Esto es peligroso —murmuró agitado Phillip contra su boca.

—Peligroso…, pero muy rico, excelencia —le contestó apretándolo más contra ella.

***

Marianne dio gracias al cielo cuando bajó la pesada cortina en el escenario, no había disfrutado del espectáculo, su marido se había negado a soltarle la mano en toda la función. No comprendía qué estaba sucediendo, William Jefferson Claxton la sorprendía a cada paso del camino, nada de lo que se había imaginado sobre él era real, la verdad era que el hombre aferrado a su mano era un completo misterio para ella, demasiado intrincado para una mujer sin experiencia como era. Había aborrecido la crueldad de su marido, «ahora aborrezco lo que me hace sentir», suspiró mientras veía cómo las personas salían de los palcos cercanos al suyo.

—No me presiones, Marianne —dijo Claxton con la mandíbula tensa mirando al escenario—, no soy un caballero… —le advirtió.

—No he hecho nada que pueda causarle vergüenza, *milord*.

—Nunca sentí celos por ninguna mujer…, la sensación es destructiva, no quiero que vuelvas a estar a solas con el conde de Norfolk. —Marianne se quedó paralizada de la sorpresa, al escuchar de su boca la aceptación de que estaba celoso, lo observó en silencio intentando digerir sus palabras.

—El conde es uno de los clientes más importantes de los viñedos —contestó al fin sin querer hablar de los sentimientos inesperados de su marido.

—Me importa una mierda, no volverás a estar a solas con él, no es una sugerencia, es una orden —masculló furioso girándose al fin a encararla con sus ojos negros centelleando, dándole un aspecto fiero que amedrentó a su pesar a Marianne.

—No toleraré ese tono conmigo, *milord* —respondió palideciendo ante su mirada.

Claxton apretó su mano más fuerte, haciéndola respingar, sin embargo, Marianne no apartó su mirada de la suya ni emitió un quejido. Claxton se levantó y la ayudó a ponerse de pie, alcanzó su capa del respaldo del asiento y, ante la mirada de muchos curiosos, le ayudó a colocársela. Ella mantuvo la mirada en su pecho evitando levantarla, estaba tan cerca que su olor la embriagaba. «¿Por qué tiene que oler tan bien?», pensó contrariada al borde de la desesperación.

—No me retes, Marianne —dijo amenazante acercándose a su oído—, no soy un hombre bueno, nunca lo he sido. Tienes prueba de ello, no invoques a mi lado oscuro, no tendré clemencia. —Se incorporó con suavidad encontrando su verde mirada. Para sorpresa de muchos, todavía en la sala del teatro, el duque de Ruthland se inclinó para besar la frente de su esposa en público.

Ella cerró los ojos ante lo que estaba segura sería lo más comentado en años. A su pesar, tembló entre sus brazos disfrutando la caricia.

Marianne le siguió en silencio mientras intentaba digerir lo que había pasado, sentía todavía el calor de sus labios sobre su frente. Había sido un beso tierno, suave, nunca hubiese esperado ese gesto de su marido y mucho menos frente a sus pares, estaba sonrojada de la vergüenza. Había escuchado las exclamaciones de sorpresa de algunas damas, estarían en boca de todos y, aunque a ella no le importaba, si no podía dejar de sentir unas estúpidas mariposas revoloteando en su estómago, ¿cómo podía sentirse feliz con tan poca cosa? Cuando segundos antes la había amenazado, mientras avanzaban hacia la salida, su esposo le presentó a varios conocidos; para sorpresa de ambos, la duquesa de Wessex les impidió el paso acercándose a saludarlos.

—Querida, qué alegría verte de nuevo en Londres —saludó Antonella besando a su sobrina en ambas mejillas—. Excelencia —saludó a Claxton, quien se mantuvo imperturbable. Por tener ambos el mismo título, se podían pasar por alto las cortesía y en el caso de Claxton se la tenía jurada a la tía de su esposa por entrometida y por ser la espía del rey Jorge, él estaba seguro de que era la duquesa de Wessex la que mantenía al monarca al tanto de lo que hacían los miembros de la aristocracia que preferían mantenerse alejados de la corte.

«Bruja entrometida», pensó manteniéndose al margen de la conversación.

—Me alegra verte, tía. —Marianne la abrazó con cariño, Antonella era la única persona de la aristocracia con la que había mantenido contacto a lo largo de los años.

—No te creo, has rechazado toda las invitaciones que te he hecho —le reprochó Antonella.

—No me sentía preparada para estar en veladas, pero te prometo que estaré en la velada musical del viernes en la mansión de los duques de Sutherland —respondió conciliadora.

—Margaret estará encantada.

—¿Cuánto tiempo te quedarás? —Antonella hizo la pregunta a Marianne, pero su mirada estaba dirigida a Claxton que no se dejó amedrentar por la quisquillosa mujer.

—El tiempo que sea necesario —interrumpió Claxton dejando ver su incomodidad.

—Me sorprende verle aquí esta noche, *milord*, ya que usted es más asiduo a lugares de muy mala reputación… —respondió abriendo su abanico, mirándole sin ocultar su rechazo.

—Tía… —Marianne trató de aplacar a la dama.

—En efecto, *milady,* evito lo más que puedo a la carroña a la cual pertenezco. Si nos disculpa, mi carruaje nos está esperando. —Sin esperar respuesta, Claxton sujetó a Marianne por el codo y la instó a seguir caminando sin darle tiempo a despedirse, la opinión que tuviese la duquesa de Wessex de su persona le tenía sin cuidado.

—No fue correcto hablarle así a mi tía, *milord.* —Marianne no pudo evitar regañarle incómoda con su falta de cortesía, su tía era una mujer con mucha influencia dentro de los círculos de la aristocracia, Antonella de Wessex era una amiga personal del rey Jorge, no era inteligente ponérsela de enemiga.

—¡Es una víbora! —escupió mientras caminaban saludando con la cabeza a los conocidos que encontraban por el camino.

—¡Cállese, *milord*! Esta noche ya hizo suficiente —respondió a punto de perder el control.

La mirada contrariada de Mariane se encontró con la de Eugene, que venía del brazo del duque de York, lo que los obligó a detenerse.

—¿Ya se retiran? —le preguntó Eugene al acercarse.

—El carruaje nos está esperando —respondió Claxton sin soltar el brazo de Marianne.

—¿Iremos al club? —Phillip entrecerró la mirada, por la expresión de Claxton, había tensión entre la pareja.

—No, esta noche acompañaré a Marianne a la casa —le respondió Claxton serio.

Phillip elevó una ceja, pero se abstuvo de hacer algún comentario, su amigo estaba al límite, se palpaba la tensión en el aire.

—Le seguimos, mi carruaje también debe estar esperando por mí. Si lo desea, *milord*, podría dejarle en el White, mi casa está a unas cuadras de dicho club —ofreció Eugene descaradamente.

—Tomaré un carruaje de alquiler, *milady*, aunque no lo crea, me gusta ser honorable de vez en cuando —le respondió con un brillo malicioso en la mirada que encantó a Eugene que, provocativa, se relamió los labios despacio.

—Salgamos —apremió Claxton, que a pesar de su mal humor no podía dejar de sorprenderse por el comportamiento de su viejo amigo.

Phillip era un maldito esnob, un clasista de mierda, que no lo veía ni siquiera dándose un pequeño beso con la americana, y allí estaba el maldito hipócrita del brazo de la dama y mirándola como si la quisiera devorar, no entendía qué estaba pasando; al parecer, les habían embrujado a todos y estaban cayendo como moscas.

Esperaba que no traspasara la línea de la honorabilidad, Jeremy Johnson era un hombre de un fuerte carácter, muy respetado en el mundo de la alta burguesía, no le sentaría nada bien que su única hija fuese mancillada por un noble. Tendría que advertirle a la mayor oportunidad.

Marianne asintió preocupada siguiendo a su esposo, esperaba que su amiga no se metiera en líos, si su marido tenía una personalidad indescifrable, el duque de York no se quedaba atrás. Para su desconcierto, el faetón de su esposo les estaba esperando.

—Mi carruaje —le dijo preocupada mirando la larga fila de carruajes esperando por sus dueños.

—Le envié de regreso cuando llegué —respondió abriendo la puerta del vehículo sin esperar por el lacayo. Le hizo un ademán con la mano para que entrara. Marianne entró en silencio, lo mejor era evitar una confrontación en la que seguramente sería la perdedora.

Capítulo 12

Claxton se sentó frente a ella, se abrió con impaciencia el abrigo dejando caer su sombrero negro de copa alta sobre el asiento. Le hubiese gustado fumar, pero no quería molestar a su esposa. «¿Desde cuándo eres tan considerado?», pensó, asqueado por lo que esa mujer le hacía sentir.

La amenaza a su esposa era real, los sentimientos que ella le inspiraba eran nuevos, demasiado intensos para poder controlarlos y eso le urgía a protegerse para evitar que su mundo se viniera abajo. Todavía se sentía sorprendido de su falta de dominio, había perdido por completo el control frente a Richard y eso lo ponía de un humor de los mil demonios, el solo pensar que su rival supiese que él tenía un inesperado talón de Aquiles le hacía querer pegarle a algo.

Si estuviese en Nueva York, se desahogaría en un cuadrilátero de lucha. «Necesito desfogarme», pensó mientras su mirada encontró el rosto de su esposa, que miraba pensativa la oscuridad a través de la ventanilla del faetón. Su mirada se perdió distraída en su hermoso cuello, un deseo salvaje de lamerlo le hizo apretar la mandíbula, la deseaba como jamás había deseado a ninguna mujer y bien sabía él que habían sido muchas mujeres a lo largo de su vida.

¿Qué tenía ella diferente a las demás? ¿Por qué se sentía incapaz de largarse nuevamente dejándola a su suerte? Había sido honesto al decirle que se volverían a ver el día de su sepelio…, eran palabras que, aunque crueles, habían sido ciertas, él no había tenido ninguna intención de tener con Marianne un matrimonio real. Y aquí estaba sentado frente a ella, con su entrepierna palpitando de anticipación al imaginar estar dentro de ella.

Su cuerpo se encendió en llamas al pensar en los dos yaciendo desnudos, perdidos entre besos y gemidos. Cerró los ojos sin capacidad de frenar sus pecaminosos pensamientos. El carruaje se detuvo, Claxton abrió los ojos y se encontró con la mirada preocupada de su esposa. «Si supieras lo que estoy pensando, seguramente te tirarías del carruaje», meditó sin apartar sus ojos llenos de deseo de ella.

El cochero abrió la puerta y Marianne decidió salir. El silencio de su esposo la tenía nerviosa, tenía la sensación de que la atacaría en cualquier momento, se dirigió deprisa a la puerta de entrada donde Giles les estaba esperando, saludó con un movimiento de cabeza y siguió rumbo a las escalinatas, no deseaba tentar a su suerte, lo mejor era refugiarse en sus aposentos hasta que las aguas se tranquilizaran, le había dado instrucciones a Sarah de que no la esperase despierta.

Suspiró dando gracias, lo menos que necesitaba era a su curiosa doncella personal revoloteando a su alrededor haciendo preguntas de las que ni ella misma conocía las respuestas, algo en su interior se negaba a hablar de lo que su esposo le estaba haciendo sentir, Marianne no deseaba escuchar las advertencias en contra de su marido, ya bastante se estaba recriminando, sin embargo, las palabras del duque de York no dejaban de hacer estragos en su firme decisión de mantenerse al margen de la vida de su esposo.

Tenía miedo, esa era la verdad, un miedo terrible a enamorarse, a perder el corazón por un hombre que jamás la vería con los mismos ojos. Había solo que observarle, era como un dios intocable, frío, soberbio, caminaba llevándose todo a su paso, había encarado a su tía sin temor a que hubiera represalias, su esposo era un aristócrata insurrecto incapaz de seguir las mínimas leyes sociales.

Se quitó la capa y la dejó con suavidad sobre la butaca, se dirigió a la mampara desprendiéndose el vestido, desnuda se encaminó a la jofaina llena de agua disponiéndose a lavarse, le gustaba acostarse limpia. Inconscientemente, tomó una camisola de las que había enviado *madame* Coquet, era muy corta para su gusto, pero levantó los hombros sin darle importancia. Seguramente, no pegaría un ojo en lo que restaba de la noche, pero la soledad le ayudaría a recomponerse, todo había sido extraño e inesperado.

La imagen del conde de Norfolk llegó hasta ella, sonrió a su pesar, el hombre era admirable, tenía una manera de conducirse que hechizaba a cualquier dama, incluyéndola a ella. Se acercó a la chimenea colocando sus manos al frente para poder entrar en calor, no deseaba meterse todavía en la cama, seguiría dando vueltas, tenía la mente demasiado confundida. Sintió la puerta que conectaba a la habitación de su esposo abrirse y se giró sorprendida. Claxton entró descalzo llevando solo un batín en seda negro, abierto, dejándole ver a su esposa su cuerpo desnudo en todo su esplendor; su cabello lacio suelto alrededor de su cara le daba una imagen sobrecogedora.

Marianne se llevó una mano al cuello, mientras sus ojos verdes abiertos por el estupor recorrían el cuerpo de su marido. Claxton se quedó en medio de la habitación con la botella de *whisky* en una mano y el vaso en la otra, no había tenido la intención de provocarla. Pero, joder, no era un caballero, y a sus treinta y nueve años no se iba a poner a hacer penitencias para mejorar su imagen. Era un hombre que gustaba del sexo, sin embargo, a pesar de que la imagen de su mujer..., «¿mi mujer?, ¿desde cuándo?», pensó burlándose de sí mismo, se veía hermosa con ese camisón blanco transparente, se lamió los labios ante el espectáculo de sus pechos expuestos a través de la delgada tela.

—*¿Milord?* —tartamudeó Marianne sin saber qué decir. Su marido tenía su entrepierna erecta apuntando hacia ella, como si quisiese tocarla, era una imagen que seguramente a otro tipo de dama le hubiese provocado un desmayo, pero a ella solo le avivó la curiosidad.—. ¿Eso fue lo que entró por mis partes pudorosas la noche de nuestra boda? —preguntó señalándole con el dedo.

Claxton sonrió ladino, mirando hacia su entrepierna, que estaba erecta en su totalidad; a decir verdad, la sentía tan dura que dolía, el *whisky* comenzaba a hacer efecto. Había tomado directamente de la botella buscando aplacar a la bestia que amenazaba con salir y destruir todo a su paso, incluyendo a su curiosa esposa.

—Si vas a preguntarme sobre algo tan íntimo..., sería mejor si nos tuteáramos...

—¿Está borracho? —Marianne se quedó quieta cruzando los brazos frente a su pecho, protegiendo un poco su desnudez.

—No como quisiera, mi entrepierna es prueba de ello —contestó acercándose más, deteniéndose a unos pasos de Marianne, que seguía mirando su miembro sin pudor.

—Es tan grande…, por ello me lastimó tanto —murmuró más para sí misma, olvidándose por un momento de la presencia de su esposo, su mente estaba centrada en el culpable de toda aquella sangre que le había ocasionado tantas pesadillas a lo largo de los años.

—Si te hubiese preparado para recibirme…, no hubieses sentido tanto dolor… —le contestó llevándose la botella a los labios bebiendo un buen trago.

Marianne elevó la mirada, sus ojos se llenaron de lágrimas, aunque hizo un esfuerzo sobrehumano por evitarlo, estas salieron en silencio. Claxton cerró los ojos asqueado porque sabía cuál era la razón de esas puñeteras lágrimas solitarias que se deslizaban acusadoras por el hermoso rostro de su esposa.

—¿Qué quieres escuchar de mis labios?, ¿perdón? —preguntó dejando caer el vaso al suelo, llevó su dedo pulgar a su rostro limpiando las lágrimas con suavidad—. No pediré perdón, lo que hice no lo merece…, fue a conciencia, lo hice porque quise y en ese momento disfruté el hacerte daño. Podría mentirte…, decirte que lo siento, que no soy ese hombre que tomó vuestra virginidad a la fuerza… Jamás te mentiré, Marianne, esto es lo que soy, un hombre egoísta, caprichoso, sin escrúpulos…, sin conciencia, aquí me tienes frente a ti, desnudo, dejándote ver lo peor de mí… —Sus miradas se encontraron, se quedaron allí buscando la verdad en la profundidad de sus ojos. Marianne se sentía incapaz de moverse, hechizada con la ternura con la que su marido secaba sus lágrimas—. Quiero que sepas que nunca he deseado a una mujer como te deseo a ti, jamás ninguna mujer me ha hecho sentir endiabladamente celoso al punto de querer acabar con mi rival… Te estás metiendo en mi sangre y no sé cómo detenerlo…—Se acercó más invadiendo completamente el espacio, Marianne colocó la palma de su mano en su pecho…

»»»»

—. Mi señora, no hay nada que me haga perder más la paciencia que sentir que no controlo lo que sucede a mi alrededor… —continuó limpiándole mientras Marianne escuchaba atenta su voz ronca y varonil—. ¿Crees que pedir perdón cambiará lo que hice? No lo hará. Te hice daño, preciosa, mi miembro es más grande que el del hombre promedio, no lo menciono por jactancia, es un problema real que me ha acompañado siempre, algunas veces he tenido problemas para entrar al cuerpo de una mujer… No debería hablar de esto contigo, pero necesito explicarte que, aunque lo único que hice fue asegurarme de que el matrimonio estuviese consumado, fue una cobardía no prepararte para que por lo menos hubiese sido lo menos doloroso posible, era mi deber consumar nuestro matrimonio… Lo que tú no me perdonas es de la manera cómo lo hice, sin respetar tus sentimientos y el respeto que te merecías por haberte hecho mi esposa.

Claxton pasó su mano por la cintura de Marianne y la acercó más a su cuerpo dejándole sentir su hombría. Ella se aferró a su cuello, inhalando con deleite el encantador aroma que salía del cuello de su marido, «me embriaga», pensó.

—Déjame mostrarte cómo podría ser… —le susurró cerca de sus labios—, te doy mi palabra de que no volveré a lastimarte; si la rompo, tienes mi consentimiento para enviarme al infierno. —Sus labios con sabor a *whisky* provocaron a Marianne, que sumisa le abrió los labios dejándole invadir su boca con su lengua provocadora.

Frente a la experiencia de su marido no tenía ninguna oportunidad. Se aferró a su cuello odiando el batín que le impedía acariciar su piel. Un gemido escapó de sus labios al sentir la mano de su marido acariciando sus nalgas.

—Déjate llevar…, déjame mostrarte el verdadero placer. —Claxton abandonó sus labios, recorriendo su cuello, lamiendo con languidez la piel perfecta de su esposa.

—Quiero tocarte —se aventuró a pedir Marianne.

—¿Estás segura? —preguntó sin ocultar su sorpresa ante su inesperada petición.

—Déjame acariciar tu entrepierna —se atrevió pedir mirándole con deseo.

Claxton se separó un poco mirándola con pasión contenida, asintió sabiendo que sería su perdición, sentía la cabeza cada vez más pesada. Había ingerido demasiado alcohol de un solo trago. Caminó hacia la enorme cama de su mujer y con descuido puso la botella de *whisky* sobre la pequeña mesa al lado de la cama. Se giró a encontrar su mirada y sin ningún decoro se quitó el batín quedando al completo desnudo. Extendió su mano hacia Marianne que, sin vacilar, le alcanzó dándole su confianza. Claxton la haló junto con él acomodándose en los mullidos cojines. La abrazó por la cintura, mientras le besaba los rizos cobrizos.

—¿No desea verme desnuda? —se atrevió a preguntar.

—Muéstrame tu desnudez cuando estés preparada. Dame tu mano —le pidió besando sus labios.

Claxton sentía cada vez más fuerte los efectos del *whisky* en su cuerpo, sentía el cuerpo laxo y se rio con ironía; a su pesar, tenía la oportunidad perfecta para seducir a su mujer, porque Marianne era su mujer ,solo suya, y no podría hacer nada más que dejarla curiosear con su cuerpo.

—Súbete encima de mi cuerpo… y tócame —le dijo recostándose más en los cojines mientras le sonreía provocador.

Marianne le miró enfebrecida, su cuerpo estaba caliente como si tuviese fiebre. De momento, lo único que tenía claro era la necesidad de matar los fantasmas que le habían torturado sin piedad, y su marido le estaba dando esa oportunidad, conocer su cuerpo, comprender lo que había ocurrido esa noche le estaba dando sosiego, era inexplicable pero así lo sentía, durante años no había podido comprender por qué había sentido tanto dolor, por qué todo se había llenado de sangre.

Era terrible el desconocimiento con el que las jóvenes iban a su noche de bodas, cuántas como ella, por no saber nada, pasaban por la peor experiencia de su vida. Alejó sus pensamientos y se concentró en el hombre desnudo frente a ella, siguió la orden de su marido, subiéndose la camisola, se subió sobre las largas y musculosas piernas. Su mirada fue ascendiendo y se detuvo en su miembro, erecto, rodeado de vellos, como si tuviese voluntad propia.

Sus manos se extendieron para acariciarlo, curiosa alcanzó una de sus bolas acunándola en su mano, sintió el gemido ahogado de su esposo, pero no levantó su mirada, su atención completa estaba puesta en conocer lo que por tantos años había temido. Nunca había visto a un hombre desnudo, en su ignorancia había pensado que su esposo le había introducido algún objeto por sus partes íntimas para hacerle daño, nunca había hablado de sexo con nadie.

Ahora, mientras lo acariciaba y exploraba su textura, se sentía más tranquila, su marido la había lastimado con su propio miembro, al menos eso le tranquilizaba.

—Acarícialo completo, preciosa..., recórreme..., tortúrame —la urgió levantando un poco las caderas para que su esposa pudiese tomarlo mejor entre sus manos.

Claxton le tomó una de las manos y le mostró la manera cómo deseaba que lo acariciara, Marianne le siguió obediente, maravillada de la dureza, sentía las venas del miembro de su marido palpitar contra la palma de su mano. Continuó el ritmo sorprendida de sentir la necesidad de complacerle, su esposo había sacado su mano dejándola a ella continuar con el extraño ritmo, Marianne le miró con fijeza siguiendo las expresiones en su rostro, tenía la boca abierta como si necesitara buscar aire.

—No te detengas —suplicó perdido en la vorágine de sensaciones que las manos de su esposa le estaban haciendo sentir.

«Es una bruja», pensó antes de sentir que el mundo explotaba entre sus piernas, y el orgasmo más infernal le recorría el cuerpo haciéndole gritar de placer mientras todo se volvía oscuro a su alrededor.

Marianne abrió los ojos espantada cuando vio un espeso líquido salir de adentro del miembro de su esposo, toda su mano y hasta su camisola se llenó de ella. Su mirada asustada miró a su marido, pero para asombro de esta, su esposo parecía haber perdido el sentido.

—¡Dios mío! ¿Qué hice? —Sin pensarlo se limpió la mano en su camisola y se la quitó limpiando todo el desastre con ella, miró nerviosa el cuerpo laxo de su esposo, «gracias a Dios..., me moriría de la vergüenza», pensó bajándose desnuda de la cama.

Se dirigió a la chimenea y lanzó la camisola al fuego, no dejaría que Sara o ninguna doncella supiera lo que había ocurrido. «Yo tampoco sé qué pasó», pensó preocupada de que algo le hubiese pasado a su esposo. Se detuvo desnuda frente a la cama acercando su oído al pecho de él, suspiró aliviada al escucharle roncar.

«Está dormido», meditó más tranquila mientras buscaba otra camisola para ponerse, tendría que dormir con su esposo, no pensaba llamar a nadie para que lo movieran, mucho menos, desnudo como estaba. Se dispuso a acostarse, pero frunció el ceño al mirar que la entrepierna de su esposo estaba mucho más pequeña, se subió a la cama con los ojos entrecerrados, y se acercó a mirar más de cerca, luego los abrió asombrada por lo pequeño que se había puesto lo que minutos antes no le cabía en la mano.

Alargó la mano y lo tocó con miedo al sentirlo blando y mucho más arrugado…, feo, además. «¿Qué habrá pasado?», meditó nerviosa mientras se acercaba más mirándolo intrigada. «Parece muerta», pensó mientras se acomodaba a su lado, a pesar de lo nerviosa que se encontraba, para su sorpresa el sueño la venció y se acurrucó buscando el calor por primera vez del cuerpo de su esposo.

Capítulo 13

C laxton sentía la cabeza a punto de estallar, se llevó una mano a la frente en un intento por detener los fuertes pinchazos que lo estaban agobiando, necesitaba aliviarse, así que con fastidio intentó incorporarse. Sintió el peso de otro cuerpo sobre su lado derecho, abrió los ojos para ver qué le mantenía aprisionado, y una sonrisa lobuna se dibujó en sus labios. «De modo que no todo fue un sueño», cerró los ojos gimiendo, ante el pinchazo de dolor en medio de la frente.

«El *whisky* de los Highlander es infernal», maldijo.

—¿Te encuentras bien? —Claxton abrió lentamente los ojos, encontrándose con la mirada preocupada de su esposa, su corazón se calentó ante esa imagen, gruñó exasperado por los sentimientos que ella le hacía sentir.

—¿Qué pasó? Recuerdo haber entrado a la habitación con una botella de *whisky*, todo lo demás es confuso —aceptó disfrutando de su calor, su camisón se había subido y sentía sus piernas desnudas acariciando su piel.

Marianne se quiso apartar, pero él lo impidió abrazándola más a él de manera que su rostro descansara en su pecho, su mano la acarició con suavidad a lo largo de su brazo. «Es la primera vez que despierto con una mujer en mi cama», pensó distraído cerrando nuevamente los ojos, tratando, esperando que la molestia en su cabeza remitiera—. Contéstame, preciosa..., no te cohíbas, cuéntame lo que pasó anoche entre los dos.

Marianne se quedó callada, disfrutando la cercanía del cuerpo de su marido, tenía deseos de acariciar su pecho. «La verdad, Marianne, lo mejor es ser honesta», pensó cerrando los ojos con fuerza, buscando la valentía para poner en palabras lo que había pasado entre ellos.

—¿Por qué me llamas princesa?

—No lo sé —respondió un poco confuso—, es la primera vez que le llamo a una mujer de esa manera..., pero me siento bien al decírtelo, ¿te molesta? —preguntó sin abrir los ojos.

—Me sorprende... —aceptó.

—¿Qué hicimos? —insistió.

—En realidad, no comprendo lo que hicimos —respondió levantado la cabeza para mirarlo con sus hermosos ojos verdes llenos de confusión.

Claxton le miró embobado, sus rizos dorados iban juguetones hacia todos lados haciéndola ver mucho más joven de lo que era. Sin poder evitarlo, inclinó la cabeza dándole un pequeño beso en los labios. A su mente acudían retazos de momentos íntimos en su memoria, pero no estaba seguro de si habían sido un sueño.

—¿Qué hicimos? —insistió.

—Exploré vuestro cuerpo... y salió algo de allí —le señaló su entrepierna con la mano—, luego te desmayaste —contestó desviando la mirada incómoda con la conversación.

Claxton se sentó con dificultad en la cama, pasando sus manos por su cabello, incapaz de asimilar lo que su mujer le estaba intentado decir. Como un resorte se levantó y comenzó a caminar de un lado a otro desnudo mientras Marianne miraba su pequeña entrepierna pensativa. «Se ha quedado pequeña», pensó con pesar, segura de que el alcohol le había dañado el miembro a su marido encogiéndoselo y poniéndoselo arrugadito como una pasa.

—Vamos a comenzar desde el principio. —Claxton caminaba con las manos en la cintura mirando hacia el techo, intentando poner sus ideas en orden—. Estábamos hablando, recuerdo haberme acercado… ¿Luego qué sucedió? —preguntó volteándose a mirarla.

—Te pedí que… —Marianne se puso morada de la vergüenza— …me dejaras tocar vuestra entrepierna.

Claxton abrió la boca sorprendido.

—¿La tocaste? —preguntó entrecerrando la mirada, parándose frente a la inmensa cama de cuatro postes, con las manos en la cintura, sin sentir ninguna incomodidad por estar totalmente desnudo frente a su esposa.

—Sí, pero no estaba así tan pequeña… algo pasó cuando salió toda esa cosa viscosa, ya después se quedó como muerta. —Le señaló la entrepierna visiblemente contrariada de que desapareciera la forma dura y seductora de su hombría.

Claxton la miró sin saber si reír o sentirse ofendido por las palabras de su esposa. «¿Está molesta porque se encogió?», meditó sorprendido con su ignorancia sobre el cuerpo masculino.

—Supongo que en la escuela de señoritas no les hablan de lo que ocurre con el cuerpo del hombre…

—¡Claro que no! Es pecado tocarse las partes pudorosas —contestó sin saber dónde meter la cara.

—Tuve un orgasmo… —dijo acercándose a la cama—. Un orgasmo, princesa…, ese líquido viscoso del que hablas es prueba de ello, y debo aclararte que es un milagro porque estaba bastante borracho, debes sentirte muy orgullosa.

—No entiendo… —Marianne intentaba mirarle a la cara, pero su mirada se desviaba al musculoso pecho.

Claxton se estaba disfrutando el momento, a pesar de tener la cabeza casi partiéndose en la mitad, el rubor de su esposa unido a su manera curiosa de mirarle lo tenían fascinado. Él había estado en el pasado en muchos antros de perdición, donde se perdía por días en sexo desenfrenado, lujuria sin límites y aquí estaba su esposa haciéndole sentir sensaciones mucho más placenteras y adictivas.

Sus recuerdos se transportaron a una reunión entre amigos donde el duque de Wellington había mencionado que nada era más adictivo y destructor que unir el sexo carnal al amor, porque las sensaciones se multiplicaban y te esclavizaban, hasta el punto de ponerte de rodillas ante la mujer que las inspiraba. Y, mirando a su esposa con detenimiento, supo que las palabras de Wellington eran ciertas, su mujer había podido llevarle a un fulminante orgasmo, no solo borracho, sino que lo había hecho sin tener ninguna experiencia previa, se recordaba dándole instrucciones para complacerle.

«Estoy jodido», pensó relamiéndose los labios al sentirlos resecos , mientras no apartaba sus ojos negros de la mujer sentada entre cojines frente a él.

—¿Nunca has hablado de sexo con nadie? —preguntó sin ocultar su sorpresa.

—¡No! —respondió cruzando sus brazos en el pecho, mirándole seria.

—Es absurdo mantener a las mujeres en la ignorancia, cuando en mi opinión tienen igual derecho de disfrutar del sexo —respondió honesto.

—¿Podemos disfrutar? —preguntó cambiando su expresión sin ocultar su sorpresa ante los pensamientos de su marido.

—Tú también te humedeces luego de obtener un orgasmo, preciosa, de hecho, quiero tener mi boca allí cuando tengas el primero, y beber toda tu esencia —dijo provocador sonriendo al ver cómo abría los ojos escandalizada ante sus palabras.

—¿Eso que salió de tu miembro se toma? —preguntó llevándose una mano al cuello, sin poder ocultar que el pensamiento la escandalizaba.

—Tendrías que ser muy experimentada... para algo así, muchas cortesanas se niegan a hacerlo, es algo muy íntimo entre las parejas. Lo que me hiciste anoche no es algo que haga una dama de la aristocracia..., lo que compartimos anoche se hace con una amante.

—Lo sé..., no creo que ninguna de mis hermanas haya visto jamás desnudo a su marido —aceptó dándole la razón.

—Porque a ustedes les enseñan que el sexo es solo para procrear... Te aseguro que cuando te miro, en lo menos que pienso es en procrear un futuro duque.

—No entiendo.

—Quiero una amante... Quiero una mujer que me acompañe en todas mis fantasías...

Marianne entrecerró la mirada pensativa ante sus palabras, su marido hablaba de sexo, pero ella era demasiado honesta consigo misma para no aceptar que estaba perdiendo el corazón por su esposo cuando la tocaba, se deshacía entre sus brazos, el haber amanecido entre ellos podría convertirse en una deliciosa costumbre.

—No puedes imaginar lo que sentí el día de nuestro matrimonio al ver tu mirada llena de odio.

—Marianne…

—Déjame hablar…, necesito que comprendas lo que sentí ese día… —Marianne se incorporó en la cama sentándose sobre sus rodillas, sabía que se le habían nublado los ojos amenazando al decidirse abrir su corazón y dejarle ver cuánto le había dolido su rechazo.

Claxton tensó la mandíbula, sabía que lo que ella le dijera lo haría sentirse menos que un maldito gusano, pero se lo debía, ella debía sacarse todo el veneno que tenía dentro, o de otra manera no podrían avanzar. Su esposa jamás se entregaría a él sin un sentimiento de por medio, Marianne no podía fingir, su rostro era un libro abierto y le gustaba, le atraía su honestidad, su valentía de decirle lo que le dolía.

—Siempre había esperado que mi boda fuese un momento único, de ensueño… Cuando me anunciaron nuestro compromiso temblé de miedo, te había observado en la distancia y parecías inaccesible, un hombre frío, cuando me miraste de esa manera en la iglesia supe que algo no estaba bien —suspiró con tristeza recordando—, me arrastraste fuera sin importarte nada ni nadie, esa manera de subirme por las escaleras, luego el desgarre de mi vestido.

—Marianne… —interrumpió sintiéndose incapaz de escuchar sus palabras.

—Déjame continuar —le suplicó con pesar, necesitando sacar todo lo que le carcomía por dentro—. Me sentí como una muñeca rota, desechada, inservible… No comprendía lo que estaba pasando, yo no esperaba amor ni ternura, pero tampoco la crueldad con la que me trataste, te fuiste sin importarte lo que yo podría sentir, dijisteis aquellas horribles palabras y me dejasteis tirada, fue humillante cuando me encontraron, no pude hacer nada más que dejarme ayudar, Sarah me cuidó por semanas…, yo misma pensé que moriría por la fiebre y el sangrado. No te conocía, William —lo tuteó por primera vez sintiendo la necesidad de acercarse más a su esposo—, no me dejaste ningún recuerdo bonito entre los dos, solo estaba ese hombre que aprisionó mi espalda con violencia sin escuchar mis gritos de dolor y angustia… Te odié por arrebatarme mis sueños, te odié por tu desamor, te odié por ensuciarnos a ambos en tu crueldad, yo era la duquesa de Ruthland, fuisteis tú quien decidió darme ese honor… y lo destrozaste todo, nos arrojaste al desprestigio y a mí me humillaste públicamente al dejarte ver con mujerzuelas al otro día de nuestro matrimonio. ¿Crees que me siento dispuesta a convertirme en tu amante? ¿Qué gano yo con ello? ¡Nada! Absolutamente nada —terminó limpiándose con furia las lágrimas que se escurrían por sus sonrojadas mejillas.

Claxton apretó los puños con deseo de descargar contra alguna cosa, mas se quedó allí de pie soportando la mirada de dolor de su esposa… Por primera vez comprendió lo que había hecho, se sintió avergonzado. William Jefferson Claxton, quien nunca había tenido ni querido avergonzarse por nada, se sentía un ser ruin, aborrecible. Cerró los ojos inclinando la cabeza hacia atrás, intentando respirar. ¿Qué podía decirle? Nada podía cambiar los últimos cinco años de sus vidas. Claxton se giró dispuesto a salir de aquella habitación, sentía el corazón como si se lo estuviesen oprimiendo en un puño.

—¡Te vas! —gritó Marianne al verle irse rumbo a su habitación.

Claxton se detuvo a medio camino, se pasó las manos desesperado por el cabello, el maldito dolor de cabeza había desaparecido, apretó los labios intentando responder, pero el llanto desgarrador de su esposa rompió todas las defensas que por años había creado para mantenerse al margen de sentimientos inútiles como lo era el amor.

Se giró encontrando su mirada angustiada y el sentimiento de amparo lo embargó. Casi corriendo fue hasta la cama, la levantó en un abrazo, intentando consolarla, sin tener claro cómo demonios se hacía, nunca había tenido la necesidad de confortar a nadie. La cargó hasta la chimenea y se dejó caer con ella en brazos acunándola, mientras su esposa sollozaba con su rostro enterrado en su cuello. La meció mirando el fuego, que ardía, se sentía impotente, incapaz de decir nada, se quedó allí sintiendo el corazón roto y a la vez vivo. La mujer que lloraba sin consuelo entre sus brazos lo había resucitado, había logrado lo que él creía imposible.

—No llores…

—No puedo evitarlo —respondió hipando.

—Pídeme lo que quieras…, te concedo lo que sea con tal de no escucharte llorar.

Marianne levantó su cara encontrándose con sus ojos negros, su boca buscó la de él en un beso inexperto, tentativo, seduciendo, y Claxton se entregó con placer, siguiéndola, dándole lo que ella ansiaba en ese momento. La abrazó más a su cuerpo, jugueteando con su lengua mientras un ronco gemido salía de su garganta. «Esto sí es un afrodisíaco», pensó perdido mordisqueando los labios de su esposa. Su cuerpo temblaba del deseo insatisfecho, deseaba entrar en ella, perderse entre sus piernas y cabalgarla hasta hacerla suya de la manera como debió ser…, como tenía que haber sido si no hubiese dejado que su orgullo y su prepotencia hubiesen ganado la partida.

Marianne se apartó de golpe mirando hacia la entrepierna de su marido, donde estaba sentada. Sus ojos se abrieron con sorpresa al ver el miembro de nuevo erecto e inmenso apuntando hacia ella como si le saludara.

—¡Está vivo! —exclamó sonriendo.

Claxton miró su entrepierna, luego miró a su mujer y una carcajada salió de su garganta.

—Tú lo pones así, preciosa.

—Pensé que se te había puesto pequeño por mi culpa.

—Crece cuando el hombre está excitado… —respondió con picardía, disfrutando las reacciones de su esposa, era refrescante hasta cierto punto su ignorancia sobre el poder que ella tenía sobre su cuerpo.

—¡Oh!

—Seguiremos más tarde con esta conversación, me asearé y te esperaré abajo…, saldremos.

—¿A dónde?

—Es una sorpresa. —Le guiñó un ojo, besándole en la frente—. Lleva sombrilla y dile a Sarah que regresaremos tarde.

Se puso de pie con ella en los brazos, con delicadeza la recostó en los cojines, mirándola con intensidad. Como si deseara entrar dentro de ella, besó con suavidad sus labios antes de incorporarse para salir completamente desnudo de la habitación.

Marianne se quedó allí recostada mirando, la puerta por la que él había desaparecido se sentía más liviana, como si se hubiese sacado un gran peso del pecho, no sabía hacia dónde se dirigía su matrimonio, no deseaba hacerse falsas ilusiones, lo mejor sería vivir un día a la vez.

De lo que sí estaba segura era de que no dejaría que su esposo hiciera de su vida un nuevo tormento. Ahora, que empezaba a conocerle, estaba segura de poder enfrentarse a él si tuviese que hacerlo, el duque de Ruthland ya no era un fantasma desconocido.

Capítulo 14

Sarah entró en la habitación de su señora y miró con suspicacia todo a su alrededor, se estaba rumorando en los pasillos de la mansión que los señores habían llegado juntos durante la noche y con caras largas. La verdad era que se maravillaba de lo metiche que era el servicio de la ciudad, en Badminton House no se atrevían a mencionar nada de la vida personal de sus señores. Aquí, por el contrario, no solo se hablaba de los duques de Ruthland, sino de todos los nobles que vivían en las casas aledañas.

May Fair era uno de los vecindarios preferidos de la aristocracia para vivir, cuando caminabas por sus aceras, a la fuerza te encontrabas con la servidumbre de las otras mansiones, que estaban prestos a despotricar en contra de sus señores. Sarah veía esa conducta muy desleal, jamás de su boca saldría algún comentario que pudiese poner en peligro la integridad de *lady* Marianne.

—Sarah, qué bueno que llegas, ayúdame con el cabello, el duque me está esperando. —Marianne se sentó frente al tocador mirándose el vestido de tonos amarillos que había escogido, se veía radiante, a pesar de la extraña noche que había tenido.

—Está en el comedor…, me dijo que usted le acompañaría a desayunar antes de salir de paseo. —Sarah la miró con suspicacia a través del espejo, sus miradas se encontraron y Marianne se mordió el labio indecisa en confiar sus pensamientos a su leal doncella.

—No entiendo al duque —aceptó confusa.

—A su esposo, ¿tan difícil es llamarlo por su nombre? —preguntó la doncella disponiéndose a peinar el corto cabello.

—Han sido muchos años odiando su comportamiento —respondió con sinceridad.

—Es su esposo, *milady*, al parecer, vino con intención de quedarse. Me enteré por varios lacayos que vinieron con él del continente americano —le recordó.

—¿Qué más averiguaste? —preguntó mirándola con sus ojos chispeando de curiosidad.

—Su marido es un hombre muy rico, *milady*, los lacayos cuentan que tiene mansiones a lo largo de todo Estados Unidos y tiene varias empresas.

—Me ha dicho que podré seguir administrando Badminton House, que a él no le interesa inmiscuirse en los asuntos del ducado… No puedo comprender su actitud, como quiera que sea esa gente son su responsabilidad.

—A lo mejor no tiene buenos recuerdos de esa casa —sugirió colocando un peine de oro en el lado derecho de la cabeza.

—No lo creo, más bien me parece que es una persona a la que no le gusta que le impongan nada y, por supuesto, como hijo único, el deber de su padre era educarlo para que fuese un buen duque, su manera de vengarse es precisamente dejando a la deriva el ducado.

—No lo es…, aparentemente no le interesa el patrimonio atado al título —respondió Sarah repitiendo lo que se rumoreaba en voz baja entre la servidumbre.

—No siente amor por sus tierras, ha creado su propio imperio y se siente orgulloso de ello. —Marianne suspiró ante esa realidad—. Esperar…, no tengo claro qué desea mi esposo de mí, Sarah, lo mejor es ir con calma, no quiero afectar la vida de los arrendatarios y campesinos pertenecientes al ducado de Ruthland —respondió dejándole ver su preocupación.

—Su marido quiere meterla en su cama —contestó sin tapujos peinándole con fuerza.

—¡Sarah! —le regañó.

—No se queje cuando la deje toda maltrecha —le recordó.

Marianne se mordió el labio avergonzada, no podía contarle a Sarah lo que había descubierto del sexo gracias a su marido, eran temas muy delicados para compartirlos con nadie, había disfrutado de tocar el miembro de él y eso la hacía sentir muy culpable, seguramente cuando se confesara, el padre le pondría meses de penitencia; aunque, a decir verdad, ella no se sentía capaz de narrarle tal cosa a un clérigo, tendría que cargar con ese secreto, porque si su esposo le daba la oportunidad, seguiría curioseando con su cuerpo, su marido carecía de pudor, andaba desnudo con sus pelotas bamboleándose sin importarle un cuerno.

«Ese hombre no tiene ninguna vergüenza», pensó sonrojándose más.

—Lo tomaré en cuenta…, no te preocupes, Sarah, aunque te parezca extraño, me siento más tranquila al lado de mi esposo, ya no es ese monstruo que tenía en mis pensamientos, ahora he comenzado a conocerle y con ello a verle de una manera más real, ya no le temo. —Marianne se quedó pensativa—. Podría decir que le veo más humano —terminó mirando a su doncella, que se mantenía en silencio.

Sarah asintió y continuó acomodándole el peinado. Al terminar, colocó el cepillo chapado en oro sobre el tocador, observó cómo su señora se miraba por última vez en el espejo ovalado y salía de la estancia. Sarah se llevó la mano a la frente, «está enamorada…! ¡Se ha enamorado de su esposo!», pensó con pesar, no había coincidido mucho con el duque, pero no dejaba de pensar que era un desalmado, solo un hombre sin conciencia hacía algo tan cruel en su noche de bodas. Suspiró disponiéndose a recoger la alcoba y dejar todo como le gustaba a su señora.

Claxton se puso de pie al verle entrar al comedor, abrió y cerró los ojos al ver lo radiante que se veía su esposa, parecía un pedazo de sol con ese vestido amarillo. Había vuelto loco a su ayudante de cámara haciéndole buscar la combinación más exquisita, por primera vez en su vida deseaba lucir varonil, atractivo, no estaba dispuesto a perder la partida, quería a su esposa en su cama dispuesta a aceptar sus peculiares demandas, ya había logrado que se sintiera cómoda con su desnudez y eso era un gran paso.

Apartó al sorprendido de Giles y sacó la silla a su derecha para que su esposa estuviese más cerca. Marianne le sonrió a pesar de que su inesperado cambio de actitud la tenía abrumada. Como siempre, la distintiva colonia a limón de su marido la subyugó al momento haciéndola desear olisquearle su cuello, que estaba cubierto con un intrincado lazo en seda azul. Tenía que aceptar que no era un hombre que pasara desapercibido, William Jefferson Claxton, duque de Ruthland, irradiaba una presencia arrolladora, que en su caso, a pesar de sus luchas internas, estaba causando estragos.

—Muchas gracias…, William. —A Marianne no le pasó desapercibido el gesto de sorpresa del mayordomo.

—Estás hermosa, Marianne —respondió tomándole la mano y besándola, haciéndola sonrojar de gusto.

—Gracias —respondió insegura ante el halago, Marianne se dio cuenta de que había pasado demasiados años sola, el halago de su marido le hacía sentir alterada, sin la menor idea de cómo debería reaccionar.

—*Milady*, ¿qué desea desayunar? —interrumpió Giles a punto de vomitar por el derroche de caballerosidad de su señor. «Si no estuviese parado aquí a su lado, no lo creería», pensó asqueado.

—Solo bollos con canela y té —respondió rápidamente tratando de evitar la intensa mirada de su marido.

—¿Por qué estás tan nerviosa? —Claxton dejó caer la servilleta a su lado recostándose relajado contra la silla, sus ojos negros se deslizaron por el corpiño ajustado que deliciosamente impulsaban los pechos de su esposa hacia afuera.

Entrecerró la mirada, «será un largo día», meditó mientras alcanzaba un bollo de miel y lo lamía lentamente mirando a su esposa que se movía inquieta ante sus movimientos.

—No estoy nerviosa… —contestó aturdida.

Marianne no pudo evitar morderse el labio inferior mientras seguía embelesada la manera cómo su esposo se lamía los labios llenos de miel, sin apartar su mirada de ella.

Se escuchó el carraspeo de Giles, lo que ocasionó que a Marianne se le crisparan los nervios. Una doncella se acercó a servir su plato y a llenar su taza del aromático té.

Marianne desvió la vista, «deja la estupidez, Marianne, él solo está comiendo su boll de miel», meditó concentrándose en su desayuno, evitando la mirada intensa de su esposo.

—Excelencia, ha llegado un mensajero con una invitación, no se irá hasta que no confirme su asistencia. —El ama de llaves interrumpió inquieta en el comedor, alargando la pequeña bandeja plateada, la mujer miró a Giles de reojo.

Sabía que el mayordomo le iba a soltar una regañina por entrar sin permiso, Giles podía ser muy estricto con las normas con las que se regía la servidumbre.

—¿No podía esperar que mi esposa y yo termináramos el desayuno? —preguntó con frialdad, poniendo más nerviosa a la mujer.

—Su gracia…, el rey Jorge es el que envía la invitación.

—¡Maldición! —respondió alcanzando el sobre lacrado abriéndolo sin miramientos. Lo leyó ante la cara sorprendida de Marianne, que no se esperaba una invitación tan pronto a la corte del monarca.

Claxton maldijo nuevamente entre dientes, tirando pensativo la hoja sobre la mesa, «¿qué estás tramando, Antonella», pensó tensando la mandíbula ante una orden disfrazada de invitación. Al parecer, Jorge deseaba compartir con la elite de la aristocracia y él debía hacer acto de presencia o de lo contrario entraría en una lista negra de la cual no le convenía en estos momentos formar parte. Tendría que aguantarse sus ganas de enviar a la mierda a Jorgito, a pesar de lo libertino y escandaloso, eso sin mencionar su frescura al serle infiel a la reina consorte en sus propias narices, era el monarca y habían situaciones de las que aun él no podía escapar.

«Tendré que ir y bajar la cabeza», pensó asqueado de verle la cara de imbécil a Jorge IV.

—¿Algún problema? —preguntó Marianne dejando su taza sobre la mesa, preocupada al ver el cambio en la expresión de sus esposo.

—Debemos personarnos mañana en la noche a un baile en el palacio de Buckingham. Su majestad, Jorge IV, lo ordena —respondió sin esconder su rechazo a tal invitación.

—Giles, responda la invitación... Los duques de Ruthland estarán presentes en el baile del palacio —ordenó Claxton entregándole la misiva al mayordomo. Se mantuvo en silencio hasta que salieron ambos del comedor.

—¿Qué te preocupa? —Marianne no comprendía el malestar de su esposo ante la obligatoria comparecencia a un baile del monarca, todos estaban obligados por igual.

—Vuestra tía está detrás de todo esto... Tengo confidencias de que se ha estado entrevistando en privado con el monarca —respondió mirándole con malestar.

—No es un secreto la amistad del rey con la tía Antonella, no veo cual pueda...

—Vuestra tía es una de las peores manipuladoras del reino, hasta la reina le teme... Estoy seguro de que algo están tramando y no pienso dejar que nadie me utilice para sus propios fines —respondió molesto.

Marianne se quedó mirándole pensativa, honestamente, no podía poner la mano en el fuego por su tía, ella misma había sido testigo de cómo su madre evitaba que su hermana se enterara de lo que acontecía con su matrimonio, la crueldad de su padre era ocultada con mucho celo por su madre.

Ahora, escuchando las palabras de su marido, se preguntaba hasta cuánto su tía podía intervenir en la vida de la aristocracia. Su amistad con el monarca era motivo de murmuraciones, en especial, cuando su marido, el duque de Wessex, y el rey no tenían buenas relaciones, todo era un misterio en el que su tía Antonella jamás soltaba prenda. Pero todo eso sería mañana, hoy tenía la oportunidad de conocer a su marido un poco más y no pensaba desaprovecharla.

Se irguió en la silla inclinando su pecho más hacia el frente, dándole una vista más completa de su cremosa piel a su esposo que, para complacencia de ella, rápido reaccionó al provocativo movimiento.

—¿A dónde me llevará, *milord*? —preguntó con coquetería, alegrándose de ver la expresión de sorpresa de su marido ante el cambio en la conversación.

Marianne lo vio levantar una ceja recorriéndola de manera seductora, ocasionando que se le erizara la piel.

—Salgamos, preciosa, dejemos las intrigas del palacio de Buckingham para mañana en la noche. —Se levantó de su silla, acercándose a su espalda para ayudarle a levantar, inesperadamente se inclinó besando su cuello, lo que la hizo cerrar los ojos ante el delicioso beso.

«Es un demonio», pensó derritiéndose de placer.

Capítulo 15

Claxton sonrió misterioso ante la insistencia de su esposa por saber a dónde se dirigían, nunca había pasado tanto tiempo con una mujer. Lo cierto era que con las mujeres con las que había compartido algunas horas de placer nunca le habían dicho más de dos oraciones corridas en toda una noche. Las había utilizado para su propia satisfacción y luego se había ido sin mirar a atrás, pero con Marianne simplemente no podía apartar los ojos de ella, se le hacía novedoso mirar sus ojos y darse cuenta de que el color verde cambiaba según su estado de ánimo.

En esos momentos estaban brillantes, llenos de vida, por la emoción a lo desconocido. ¿Qué había diferente en ella? ¿Por qué le provocaba esa sensación para él desconocida de querer protegerla? Por primera vez en su vida quería resarcirse... Deseaba ser absuelto, aunque bien sabía que no lo merecía. Su esposa tenía todo el derecho de despreciarle, había sido un canalla, ¿pero qué podía hacer? No pronunciaría palabras vanas, sin ningún significado real, y perdón era una palabra simple para todo el daño que estaba seguro había cometido.

Su esposa era una mujer fuerte, que estaba dispuesta a retarle y no permitirle que se saliera con la suya. «Tal vez ese es el afrodisíaco, una dama a la que no le interesa agradarme, que me mira de frente sin miedo», meditó mientras alargaba su mano tomando entre sus dedos un pequeño rizo que se había escapado del pequeño sombrero amarillo de su mujer.

—Su mirada es inquietante. —Marianne no pudo evitar hacer el comentario ante su penetrante mirada.

—Lo que pienso lo es más… —respondió acariciando su cabello.

—Es extraño, pero eres completamente diferente a como te imaginé —dijo honesta.

—Soy como me imaginaste, tal vez, peor… Haces surgir un Claxton que hasta yo desconocía, al parecer, le atraes y lo incitas a emerger —respondió sabiendo que sus palabras eran por completo ciertas, ella estaba incitándole a mostrar un hombre que no sabía que existiera, al que nunca le había permitido asomar. Para Claxton, las emociones intensas eran un símbolo de debilidad y eso era algo que jamás se había permitido.

Marianne sostuvo su mirada. «Me está hechizando con esos misteriosos ojos negros, me está envolviendo en un hechizo», meditó recorriendo los sensuales labios de su marido con la mirada… con un deseo arrollador de besarlos, de perderse nuevamente en la magia que había experimentado en su habitación.

—¿Estás segura de lo que estás pidiendo? —le preguntó acercándose más mientras el carruaje se abría paso entre las callejuelas de Covent Garden.

Aprovechando la inestabilidad del transporte, acercó su boca a su cuello y la besó sensual dejando salir al perverso libertino que llevaba dentro, ese hombre que era experto en convertir el cuerpo de una mujer en lava ardiente. Sonrió ladino contra el cuello de su esposa al escucharla gemir mientras sus manos apretaban fuerte su pequeño bolso de seda.

«Estoy intentando ser un caballero, pero ¿cómo pueden hacerlo? Tengo las pelotas a punto de explotar», pensó frustrado por el deseo insatisfecho, haciendo un esfuerzo por no levantarle el traje y tomarla en el carruaje hasta que tranquilizara un poco su entrepierna, porque tenía el presentimiento de que el cuerpo de su esposa se convertiría en una permanente adicción.

—Eres perverso… —le dijo mirándole acusadora mientras intentaba que el aire regresara a sus pulmones.

«Qué penitencia», pensó cerrando los ojos, evitando la sonrisa maliciosa de su marido que ya comenzaba a sacarla de sus casillas. «Me siento mojada en mis partes pudorosas», pensó sorprendida, abriendo los ojos, y como había adivinado sonreía satisfecho. «Sabe lo que me ocurre…, el infame sabe lo que me sucede», pensó mientras entrecerraba la mirada con molestia.

El carruaje se detuvo frente a una de las calles más concurridas del conocido vecindario, Marianne suspiró agradecida, si el trayecto hubiese durado un poco más, vergonzosamente se hubiera abalanzado sobre su marido, y era un pensamiento que la inquietaba muchísimo, ¿cómo podía desear tocarle a plena luz del día? No se reconocía, su cuerpo tenía vida propia.

El cochero abrió la puerta y Claxton esperó pacientemente a que su esposa saliera del carruaje, su rostro era un libro abierto, le había despertado a la pasión, y no había nada más perturbador que el deseo insatisfecho.

Marianne miró con interés los establecimientos a lo largo de la calle, la fila de faetones era una clara evidencia de que la avenida era frecuentada por aristócratas. El local de *madame* Coquet estaba a dos cuadras hacia abajo. Se giró para encontrarse con su marido justo a su espalda, Marianne tenía que aceptar que el sombrero de copa alta resultaba un accesorio que le daba un aire de distinción y atenuaba su imagen rebelde y peligrosa.

—Entremos, *monsieur* Augier nos espera —le anunció colocando su mano enguantada sobre su brazo, disponiéndose a entrar en la joyería.

Marianne le siguió en silencio, podía sentir las miradas curiosas sobre ellos, pero las ignoró. Era la duquesa de Ruthland, debía recordarlo y actuar en consecuencia a su título.

Monsieur Augier les esperaba a la entrada de la famosa joyería, saludó con una pequeña inflexión a los duques, Claxton lo saludó con entusiasmo, conocía al orfebre desde hacía muchos años. El pequeño hombre era el que administraba las joyerías de Phillip en Londres, esta era una de ellas, pero su esposa no tenía por qué saberlo, a su amigo le gustaba permanecer en el anonimato, muy pocas personas sabían que era un maestro de la orfebrería y que muchos de sus diseños adornaban los cuellos de las mujeres más importantes dentro de la nobleza, incluyendo a la reina consorte, Carolina. Esperaba que Phillip hubiese podido terminar algunos de sus pedidos, deseaba que su esposa luciera joyas excepcionales, diseñadas exclusivamente para Marianne.

«Me das asco, de dónde te ha salido tal despliegue de detalles», pensó contrariado. De todas maneras, las joyas de su madre estaban en una caja de seguridad en la biblioteca, se las entregaría a Marianne por si le interesaba alguna, a él le parecían demasiado ostentosas para la delicadeza de su esposa.

—Sígame, excelencia, tengo preparado un aparador con varia piezas que seguramente le van a interesar.

El joyero les señaló el camino y Claxton le siguió sin soltar en ningún momento el brazo de su mujer.

Marianne no perdía detalle de todo a su alrededor, la joyería estaba decorada en tonos marrones, aparadores en caoba con exquisitas piezas de joyería, en su mayoría, zafiros y diamantes. Había butacas estratégicamente distribuidas para que los clientes se sintieran a gusto, «seguramente imitando las famosas joyerías parisenses donde la orfebrería era un arte», pensó disfrutando.

—¿Desea algún refrigerio, excelencia? —preguntó solícito mientras le señalaba dos butacas en cuero frente a un aparador, donde descansaba un maletín negro.

—Té estará bien —contestó Marianne siguiendo los movimientos del hombre, que colocó el maletín en una pequeña mesa al lado de la butaca que ocupó su esposo.

—Una copa de coñac —Claxton le guiñó un ojo a Marianne haciéndola ruborizar, lo que ocasionó que este se riera divertido—. Te ruborizas de una manera deliciosa, princesa —dijo con la cabeza ladeada sonriéndole con malicia.

Marianne desvió la mirada, era mejor ignorarle si no quería que la avergonzara más con su actitud desenfada y poco formal. Agradeció la intervención de una mujer joven que entró con el servicio de té y se dispuso a servirla en silencio. Aceptó la taza y se concentró en saborearlo para despejar sus nervios, se sentía alterada, su esposo no le daba tregua, cada vez se sentía más arrinconada con su personalidad arrolladora, era un seductor, conocía su poder como hombre y lo estaba utilizando en su contra de la manera más descarada.

Sentía sus ojos sobre ella mientras se tomaba su copa de coñac. «¿Qué pretende?», pensó aferrándose más a la taza rígida en la butaca.

—Excelencia, me he tomado la libertad de elegir las tiaras en primer lugar, le mostraré tres que han sido exclusivamente diseñadas para la duquesa. —Monsieur Augier abrió casi con reverencia el maletín.

Marianne no pudo evitar una exclamación de sorpresa, cada tiara era diferente en altura y diseño, pero simplemente eran grandiosas. Colocó con cuidado la taza de té sobre la bandeja y sin pedir permiso extendió su mano para agarrar la tiara del centro, era por completo en diamantes y constaba de cuatro líneas gruesas hasta llegar arriba, donde un diamante más grande era el pico más alto.

—Es hermosa —murmuró dándole vuelta en su mano para mirarla más de cerca.

—Es una tiara para utilizar de noche, específicamente para un baile de gala, los diamantes se llevan en la noche, esta de aquí puede utilizarla en una velada musical en la tarde —dijo el joyero señalando la primera tiara mucho más liviana engarzada en esmeraldas—. Por último, esta en perlas puede utilizarla en cualquier momento.

—Estoy satisfecho con el resultado. —Claxton no había perdido detalle en la manera casi reverencial que su esposa había tomado la tiara.

De nuevo llevó su mano sobre su corazón, que lo castigaba con una sensación de culpa. Marianne había construido una vida nueva para ella, pero eso no significaba que no hubiese tenido los mismos sueños que cualquier joven perteneciente a la nobleza. Su esposa tenía derecho a llevar esas tiaras, su título nobiliario era de los más importantes en la corte y él con su marcha la había dejado desprotegida.

—Son exquisitas, *monsieur*. —Marianne no lograba salir de su estupor, no se atrevía a pensar en el coste de aquellas tiaras, estaba segura de que cada una de ellas venía acompañada de otras joyas que le harían juego.

—Me alegra que le gusten, *milady*. Como le dije, han sido diseñadas exclusivamente para usted —le dijo el joyero solemne—. ¿*Milord*? —Claxton le asintió al joyero.

—Envíelo todo a nuestra residencia, quiero que mañana en la noche mi esposa luzca la tiara de diamantes en la corte.

—Por supuesto, excelencia —contestó complacido.

El joyero fue abriendo los estuches de terciopelo que estaban colocados en orden de tamaños bajo las tiaras, cada vez que abría uno a Marianne se le detenía momentáneamente el corazón.

Su esposo había encargado collares y brazaletes que dejarían a muchas damas rojas de envidia. Él mismo había insistido en ponerle una exquisita cadena en oro con un delicado camafeo en zafiros; a Marianne le encantó la pieza, era delicada y elegante. Casi era media tarde cuando salieron de la estancia y se disponían a salir de la joyería.

—Monsieur Augier, me alegra encontrarlo. —Richard sonrió al ver a los acompañantes del joyero. Si lo hubiese planeado, no hubiera salido tan bien, sería una buena oportunidad para seguir aguijoneando a su eterno rival. Se acercó a *Lady* Marianne para besarle en la mano, pero Claxton interpuso su mano, sorprendiendo al joyero y avergonzando a Marianne por su inexplicable conducta ante un gesto de cortesía—. Como siempre, está hermosa —le dijo Richard con los ojos verdes brillándoles de diversión, ignoró por completo la provocación de Claxton, el imbécil no se daba cuenta de que con su comportamiento ponía más armas en sus manos para atacarle, a Richard se le hacía sorprendente el poco control de Claxton, especialmente cuando él había sido testigo de la sangre fría que tenía el duque de Ruthland; sin embargo, estaba claro que no lo quería cerca de su mujer, para el desconcierto de Richard solo había un motivo para la descabellada manera cómo se interponía para que no le besara la mano a su esposa, Claxton estaba celoso, no había otra explicación—. ¿Estará presente en el baile de gala en el palacio de Buckingham? —preguntó con malicia sabiendo que la invitación del monarca había sido extendida a toda la elite aristocrática de Londres.

La invitación era una orden y por supuesto los duques de Ruthland estaban obligados a hacer acto de presencia.

—Espero no verte, Richard —contestó tajante sin importarle una mierda lo que pensaran, para algo le debía servir el título que ostentaba.

—¡*Milord*! —Marianne lo miró horrorizada ante su total falta de formalidad.

—No se preocupe, *milady*, Claxton siempre ha sido muy cariñoso —contestó Richard con sarcasmo.

—*Milord*, ¿a qué debo su visita? —interrumpió el joyero con rapidez, estaba al tanto de la rivalidad entre los dos hombres, había escuchado rumores de que se disputaban hasta a las amantes, y se negaba a tener problemas con el duque de York.

La joyería tenía una excelente reputación entre las casas aristocráticas europeas, no iba a permitir escarceos de dos nobles en ella.

—Un broche, Augier.

—Acompáñenme…, ya los duques se retiraban.

—Espero bailar con usted, *milady*. —Richard no pensaba perder la oportunidad, no se interpondría en el matrimonio, pero le dejaría bien claro al patán de Claxton que su esposa le interesaba.

—Será un placer, *milord* —respondió sin importarle lo que pensara su marido. ¿Cómo podía ser tan grosero con el conde? No comprendía esa agresividad. No era tan ilusa para pensar que podría ser amor...

Richard la miró con intensidad, acercándose más de lo permitido. Le dejó ver a Marianne su deseo oculto por ella, y lo hizo delante de las narices de su marido, quien no tuvo más remedio que apretar los puños, para no enfrascarse en una pelea en el recibidor de la joyería y dar de que hablar a los aristócratas que caminaban por la acera.

Claxton vio el brillo en la mirada de Richard y se sintió enfermo de celos, el solo pensar que su esposa lo prefiriera lo volvía loco de la desesperación. «No te lo permitiré, Richard, con ella no...», pensó tensando su mandíbula. Para no avergonzar a su esposa, la tomó por el codo y la sacó del local sin ocultar su coraje. Caminó con ella en silencio hasta el carruaje, el cochero abrió la puerta.

—¿A dónde iremos? —Marianne no comprendía lo que ocurría cada vez que los dos hombres se encontraban, era angustioso estar entre ellos.

—Tú regresarás a la casa, yo me iré al club —contestó lívido mirándola con frialdad.

—Pero... —comenzó a decir sin comprender su actitud, especialmente cuando había estado tan accesible mientras ella admiraba las joyas.

—Es mejor que guardes silencio —la interrumpió haciéndole una señal con su mano para que entrara al carruaje.

—No he hecho nada —respondió indignada.

—¡Coqueteabas con Richard en mis narices! —respondió tenso, casi mordiendo las palabras, la respiración agitada, su vena posesiva estaba reclamando acción, nadie tocaba lo que le pertenecía, y Marianne era su esposa.

—¡Mentira! —exclamó ya sin esconder su malestar—. El conde es un caballero y me ofendes al siquiera pensar en ello… Tal vez, mi *milord*, me está juzgando por su condición de hombre sin honor. —Tensó su mano sobre su bolso.

—El conde es uno de los libertinos más reconocidos de la ciudad. —Claxton se negó a dejarle ver que sus palabras le habían dolido, un hombre sin honor, ¿qué podía contestarle? Si ella era una de las víctimas de su carácter endiablado y rebelde…

—Como usted —respondió mirándole con desprecio.

—No me tutees ahora cuando discutimos.

—No estamos discutiendo, me está acusando, *milord*, por algo que es totalmente falso —respondió con rencor.

—¡Maldita sea, Marianne, sube al carruaje y no me sigas presionando! —escupió más cerca de su cara, mirándola como si quisiese golpearla.

—Si me golpeas…, te golpearé —lo enfrentó sosteniéndole la mirada.

—Jamás golpearía a una mujer, tampoco la forzaría. Lo hice contigo porque me perteneces, eres mi propiedad para hacer lo que me plazca, ahora sube al maldito carruaje antes de que olvide todas mis buenas intenciones. —Los ojos de Claxton se tornaron fríos, oscuros, las venas de su frente estaban tensas, Marianne retrocedió y supo que lo mejor era dejarle en paz.

Se subió al carruaje dejándose caer en el asiento sin ninguna gracia, no entendía qué demonios había pasado, la reacción de su esposo era exagerada, ellos ni siquiera tenían intimidad, no había amor, ¿entonces por qué se comportaba tan violento frente al conde?

Suspiró arrancándose el sombrero de la cabeza, había estado ilusionada con pasar el día juntos, no podía negarse a sí misma que le agradaba su cercanía, sentía mariposas bailoteando en su estómago, siempre que se acercaba su perfume ligado al aroma del tabaco era letal, se sentía viva, con deseos de agradarle…, de gustarle como mujer.

¿Serían celos? El pensamiento se incrustó en su mente, era un poco descabellado, pero a pesar de su inexperiencia con los hombres, no había otra explicación para su comportamiento. Había sido desagradable con el conde, hubo un instante en que hubiese jurado que le pegaría, su marido era un hombre frío, muchas veces se le hacía imposible leer algún sentimiento en su rostro, esa rabia que no podía controlar frente al conde de Norfolk la desconcertaba.

Una sonrisa traviesa se dibujó en sus labios, tendría que averiguar si sus sospechas eran ciertas… y quién mejor que el conde de Norfolk para ayudarla a averiguarlo, el conde era uno de los pocos hombres que conocía que podía competir físicamente con su marido. Asintió decidida, si su marido sentía celos, iba a tener que aceptarlo y eso no sería nada fácil.

Capítulo 16

Glaxton caminó calle abajo sin rumbo fijo, evitando entablar conversación con algún conocido, a esa hora las aceras adoquinadas del frecuentado barrio de Covent Garden estaba llena de faetones esperando por sus dueños. Sentía la cabeza a punto de estallar, su sombrero de copa alta solo aumentaba su incomodidad, había tenido unos deseos enormes de subirla al carruaje, llevarla a la casa y encerrarse con ella en la habitación por días hasta marcarla, hacerla suya de todas las maneras impúdicas que sabía…, pero con Marianne no podía hacerlo, algo desconocido dentro de su ser se lo impedía.

Tenía que ser lo suficientemente hombre para aceptar que su mujer le importaba, que deseaba ganarse su confianza, que quería todo de ella. Se sentía enfermo de solo pensar en volver a hacerle daño. Ahora, cuando estaba dispuesto a cortejar a una mujer por primera vez, su eterno rival entraba en el juego para joderlo de la peor manera, Richard era un enemigo peligroso, conocía más a su esposa que él mismo.

Había visto la mirada cálida que Marianne le había dado al saludarle, él no le era indiferente y eso lo estaba carcomiendo por dentro, por primera vez sentía miedo, el pensar que su mujer pudiese estar enamorada de Richard lo aterraba.

Se detuvo en la acera y buscó con la mirada algún carruaje de alquiler, necesitaba llegar al club y tomarse una botella completa de *whisky*. Estaba haciéndole señas a un cochero cuando escuchó la voz de Phillip, a sus espaldas.

—¿A dónde vas? —preguntó extrañado intentando esquivar a una pareja de damas con sus pintorescas sombrillas.

—Al club —respondió con frialdad.

—Tengo el carruaje cerca…, vamos, yo también necesito distraerme. —Desde que se había dado el fogoso beso con la americana, no había podido dormir, jamás había reaccionado de forma tan violenta con una mujer, por lo general se cuidaba de dejar salir a ese hombre hambriento de pasiones intensas, desinhibidas.

Había querido tomarla allí mismo, desgarrarle el vestido y perderse entre todas esas curvas. «Maldita mujer, me tiene empalmado las veinticuatro horas del día», pensó contrariado de las punzadas en su entrepierna mientras caminaban al encuentro de su carruaje.

Caminaron en silencio, Phillip podía sentir la tensión y decidió esperar a interrogarle. Entraron en el carruaje y, sin Claxton pedirlo, Phillip sacó su alforja, buscó uno de sus pequeños pitillos de sativa y lo prendió con un extraño artefacto que había traído de la India. Se lo ofreció a Claxton que, sin decir ni una palabra, lo tomó y le dio una fuerte calada cerrando los ojos con placer. Phillip asintió pensativo, «las mujeres tienen ese efecto en la vida de un hombre, nos vuelven locos adictos a la sativa para poder lidiar con ellas», pensó con sarcasmo.

Entregaron sus abrigos en el recibidor del club y, al contrario de otras veces, se dirigieron a la barra. Sin pedirlo, el hombre les puso en frente una botella de *whisky* y dos vasos que llenó antes de dejarlos solo.

—Tenías razón, Phillip…, debí ignorar lo que sucedía en Badminton House, nunca debí romper la promesa que le hice el día de nuestro matrimonio —dijo mirando su vaso.

—Envíala de regreso a Badminton House, es admirable lo que ha logrado en el ducado. La adoran —respondió Phillip con frialdad.

—Es tarde —respondió sin atreverse a enfrentar la mirada de su amigo.

—No te entiendo, las esposas son una propiedad más, nuestro deber es mantenerlas viviendo entre joyas y vestidos. Ninguna de ellas se casa por amor, Claxton, todos sabemos que se pasean por los salones buscando el mejor candidato —respondió con amargura.

—Yo tampoco lo hago, pero no puedo enviarla lejos —contestó dándose un buen trago de la costosa bebida.

—¡Maldición, Claxton, te lo advertí! —exclamó Phillip sonriendo sarcásticamente, había tenido razón, su corazonada había estado en lo cierto, su amigo sentía más que atracción física por su esposa, él lo había visto venir desde el mismo momento en que la subió al carruaje para regresarla a Londres.

—Lo sé. —Claxton agarró incómodo la botella sirviéndose más *whisky*, no sabía manejar lo que sentía y ni siquiera ante Phillip estaba dispuesto a dejar ver que su mujer se había convertido en una debilidad.

«La detesto por lo que me hace sentir», pensó llevándose el vaso a los labios. Necesitaba aplacar la rabia que llevaba dentro antes de regresar a su lado.

—¿Qué piensas hacer? —Phillip le observaba preocupado, conocía a Claxton cuando estaba en ese estado de ánimo, podía explotar en cualquier momento, siempre había tenido un carácter impredecible.

—Mi problema ahora es Richard —dijo dejando caer con fuerza el vaso sobre la barra, ocasionando que varios caballeros le miraran.

—¿Richard? —preguntó extrañado.

—Quiere convertir a mi mujer en su amante —respondió mirando a Richard con rabia.

—Richard no pretende mujeres casadas. —Phillip se inclinó poniendo el vaso sobre la barra, acercándose más a Claxton—. Nunca ha sido su estilo, además Richard nunca se acuesta con mujeres fuera del club Venus —le recordó, era un secreto a voces que Richard Norfolk gustaba de la dominación y en su círculo social eran muy pocas las mujeres que gustaban de esos juegos amatorios.

—El maldito ni siquiera respeta mi presencia…

—Richard siempre ha respetado a las mujeres casadas… —le recordó Phillip.

—Marianne es mi esposa, bien sabes la rivalidad entre nosotros. —Claxton buscó su mirada—. Sería la venganza perfecta…

—¿Tanto te importa?

—Si se atreve a tocarla…, ¡lo mato, Phillip! —respondió con frialdad dejando a su amigo perplejo ante la aceptación de la importancia de su esposa en su vida.

Todos sabían la rivalidad entre ambos, pero Richard había sabido ignorar la personalidad volátil de Claxton. «¿Qué demonios te propones, Norfolk?», pensó preocupado de que el regreso de su amigo a Londres terminara en una tragedia.

—*Lady* Marianne no me parece una dama que se preste para ser amante de nadie. —Estaba claro que su amigo no estaba pensando con su frialdad habitual, estaba dejando que sus sentimientos por su mujer no le dejaran ver las intenciones verdaderas de Norfolk, no creía que Richard estuviese detrás de una amante y mucho menos de una dama como *lady* Marianne; a menos que, como decía Claxton, fuera su manera de vengarse de todas las veces que su amigo le había jugado sucio en el pasado.

Claxton se recostó en la silla, su mirada perdida se desplazó por las mesas del club. Cerca de la barra, en una de las mejores mesas del White, vio al duque de Cleveland compartiendo el momento animadamente con su suegro, el duque de Sutherland. Se veía feliz, relajado, a gusto con la vida, y sintió envidia.

Había despreciado una vida al lado de su esposa y, ahora que le conocía, tenía la certeza de que él también sonreiría de la misma manera que lo hacía Alexander si no hubiese arremetido contra las exigencias de su padre sin verlas en su justa perspectiva. Su padre solo había querido que él tomase las riendas del ducado, como su único hijo era su deber; sin embargo, por su testarudez no lo vio así, huyó de su responsabilidad creando un imperio propio al margen del ducado, le dio la espalda a su legado simplemente por soberbia y rebeldía sin pensar en que su decisión afectaría a muchas personas que dependían de sus tierras para subsistir.

El destino lo había situado en su lugar, al poner a su esposa como el ángel del ducado de Ruthland, ella merecía la lealtad de su gente, él tendría que aguantarse los desplantes que vinieran en el futuro.

—¿Claxton? —Phillip lo zarandeó impaciente.

—Quiero eso, Phillip…, deseo lo que tiene Alexander —murmuró sin apartar la mirada de la mesa donde los hombres conversaban animadamente sin sospechar los lúgubres pensamientos del duque de Ruthland.

—Pero si ya tienes una esposa…

—Una familia, Phillip… una familia que me quiera —respondió en una especie de letargo que preocupó a Phillip.

—Joder… —respondió mirando hacia la mesa del duque de Cleveland.

«Cierto, Alexander parece otro hombre». Una imagen de una mujer alta con grandes pechos vino a su mente y gruñó contrariado. «Sería la primera duquesa sin sangre inglesa…». Tomó la botella y volvió a llenar los vasos, tenía un deseo inmenso de regresar a Francia, sentía el peligro hasta en los huesos.

***

El cochero abrió la puerta interrumpiendo las cavilaciones de Marianne, había estado tan concentrada en sus pensamientos que no había notado que el carruaje se había detenido, miró pensativa al hombre mientras intentaba serenarse. Una idea estaba rondando su mente, necesitaba hablar con alguien de confianza sobre su matrimonio, desgraciadamente no podía acudir a su tía. Se mordió los labios sopesando sus posibilidades, estaba atada a su marido hasta el día de su muerte, eso no cambiaría. Si su esposo cometió la canallada de violarla para consumar el matrimonio, era una prueba contundente de que jamás le dejaría ir.

—Iré a Somerset House —le dijo al cochero sin moverse de su asiento, el hombre asintió sin rechistar por el cambio de planes cerrando la puerta.

Marianne escuchó dándole órdenes al lacayo que lo acompañaba en el pescante. Esperaba estar haciendo lo correcto, no deseaba inmiscuir a terceros en sus problemas matrimoniales, pero se sentía incapaz de enfrentar la experiencia de su esposo, necesitaba estar segura del siguiente paso por dar.

La imagen de la anciana vizcondesa de Poole había llegado de improviso a su memoria, se avergonzaba de no haber pensado en ella desde que había regresado a Londres, se había escondido tras sus faldas en muchos bailes intentando pasar desapercibida, la personalidad de la vizcondesa le había llenado de curiosidad, había escuchado a su tía Antonella despotricar contra ella diciendo que era una insurrecta que conspiraba en contra del monarca, se habían dicho muchas cosas de la distinguida vizcondesa de Poole, pero era muy poco lo que se sabía en realidad.

Había enviudado y se mantenía aislada de la aristocracia, en guerra con sus dos hijos varones por ambos negarse a darles nieto. Marianne había pasado muchas tardes con ella leyendo y escuchando sus quejas sobre los dos jóvenes, que ahora estarían en sus treinta y tantos años. Necesitaba hablar con alguien de lo que sentía por su esposo, quién mejor que *lady* Marie para escucharle.

Para desconcierto de Marianne, fue de inmediato llevada a la estancia privada de la vizcondesa. Al verla entrar, la saludó con un caluroso abrazo, *lady* Marie era una mujer alta para sus setenta y ocho años, se mantenía erguida, sin ninguna dificultad para caminar. Su cabello todavía conservaba destellos rojizos, al igual que su tía Antonella, era una dama con una presencia arrolladora.

—Querida, ha sido una grata sorpresa escuchar que habías regresado a Londres —le dijo tomándola por las manos con cariño.

—Me siento avergonzada de no haber venido antes a visitarla —se excusó mirándola apenada.

—No te preocupes, estoy segura de que ha sido un regreso difícil. Sentémonos, cuéntame qué has hecho estos últimos cinco años, vuestro marido es un infame, sus padres se deben estar revolviendo en la tumba, eran una pareja hermosa, muy querida por la aristocracia, siempre les dije que estaban malcriando demasiado a Jefferson —dijo sentándose ceñuda.

—¿Jefferson? —preguntó confundida.

—Es su segundo nombre…, recuerdo que era muy amigo de mis hijos y de Phillip, el duque de York.

—Le conozco, al parecer, el duque de York es un íntimo amigo de mi esposo —aceptó dejando su pequeño bolso sobre la mesita de centro, sentándose muy cerca de la vizcondesa.

—Phillip es brillante…, sus padres se volvían locos buscándole profesores que pudiesen competir con su inteligencia, pero, en fin, siempre fue el guardaespaldas de Jefferson, lo sacaba de sus pleitos, especialmente cuando fueron todos a Oxford… En esa generación, fue la crema innata de la sociedad, los futuros duques estuvieron allí, prácticamente todos están solteros, se rumora que hicieron algún pacto, porque no tiene otra explicación —dijo en tono conspiratorio que ha Marianne le hizo sonreír.

—¿Sus hijos todavía siguen solteros? —preguntó curiosa, recordaba que el mayor había estado en Oxford, el segundo decidió ir a Eton.

—Todavía…, al parecer, no veré ni un nieto —suspiró con pesar.

—Pero su hijo mayor no es un duque.

—No es un duque, pero fue parte de ese grupo exclusivo que fue a Oxford, estábamos muy orgullosos de que las principales casas de la aristocracia estuviesen representadas con un joven, no entiendo, es como si nos intentaran castigar por desear herederos, prefieren dejar sus títulos en manos de terceros, y eso me parece aborrecible —suspiró con pena—. Ahora, querida, dime qué te angustia. —La vizcondesa esperó que le sirvieran el té, había enviado por la doncella cuando el mayordomo le trajo la tarjeta de presentación de la duquesa de Ruthland.

Marianne aceptó la taza y se dispuso a disfrutar de la tarde con la vizcondesa, los años no habían pasado por ella, se veía igual. Se había resentido con todo el mundo al punto de olvidarse también de la buena amistad que le había unido a la mujer, se recriminó en silencio nunca haberle enviado una carta, *lady* Marie jamás le hubiese traicionado.

—Fui muy ingrata al no enviarle ni una carta todos estos años.

—Siempre supe la verdad, querida —apuntó con seriedad—, vuestros padres, como siempre, quisieron adornar la situación. Pero a mí nunca me engañaron, la manera cómo te sacó de la iglesia fue imperdonable, eso sin contar las murmuraciones de que le habían visto salir sin ropa de un famoso burdel en White Chapel al siguiente día de la boda.

—Me envió a Badminton House, allí he vivido estos últimos cinco años.

—Desgraciadamente, querida…, él estaba en su derecho, somos simples peones en la vida de nuestros maridos. —*Lady* Marie se quedó pensativa mirando su taza—. ¿Qué le hizo cambiar de opinión? Estuvo muchos años en el continente americano.

—No lo sé —contestó, insegura de las razones verdaderas detrás del regreso de su esposo—. Creo que se molestó porque he administrado el ducado en su ausencia. Hice de Badminton House mi hogar y de sus campesinos mi familia… Me negué a mezclarme en la aristocracia rural, todos estos años he renegado de mi condición de duquesa de Ruthland, lo he maldecido mil veces, *lady* Marie —se sinceró.

—¿Tan terrible se comportó Jefferson? —*Lady* Marie le hizo señas a las doncellas para que salieran, su servidumbre le había demostrado con los años lealtad, pero siempre había una primera vez y lo menos que necesitaba Marianne eran cotilleos malintencionados.

—Esa noche fue terrible…, una verdadera pesadilla. —La vizcondesa se irguió, sus ojos azules pudieron leer en el rostro delicado de su invitada lo que había sucedido y maldijo la costumbre de evitar hablar con honestidad de lo que se espera de las mujeres en su noche de bodas.

—No fue un caballero, Jefferson se limitó a consumar el matrimonio; desgraciadamente, esa es la manera en que muchos pares tratan a sus esposas. Te enviaron lejos sin exigirte un heredero, otras mujeres deben abrirse de piernas sin emitir quejas hasta conseguir quedar en estado —le dijo con honestidad.

Conocía a muchas damas que se habían sentido aterrorizadas de tener que aceptar a su marido en el lecho conyugal al punto de inventar enfermedades inexistentes.

Marianne no pudo evitar el asco que sus palabras le ocasionaban, se llevó la mano al colgante que su marido le había colocado en el cuello.

—¿Qué es lo que te inquieta, en realidad? Pareces satisfecha con lo que has logrado en Badminton House.

—Mi *lady*…, mi esposo desea…

—Una mujer, Jefferson desea que su duquesa se convierta en su amante..., maldito rufián —dijo sin esconder su malestar.

—Él me ha besado y yo... —Marianne se sentía incapaz de poner en palabras lo que su marido le hacía sentir.

Lady Marie no pudo evitar una sonrisa de satisfacción, no se había equivocado al juzgar a Marianne en el pasado, había sido una joven con carácter, sabía muy bien lo que deseaba. Se había sentido impotente ante la agresión de su marido, pero ante la ley nada podían hacer. Por lo menos, al enviarla lejos había hecho más bien que mal, por lo que podía observar. La joven había aprovechado su exilio para convertirse en una dama fuerte y segura, solo había que ver la manera cómo se movía, su mirada directa, el porte seguro. Al duque, al querer hacer mal, se le viró el destino en contra.

—Puedes sincerarte, tal vez sea una anciana, pero créeme, querida, que viví intensamente mi juventud, doy gracias por haber tenido un esposo peculiar.

—No sé cómo tratar a mi esposo, soy demasiado inexperta para poder...

—Gustarle... ¿Deseas seducir a vuestro verdugo?

—Siento sensaciones muy fuertes cuando me besa. Mi cuerpo me traiciona y me siento culpable, porque para mí la consumación fue una pesadilla, el peor día de mi vida, solo trae a mi mente dolor, mucha sangre... Estuve a punto de perder la vida a causa del desgarre, la curandera del ducado estuvo días a mi lado intentando salvarme la vida, mi esposo fue cruel y me siento avergonzada de sentirme atraída, de querer sus caricias. —Sus ojos se llenaron de lágrimas, por primera vez se atrevía a poner en palabras lo que le corroía en su interior.

Lady Marie guardó silencio, miró su taza intentando no despotricar contra el maldito de Jefferson. Marianne, al igual que muchas damas de la nobleza, estaba atada a un matrimonio que había comenzado de la peor manera, la experiencia la había marcado, su expresión había dejado ver su horror por lo vivido.

—Cualquier caricia sin amor, sin sentir deseos, al final solo es un acto insípido que nos deja un sentimiento de vacío. Por vuestras palabras, Jefferson no te preparó para que le recibieras en vuestro interior, él solo se limitó a tomar vuestra virginidad y dejar claro ante la ley que eras su esposa.

—No comprendo.

—Hay dos tipos de relación en un matrimonio entre aristócratas, el primero es un matrimonio con el único fin de tener un heredero. El esposo entra a la alcoba conyugal y hace lo que hizo Jefferson, nunca se quitan la ropa, es un matrimonio de conveniencia en el que la pareja deja hasta de hablarse cuando ya se han tenido todos los herederos que el esposo desea.

—¡Es horrible!

—Es el más común —respondió la anciana con un deje de amargura.

—¿Vuestro matrimonio?

—Mi matrimonio fue del segundo tipo… Las parejas logran conectar durante el cortejo y se enamoran. Tuve suerte, querida, tuve un marido amoroso, detallista, y un amante considerado.

Marianne sonrió a su pesar al ver el brillo pícaro en los ojos de la anciana.

—Jefferson ha regresado, por lo que me cuentas, desea convertir a su esposa en su amante…, eso no es propio de un hombre como él.

—¿Qué quiere decir?

—Él podría tener a cualquier mujer por amante, hay viudas dentro de la nobleza que gustosas se prestarían, igual una cortesana experimentada que supiese satisfacer sus más perversos instintos. Sin embargo, quiere a su esposa, una dama que ha evitado por cinco años. —*Lady* Marie sonrió con malicia—. Te desea, querida, hasta el punto de caer en la vulgaridad de querer a su propia esposa como su pareja de alcoba. —Se rio disfrutando de sus pensamientos—. La mejor venganza sería precisamente esa.

—No deseo venganza…

—¿Qué deseas del duque de Ruthland? No es un pecado desearle, tampoco debes sentirte culpable, eran dos desconocidos en aquel momento, Jefferson desvirgó a una joven que no significaba nada para él. Sin embargo, ahora hay momentos juntos, roces, besos, caricias robadas, ahora él te ha visto, te siente suya, no eres solo un cuerpo, ¿por qué no te envía lejos? ¿Por qué desea en su lecho una mujer sin experiencia? Mi consejo es que aproveches la oportunidad de construir vuestro matrimonio desde las mismas cenizas. Jefferson no sabe cómo amar, eso deberás ensenárselo.

—Entonces debo perdonarle.

—No, querida, perdonar sería una pérdida de tiempo, porque lo que hizo Jefferson fue imperdonable. Para poder comenzar de nuevo desde las cenizas, debes olvidar, nunca más recordar aquella noche, desechar para siempre lo que ocurrió y comenzar desde el mismo instante en que te sientas preparada para poder aceptar sus caricias y avances sin culpabilidad. De lo contrario, vuestra vida a su lado se convertirá en un verdadero infierno. Si estás aquí, es porque lo que sientes por él es profundo, las mujeres entregamos primero el corazón y dejamos para segundo lugar lo mejor del pastel, que es el sexo.

—¡*Lady* Marie! —exclamó abriendo sus ojos verdes.

La anciana se carcajeó disfrutando el sonrojo de la joven, «deliciosa esa inexperiencia», pensó con añoranza. A sus casi ochenta años daba gracias por haber podido conocer en los brazos de su difunto marido la pasión y la entrega sin pudor dentro del lecho conyugal.

—Vuestro marido tiene fama de calavera, un libertino de la peor calaña. Tienes la oportunidad de conocer todos los secretos de alcoba, no te niegues a la pasión, querida, cuando llegues a mi edad, serán esos recuerdos los que te mantendrán una sonrisa dulce en los labios. Le amas, lo veo en vuestra mirada…

—Él nunca me amará —respondió sin poder ocultar su desánimo.

—Los hombres como vuestro marido jamás reconocerán tal sentimiento, para ellos es una debilidad imperdonable. Mantente atenta a sus detalles…, a veces estos son más confiables que las palabras —le aconsejó.

—Me besó en la frente —admitió con esperanza—. A veces actúa como si estuviese celoso de los demás caballeros.

Lady Marie se acercó tomando sus manos, las acarició con cariño, había extrañado a Marianne, la joven había sido una buena compañía, lamentaba que Jefferson hubiese pagado con ella su altanería.

—¿Sabes lo que más admiro de la duquesa de Wessex? —Marianne negó con la cabeza incapaz de responder por la emoción—. Antonella ha sabido moverse de manera sigilosa como una serpiente entre los hombres más influyentes de la aristocracia, logrando que la tomaran en cuenta, la respetaran y algunos le temen, con justa razón.

Todas las demás sabemos que podemos contar con ella, aunque muchas veces odiemos su prepotencia. Manejamos los hilos en las sombras, unidas a pesar de nuestras diferencias, tenemos poder..., solo que algunas no sabemos utilizarlo a nuestro favor. Vuestra tía se encarga de recordarnos nuestra fuerza, al olvidar el pasado te das una verdadera oportunidad, eres la duquesa de uno de los títulos nobiliarios más antiguos, toma el lugar que te pertenece y arrastra a Jefferson, muéstrale la valía de un verdadero caballero, enséñale el respeto hacia la familia, hacia el hogar, muéstrale vuestro valor, que las generaciones futuras hablen de su excelencia, la duquesa de Ruthland. Tienes el coraje y la fuerza para lograrlo, no mires atrás, no hay nada allí, concentra vuestra mirada hacia el futuro, tienes mucho que construir.

Marianne la abrazó dejando que las lágrimas fluyeran, que el dolor de todos esos años se mitigara. *Lady* Marie tenía razón, debía mirar hacia el futuro, ya había tenido muchos años de dolor y lágrimas, era hora de construir un nuevo comienzo. Entre los brazos de la anciana, se prometió robar el corazón de su marido, lo quería todo y lo lograría, *lady* Marie estaba en lo cierto, tenía el coraje para lograrlo.

Capítulo 17

Claxton miraba impaciente a su ayudante de cámara, un baile de gala en el palacio de Buckingham requería una vestimenta formal, su casaca negra junto a un elaborado lazo en un azul pálido le daba un aspecto elegante, inaccesible. A pesar de todo, dio gracias por que el monarca no los convocara a un banquete, no se veía sentándose a comer mientras Jorge miraba a su esposa, como sabría qué pasaría; el muy depravado se creía con derecho a toquetear a todas las mujeres del reino. «Infeliz», pensó asqueado.

—Está perfecto, su excelencia —dijo el hombre mientras terminaba de acomodar su largo cabello en una cinta de seda negra.

—¿Mi abrigo? —preguntó sin darle importancia al comentario, tenía muchos defectos, pero ser vanidoso no era uno de ellos.

—Giles lo espera en el recibidor con su abrigo, su excelencia —dijo el ayudante de cámara colocando unas gotas del perfume exclusivo hecho para el duque en un pañuelo que fue pasando con delicadeza por su casaca y la piel del cuello que quedaba a la vista.

—Retírese —ordenó sin ocultar su impaciencia.

Se miró por última vez en el espejo y salió a esperar a su esposa en el recibidor, había estado rehuyéndole desde el día anterior, todavía se sentía furioso por los avances de Richard, no deseaba desquitar su furia contra Marianne. Había habido un momento en que había pensado ir al club Venus, propiedad del duque de Marborough, y desfogarse con algunas de las hermosas jóvenes que trabajaban en el club, pero algo dentro de él se resistió, su cuerpo ardía por su esposa, era ella la que lo mantenía en vilo.

Maldijo entre dientes mientras bajaba las escalinatas, Giles levantó una ceja al ver lo elegante que estaba su señor, haciendo sonreír con sarcasmo a Claxton.

—¿Pensabas que se me había olvidado mi papel de duque? —le dijo con ironía sabiendo que el mayordomo no se quedaría callado, Giles sabía su valía, sabía que sus años trabajando para los Ruthland le habían dado cierto estatus y lo aprovechaba descaradamente.

—La vestidura no hace al monje, su excelencia… —respondió con un tinte de sarcasmo entregándole el abrigo y los guantes.

—Debí despedirte hace mucho tiempo —respondió casi arrebatándole el abrigo.

—Nadie entraría a esta casa para ser su mayordomo, su excelencia —respondió mirándole con frialdad.

—Como si yo fuese el único renegado… —contestó con fastidio.

—En eso tiene razón, *milord* —aceptó el mayordomo a regañadientes.

Giles no pudo evitar su sorpresa al elevar la mirada y ver la figura de la duquesa en lo alto de la escalera. Claxton, al ver su expresión, entrecerró los ojos y se giró a mirar lo que había sorprendido al fastidioso mayordomo.

Su cuerpo se tensó al ver la figura de su esposa descender por los anchos escalones, su entrepierna se agitó inquieta ante la imagen del sugerente corpiño de su mujer, el corset debió ser atado hasta el límite para que sus pechos se vieran tan tentadores. Tensó la mandíbula casi hasta hacerse daño, sería la fantasía de todos los calaveras que asistieran al maldito baile.

Marianne se detuvo en el último escalón, le sonrió con sensualidad descolocándolo más, si se podía. Él había esperado caras largas, mas no esa sonrisa seductora, prometiéndole cosas que él bien intuía no sabría cumplir.

—Está arrebatador, su excelencia. —Marianne se sentía eufórica al ver el deseo en la mirada de su esposo. Sarah se había sentido escandalizada por el escote del vestido, pero esta noche ella iba a un baile en la corte, y era del conocimiento de todos que se estilaba un atuendo más atrevido emulando a sus vecinos franceses.

Claxton se quedó clavado al piso, por primera vez en su vida no sabía qué se esperaba de él, nunca había llegado con una mujer a un baile, y mucho menos empalmado, porque era incapaz de retirar su mirada de esos deliciosos pechos, la boca se le hacía agua, con ganas de cargarla en su hombro para llevarla a su habitación y mostrarle la magnitud del deseo que sentía por ella.

Giles carraspeó impaciente, «la señora no tiene idea del hombre que tiene como marido, se la va a comer viva esta noche», pensó el mayordomo divertido con el comportamiento de su señor, era la primera vez que lo veía interesado realmente en una mujer.

—¿Su excelencia? —Giles no pudo evitar un tono burlón en la pregunta, por la cara que tenía su señor, parecía que le habían dado un mazazo en la cabeza.

Claxton se obligó a moverse, acercándose en trance hasta su esposa, no tenía edad para comportarse como un petimetre; si su esposa quería guerra, se la había declarado al hombre correcto, porque él no era de dar un paso atrás, todo lo contrario.

—Estás invocando mi lado oscuro..., princesa —le susurró muy cerca de sus labios.

—Eso espero... —le susurró disfrutando del instante de sorpresa que vio en los sombríos ojos de su esposo.

Claxton le miró con suspicacia, «algo ha cambiado...», meditó mientras se colocaba el elegante abrigo largo y se ponía los guantes. Extendió su brazo y Marianne se aferró a él para salir los dos por primera vez a enfrentarse con la elite aristocrática. Claxton evitó mirarle, en la intimidad del faetón podría olvidar sus buenas intenciones y mandar al diablo a Jorge con toda la corte.

Mientras se sacaba una pelusa imaginaria de su abrigo, solo podía pensar en lo muy hermosa que se veía su esposa. Egoístamente, se sintió aliviado de haberla enviado lejos de los libertinos londinenses. Si se hubiese marchado a América dejándola allí, seguramente hubiese sido el cornudo más grande de la ciudad, y con justa razón. Había sido un imbécil merecedor de la infidelidad de su esposa.

—Estás muy callado —se aventuró a decir, no aguantando más el mutismo entre los dos.

Sus miradas se encontraron, las sostuvieron en silencio. «Estás buscando problemas», pensó Marianne sin poder apartar la vista. Su esposo era un hombre elegante, pero esa noche quitaba el aliento, le provocaba un deseo irracional de quitarle el elaborado lazo alrededor de su cuello y besarlo, hundir su cara él, disfrutando de ese embriagador aroma de su perfume.

Marianne casi gimió por sus inquietantes pensamientos.

—Al parecer, la inspiración del señor Nash ha mejorado este caserón sin estilo —dijo Claxton desviando la mirada, concentrándose en el majestuoso arco triunfal de mármol que le daba la bienvenida al Palacio de Buckingham.

—Se rumora que el monarca se pasa en una lucha campal con el señor Nash por las exigencias de la remodelación —le respondió mirando también con interés los cambios en la fachada del palacio.

—Mi abuelo detestaba ser invitado a cenar a este lugar por Jorge III, el hombre rayaba en lo ridículo y la racanería. No había licores en palacio y la comida que servía en los banquetes era un verdadero asco. Le recuerdo despotricando contra él y encerrándose en la biblioteca a tomarse una botella del mejor *whisky* cuando regresaba de una velada en Buckingham.

—¿Le querías? —Marianne percibió el cariño al mencionarle.

—Mi abuelo fue mi cómplice. —Sonrió ante el recuerdo—. Soy su viva imagen, mi padre se parecía a mi abuela.

El faetón se detuvo casi de inmediato al pasar el arco de entrada, la hilera de carruajes esperando su turno para bajar frente a las escalinatas principales era bastante larga, Claxton suspiró. «Será una noche larga», meditó volviendo su atención a su esposa, que lo miraba con interés.

—No fui un niño sin amor…, al contrario, mis padres se amaban tanto que avergonzaba verlos juntos.

—¿Entonces? —Sin todavía poder comprender el comportamiento de su esposo.

—A ustedes se les educa para ser mujeres virtuosas, buenas anfitrionas y tener a nuestros herederos. A nosotros se nos educa para llevar las riendas de un ducado, tomar nuestro lugar en el parlamento y procrear a los herederos... Soy muy malo siguiendo órdenes, Marianne, casi me expulsan de Oxford, odio que se me presione —dijo con honestidad.

Marianne suspiró mientras asimilaba las palabras de su esposo.

—Disfrutemos de nuestro primer baile —le guiñó el ojo extendiendo su mano para agarrar la de ella. Justamente la puerta se abrió y un lacayo real se hizo a un lado para que descendieran, la expresión fría regresó al rostro de Claxton y se dispuso a representar su papel como el duque de Ruthland, ya era hora de que tomase su lugar dentro del mundo al que, a pesar de odiarlo, pertenecía por derecho.

«Soy un demonio con suerte, estoy seguro de que mi esposa es una de las mujeres más hermosas del reino», pensó con arrogancia mientras le ayudaba a bajar acercándola más a él.

Marianne tuvo que hacer un gran esfuerzo para no abrir la boca, asombrada al entrar al salón de Estado donde se llevaba a cabo el baile, altos techos abovedados, estatuas, molduras doradas y columnas de mármol de color frambuesa. La gran escalera tenía una balaustra dorada con hojas de acanto, roble y laurel, no había duda de que el monarca era fanático del interiorismo francés.

—Hay treinta sirvientes solo para mantener todas las velas encendidas —le susurró cerca mientras seguían la fila de nobles para ser anunciados.

—¿Cómo lo sabes? —preguntó con genuina curiosidad.

—Es la comidilla del club de caballeros el White —respondió mirando al frente.

Los duques de Ruthland se convirtieron en la principal atracción de la noche, desde el mismo instante en ser anunciados, Claxton había sospechado que sería así, durante años se había especulado sobre su salida de Londres y el exilio de su mujer. Le tomaría años para que se olvidaran de ellos y pusiesen sus miradas en algún otro escándalo.

Su esposa rápidamente fue separada de él, la duquesa de Sutherland se la llevó hacia el grupo donde se encontraban varias damas importantes. Claxton sonrió con sarcasmo, había cosas que nunca cambiaban, eran una especie de clan en el que sospechaba existía jerarquía, su esposa sabría cómo lidiar con esas brujas, había capitaneado un ducado por cinco años, se había convertido en una mujer fuerte. Mirándola entre todas aquellas matronas, no pudo dejar de sentirse orgulloso, refulgía entre todas.

—Jamás hubiese creído posible encontrarme con el duque de Ruthland por los pasillos de Buckingham. —Murray, duque de Grafton, se acercó por su derecha, venía acompañado por Alexander, el duque de Cleveland.

—Jódete, Grafton..., por lo que recuerdo, tampoco eras muy dado a este ambiente —le respondió mirándole con la ceja levantada.

— Tienes razón —aceptó socarrón.

—¿Cómo estás, Claxton? —le saludó Alexander.

—Te debo una disculpa, Cleveland..., la última vez que nos encontramos no estaba de buen humor. —

Alexander levantó una ceja, Claxton no era de pedir disculpas, pero asintió aceptándolas de buen grado.

—Me alegro de que hayas recapacitado, vuestra esposa es una dama excepcional de la que deberías sentirte orgulloso —le dijo el duque de Cleveland.

—Muy hermosa —agregó el duque de Grafton mientras observaba a la duquesa en un grupo cercano de mujeres.

—Lo sé… —e interrumpió al ver cómo el conde de Norfolk se acercaba a su mujer y se la llevaba con total descaro a la pista de baile, atrayéndola a su cuerpo para bailar al compás de un vals.

Su cuerpo se tensó y estaba ya dispuesto a ir tras ellos cuando un fuerte agarre lo hizo detenerse. Su mirada se encontró con la de Phillip, quien con disimulo negó con su cabeza advirtiéndole del desastre que sería que se abalanzara contra la pareja.

—Ni lo intentes, Jorge está mirando justamente hacia nosotros —le advirtió Phillip sin soltar su brazo—. No es el lugar, Claxton.

—Me alegra verte, Phillip —saludó con aprecio el duque de Cleveland.

—Lo mismo digo —aceptó el duque de Grafton.

—Me quedaré una temporada —aceptó sonriéndoles—, supe de sus matrimonios y, aunque me sorprendí, los veo muy a gusto con la pérdida de la soltería.

—Amo a mi niña, no me importa que lo sepan, soy un hombre esclavizado por completo —respondió el duque de Cleveland sin ninguna vergüenza.

—Confieso que me siento igual que Alexander, no me arrepiento de haber regresado por Katherine —aceptó el duque de Grafton.

—No tengo intención de casarme —respondió Phillip—, soy un solitario.

—¿Claxton? —El duque de Cleveland se dio cuenta de la tensión en el ambiente, intercambió mirada con el duque de Grafton, quien miró con preocupación a su amigo de toda la vida, el conde de Norfolk.

«¿Qué demonios pretendes, Richard?», pensó mientras miraba cómo su amigo acercaba más de lo debido a la duquesa de Ruthland a su cuerpo.

—No te preocupes, Cleveland… —respondió sin apartar la mirada de la pista de baile.

Capítulo 18

—Hermosa es una palabra que no le hace justicia esta noche, *milady*. —Richard no había podido resistir el impulso de tenerla entre sus brazos, aunque se había resistido por años a seducirla por respeto a la hermandad a la que tanto Claxton como él pertenecían.

Lo cierto era que *lady* Marianne era la primera mujer fuera del club Venus que le había interesado, había tenido que hacer un gran esfuerzo por no utilizar todas las armas que tenía a su disposición para convertirla en su amante, tenía claro que la dama merecía más que un marido como Claxton.

«Es deliciosa», pensó mientras la acercaba más a su cuerpo disfrutando de su delicado aroma.

—Gracias, *milord*, me alegra volver a verle, espero que me siga considerando una buena amiga —respondió sonriéndole, ignorando las miradas especulativas de las parejas que bailaban a su alrededor.

El vals se terminó, pero para sorpresa de Marianne el conde la tomó por el codo y la llevó fuera de la pista de baile.

—Me gustaría tener unas palabras con usted a solas, *milady*…, han abierto los jardines y estoy seguro de que habrá bastantes invitados fuera, las velas hacen del salón un lugar sofocante —le dijo llevándola con delicadeza.

—No creo que sea apropiado, *milord* —respondió Marianne deteniéndose a mirarle.

—Jamás osaría poner su reputación en peligro, no estaremos solos en ningún momento, le doy mi palabra —le aseguró con seriedad.

Marianne asintió, dándole la razón. El lugar estaba abarrotado de invitados, el monarca estaba sentado al final en un trono que se había dispuesto para él y su séquito más cercano. Marianne y su esposo habían saludado, pero tanto su marido como ella evitaron alargar la charla con el belicoso rey.

Siguió al conde más tranquila, como bien había dicho, los jardines estaban iluminados y grupos de parejas conversaban animadamente alrededor.

—Es sofocante el ambiente allá dentro. —Richard se movió con cautela evitando pasar por los grupos donde sabía lo de tendrían para saludarlo, necesitaba estar retirado un poco de la vista de los demás sin poner la reputación de *lady* Marianne en peligro.

—Me ha sorprendido el llamado del monarca —dijo siguiéndole, el conde tenía razón, el ambiente dentro del salón de Estado era sofocante.

—Nos ha sorprendido a todos, *milady*…. —aceptó deteniéndose en un pequeño gazebo, tenía un aspecto romántico que a Marianne le gustó—. El gazebo está a la vista de todos, pero nos dará cierta privacidad —la tranquilizó.

—¿Qué es tan importante, *milord?* —preguntó recostándose en una columna mientras respiraba el aire fresco, el exceso de perfume en el salón la había indispuesto.

Richard ladeó la cabeza mirándole con intensidad, había muchas damas en el salón, pero *lady* Marianne brillaba, era de esas mujeres que subyugaban sin proponérselo.

—Quiero que sepa que soy un amigo incondicional..., quiero que me prometa que si alguna vez necesita ayuda, no dudará en venir a mí.

Marianne le sonrió asintiendo agradecida, sabía que le había inspirado sentimientos al conde, estaba segura de que había habido atracción. Sin embargo, nunca había intentado seducirla y tomar ventaja de su delicada situación, estaba segura de que siempre había sabido de lo sucedido con su esposo, tal vez lo sabían todos. Desechó esos lúgubres pensamientos; como bien había dicho *lady* Marie, no había vuelta de hoja, nada se podía cambiar.

—Le estoy muy agradecida..., espero que siga comprando nuestro vino —dijo sonriéndole con afecto, odiaría perder de vista al conde.

—Siempre que el trato sea con usted —respondió riendo, haciéndola sonreír con calidez, siempre se había sentido bien junto al conde de Norfolk.

—¿Qué demonios está ocurriendo aquí? —bramó Claxton subiendo los dos escalones del gazebo con una máscara fría que no engañó a Marianne, quien se tensó mirándole nerviosa.

—Tranquilo, Claxton, solo estamos tomando un poco de aire —respondió Richard sonriéndole con sarcasmo mientras cruzaba los brazos en el pecho.

—Regresa al salón, Marianne —ordenó sin mirarle, concentrado en Richard, quien le sostenía la mirada sin ocultar que disfrutaba la situación.

—William… —le tuteó intentando aplacarle.

—Sal, Marianne… —Su tono frío, acerado, la hizo tensarse. Miró al conde quien, con un movimiento negativo de cabeza, le instó a no contradecir a su esposo.

No tenía por qué bajar la cabeza y salir como si hubiese estado haciendo algo malo, su marido no tenía ningún derecho de avergonzarla en público, sin embargo, la expresión del conde la hizo dar un paso atrás. El carácter de su esposo era muy impredecible, lo mejor sería regresar al salón. Sin despedirse del conde, salió del gazebo con la certeza que había cometido un grave error al acompañarlo a los jardines de palacio.

Ambos hombres se mantuvieron en silencio, había muchas historias entre los dos, siempre rivales, compitiendo por la supremacía, Claxton no recordaba con exactitud el verdadero motivo por el cual los dos se habían enfrascado en una rivalidad absurda y sin sentido a través de los años.

—Ella no, Richard… —le dijo con la certeza de que esta vez su esposa era demasiado importante para él para meterse en una frívola competencia por mostrar cuál de los dos era el mejor.

Richard entrecerró los ojos, ocultando su sorpresa, había esperado un golpe que seguramente lo hubiese tenido sin poder salir por una buena temporada. Claxton tenía un puño de acero, debía aceptar que el maldito era bueno con las manos.

—Vuestra esposa siempre me ha gustado —respondió con honestidad, asegurándose de que Claxton estuviese claro de sus sentimientos hacia su esposa, no le vendría mal recordarle que era una mujer hermosa y deseable. Se acercó con una sonrisa burlesca en los labios, había esperado mucho para ver a Claxton en una posición desventajosa—. No te la mereces, la tomaste por la fuerza y luego sin ningún escrúpulo la enviasteis lejos mientras continuabas con vuestra vida de siempre, has sido un maldito egoísta, solo pensaste en ti, sus sentimientos nunca tuvieron importancia. —Richard sabía que estaba tentando a su suerte al presionarlo demasiado, pero bien sabía Dios que se lo merecía.

—Es mi esposa —respondió a punto de perder los estribos, los dientes le rechinaban del esfuerzo por no lanzarse sobre el conde y demostrarle que no estaba por la labor de escuchar hablar de sus pecados por otro pecador.

Pero el maldito había escogido la residencia del rey para tocarle las pelotas, Jorge no tomaría de muy buen humor que dos nobles se fueran a las manos en su jardín por celos conyugales.

—¿No se supone que debemos protegerlas? —le recordó.

—¡Lo que suceda en mi matrimonio no es vuestro problema! —le recordó.

—¿Por qué estás aquí? ¿Qué te importa si la convierto en mi amante? La despreciaste públicamente, nadie se extrañaría que decidiese tomar un amante después que fuera discreta. —Le presión invadía su espacio, se miraron con rabia dejando claro el antagonismo que había entre ambos.

—No te quiero cerca de mi mujer. —Casi le escupió la cara con la demanda. Los negros ojos de Claxton se entrecerraron mientras respiraba con dificultad.

—Dime el verdadero motivo y me mantendré alejado. Dilo, Claxton, alto y claro, quiero escuchar la verdadera razón para que estés aquí reclamando fidelidad por una mujer que dejasteis atrás sin volver la mirada. No te importó por cinco años, ahora vienes a este gazebo como un marido indignado, al cual le han faltado el respeto. ¡Eres un maldito hipócrita! —le dijo con desdén.

—Richard…

—¡Dímelo, infeliz!, o te juro que no podrás nunca vivir tranquilo, buscaré cualquier excusa para acercarme, nunca tendrás paz…, le debes demasiado, la jodiste, Claxton, fuiste cruel sin ninguna necesidad, tiene todas las razones del mundo para convertirte en el cornudo más grande de Inglaterra y será un placer prestarme para ello.

—¡No puedes hacerlo! —le gritó perdiendo el control, tomándolo por la pechera.

—Dilo, Claxton, porque si me retiro sin escuchar la verdadera razón de tus labios, te juro que te vas a arrepentir. —Richard no intentó zafarse de sus manos, lo tenía donde quería. Tenía claro cuál sería la respuesta.

Claxton lo miró con furia, con deseos de matarlo a golpes, había visto cómo se había llevado a su mujer en sus narices, mientras él tenía que hacer acopio de toda su entereza para no gritar en medio del maldito salón donde Jorge los estaba vigilando a todos. Había sentido que el mundo se abría bajo sus pies y él caía hacia un precipicio donde solo tenían cabida los celos, la impotencia de saber que tenía un enemigo de cuidado. Richard sería capaz de seducir a su mujer y él poco podría hacer para impedirlo, tenía todavía muchas cosas que reparar en su matrimonio para poder conseguir la confianza y el amor de su esposa, Richard tenía las de ganar.

Mirándole a los ojos, supo que tendría que humillarse, que por primera vez tendría que bajar la cabeza si deseaba una verdadera oportunidad al lado de su esposa.

—La amo, ¿es eso lo que quieres escuchar? La amo de una manera que duele, que enferma, que me asusta, la intensidad de lo que siento no te lo puedo explicar en palabras. Solo sé que el pensar que me la arrebates me vuelve loco, me destroza. —Claxton lo soltó con lentitud, Richard se mantuvo en silencio mirándole con intensidad, mientras él se recostaba en una de las gruesas columnas cerrando los ojos—. Por primera vez en mi vida siento arrepentimiento…, me carcome la culpa de haber arrebatado su virginidad de manera tan cruel… Joder, Richard, somos expertos en todas las artes que pueden existir para satisfacer a una mujer, y con ella, la única mujer que me ha inspirado ternura, deseos de abrazarla, de protegerla, fui un monstruo.

—Claxton…

—No la preparé…, entré en ella desgarrando todo a mi paso —continuó con los ojos cerrados—. ¡Maldita prepotencia! Daría lo que tengo por regresar a ese instante en que la tiré sobre la cama y ser otro, ser este hombre frente a ti, dispuesto a todo. —Claxton abrió sus ojos encontrando los de su rival—. Duele, Richard…, el amor es una cabronada dolorosa que te mantiene el corazón apretado, con terror a perder el motivo por el que late tan fuerte. ¡Duele! —exclamó llevándose la mano al corazón.

—Claxton… —Se le erizó la piel al sentir su agonía, ellos se habían mantenido al margen de todo aquello. Habían despreciado el sentimiento alegando que era una falacia. Al ver el rostro de Claxton, apretó su puño al venir a su mente la imagen de una niña rebelde con el cabello blanco, la imagen de *lady* Jane Sussex entró como un proyectil helándole el alma.

—Corre, Richard…, corre lejos, no te dejes atrapar…, ni siquiera para ti quiero este sentimiento abrasador que te quita el aliento, que destroza vuestra confianza. Corre lejos cuando le veas venir, porque cuando te atrapa, no eres capaz de pensar en nadie más que en el objetivo de tu locura. Te quiebra el orgullo, estoy dispuesto a todo por las migajas de mi esposa —continuó dejándole ver en su mirada el infierno que estaba viviendo.

Sus miradas se encontraron, dejando caer por unos segundos las máscaras que les imponía la aristocracia, habían sido educados para presentar una fría careta que en aquellos momentos se antojaba pesada. Por años habían despreciado sus orígenes, desplazándose al margen de lo que se esperaba de ellos. Claxton estaba dispuesto a seguirlas, esa verdad trastocó a Richard, porque si había un hombre que jamás pensó que lo haría, era William Jefferson Claxton, duque de Ruthland.

—Se acabó, Claxton, nuestra rivalidad termina aquí, con vuestras palabras se cierra la deuda entre los dos. Sé perfectamente lo que te han costado esas palabras, tal vez en vuestro lugar nunca las hubiese pronunciado.

—Cuida vuestro corazón, Richard, te aseguro que desde que ella me lo robó no tengo paz —respondió dejándole ver su angustia ante un sentimiento nuevo, totalmente desconocido.

Richard asintió palmeándole el hombro, para sorpresa del duque de Grafton, el duque de Cleveland y Phillip que vigilaban en las sombras. Los dos hombres se fundieron en un abrazo.

—Desean un pitillo —invitó Phillip prendiendo su pitillo de sativa, dándole una fuerte calada.

—Dame uno —pidió el duque de Grafton agarrando la alforja de cuero que le extendió Phillip.

—¿Todavía fumas esa basura? —le preguntó el duque de Cleveland con el ceño fruncido, separándose un poco para que no le llegara el fastidioso olor de la sativa. Siempre lo había detestado.

—Ver a Richard y a Claxton abrazándose después de habernos hecho la vida imposible a todos en Oxford vale un pitillo de sativa... Phillip siempre ha fumado los mejores —respondió el duque de Grafton jocoso, disfrutando de la cara larga de Alexander, siempre había sido demasiado recto, era el único de ellos que siempre se había mantenido al margen de burdeles, sativa y alcohol.

—Nunca me gustó el humo de cigarrillo —le recordó el duque de Cleveland, haciendo un gesto con su mano para restarle importancia al asunto.

—Recuerden que lo fumo para poder mantener mi ansiedad atada en corto..., es muy diferente a la pipa, en eso nunca entraré —aclaró.

—No tienes que justificarte, mucho menos frente a nosotros —le recordó el duque de Grafton.

—Cierto, Phillip, deja de justificarte, todos estuvimos allí para ver la diferencia, te ha hecho bien el pitillo —respondió el duque de Cleveland alzando los hombros sin darle importancia.

Phillip estaba disfrutando de la tercera calada cuando su cigarro se salió inesperadamente de sus dedos y siguió flotando ante los ojos sorprendidos de los hombres, que siguieron la trayectoria del pitillo en silencio hasta que llegó a una elegante mano que se ocultaba detrás de un árbol cercano. Ninguno de ellos fue capaz de decir palabra hasta que una figura alta elegante se acercó dándole una fuerte calada al pitillo.

—¡Wellington! —exclamaron los tres, sorprendidos ante la presencia de uno de los hombres más conflictivos del reino.

—De regreso, caballeros..., y tengo que admitir que me tienen sorprendido —dijo señalando el gazebo donde Claxton y Richard habían estado minutos antes.

—¿Qué haces en Londres? —preguntaron al unísono mirándole como si fuese una aparición.

—Es hora de regresar... —respondió dando otra calada mientras miraba con suspicacia en derredor—. Tengo asuntos que discutir con el rey.

—¿Te quedarás? —preguntó con interés el duque de Cleveland sin perder detalle en los hilos de plata en las sienes de su viejo amigo, habían pasado casi doce años sin verse. La última vez había sido en el funeral de su primera esposa.

—¡Todavía no lo sé...! ¡Qué diablos! —se interrumpió mirando agitado hacia todos lados.

—¿Qué sucede? —preguntaron alarmados mirando con recelo a los grupos de invitados alrededor del inmenso jardín que colindaba con el parque de St. James.

—Alguien está intentando entrar en mi mente... —respondió olvidándose por un instante de que ellos no tenían idea a lo que se refería.

—¿Eso es malo? —preguntó Alexander, el duque de Cleveland, siguiendo los movimientos del hombre con interés.

Welli, como le llamaban en la universidad, tenía unas habilidades excepcionales que muchas veces les habían salvado el trasero a todos. Jamás se atrevieron a preguntar nada y, con los años, ver objetos volando por las habitaciones se fue convirtiendo en algo normal.

—No sé si es malo..., jamás me había sucedido..., lo increíble es que quien lo ha intentado es una mujer —respondió ajeno a las miradas que intercambiaban los tres duques.

Al otro lado del jardín, tras un frondoso arbusto justo detrás de la estatua de Venus, las gemelas de dieciocho años, hijas del marqués de Cumberland, se escondían aterrorizadas.

—¿Qué has hecho? —preguntó Sophie con sus grandes ojos azules asustados.

—No lo sé..., simplemente sentí la fuerza de su energía y quise investigar su mente —contestó Rose intentando mirar a través de los arbustos. Si el hombre podía encontrar el lugar donde la energía fluyó, estaba perdida. «Quién me manda a intentar cosas que ni yo misma comprendo», pensó contrariada.

—¿Pudiste entrar? —preguntó con horror, temerosa de las cosas que su gemela era capaz de hacer.

—El hombre tiene una muralla infranqueable. ¡Oh, Dios mío! Espero no haber cometido un terrible error —murmuró sin ocultar su ansiedad, había sentido la fuerza mental del hombre quien, al sentir la invasión, la había empujado sin contemplación. Se podía decir que la había tirado al suelo sin ningún esfuerzo.

—Invocaste al diablo y aquí lo tienes. —Una fría voz a sus espaldas las hizo girarse para encontrarse de frente con Heathcliff Aedus, duque de Wellington.

Rose cerró los ojos con fuerza, «la jodiste, Rose», meditó sintiendo la mano de su hermana aferrarse a su brazo. Eran gemelas idénticas, pero solo ella había desarrollado unas extrañas habilidades que siempre las metían en problemas. Y ahora, ¿cómo saldría de esta? Ese hombre sabía lo que había intentado hacer y sus habilidades eran mucho más grandes que las de ella.

Miró al duque con curiosidad, era intimidante, pero ella era demasiado atrevida para no aprovechar el regalo que se le había puesto en frente, se sentía aliviada al saber que había otros como ella. Una gran sonrisa afloró en sus labios ante la extraordinaria idea que se le había ocurrido, disfrutando de la mirada desconcertada del demonio frente a ellas.

Capítulo 19

Claxton regresó al salón buscando a su mujer entre el gentío, alrededor de la pista de baile, la vio conversando con un grupo de damas desconocidas. Sin importarle lo que pudiesen pensar, se acercó a ellas excusándose para llevársela a la pista, donde un vals estaba dando comienzo. Necesitaba sentirla entre sus brazos, tenía la imperiosa necesidad de abrazarla. Hasta que no se escuchó a sí mismo admitir sus profundos sentimientos, no había caído en la cuenta de lo que ella significaba verdaderamente para él.

La atrajo hacia su pecho, sus miradas se encontraron, vio recelo, sabía que tenía que estar preocupada por lo ocurrido en el jardín, pero él solo quería sentirla. La vida le había enseñado que las palabras a veces están demás, que los sentimientos se expresan mejor a través del silencio, en un beso, en una caricia. Él deseaba por primera vez en su vida entregarse y lo haría esa noche, su mujer sería por completo suya, la marcaría de todas las maneras posibles.

—¿William? —preguntó preocupa.

—Me quitas el aliento —contestó mientras sus cuerpos fluían en armonía a lo largo de la pista.

—¿Nos retiramos? —preguntó sin esconder su deseo.

—¿Estás segura? —Necesitaba escucharle.

—Muy segura…, no recuerdo nada de nuestro pasado, *milord*. Nuestra historia comienza aquí bailando este vals —le dijo con sentimiento, dejándole ver su interior.

Claxton sintió un extraño calor alrededor de su corazón, en sus labios se dibujó una gran sonrisa que iluminó su siempre oscuro rostro.

—Vayamos a casa, Marianne —dijo ayudándola a salir de la pista de baile para buscar sus abrigos, mientras eran el motivo de los principales cuchicheos de la noche.

Muchas damas no podían esconder la envidia al presenciar el deseo en la mirada del duque de Ruthland mientras bailaba el vals con su esposa, muchas matronas no lograban comprender por qué le había mantenido alejada cuando había hecho público su amor por ella.

—Otro que ha caído, alteza —murmuró Antonella satisfecha abanicándose al lado del monarca—, aunque debo confesar que no estoy satisfecha, mi sobrina merecía algo mejor. Si no hubiese sido por la certeza de que el muy infame había consumado el matrimonio, hubiese luchado por la anulación, aun por encima de mi estúpido cuñado.

Jorge levantó una ceja, Antonella en el fondo era una romántica…, muy en el fondo, porque debía confesar que la dama le había demostrado en un sinnúmero de veces su sangre fría para encarar las más absurdas situaciones, como había sido el caso del duque de Grafton. Tamborileó con sus dedos el grueso brazo del trono, había insistido en sentarse en uno, de esa manera podía observar a sus invitados con comodidad. Le tenían harto, especialmente la elite, con sus absurdas exigencias y la muy poca colaboración a sus deseos personales, la mayoría de las veces debía obligarles por medio del chantaje u otras artimañas.

—Me tienes sorprendido, admito que tuve mis reservas cuando me expusiste vuestros planes, pero como siempre, querida amiga, has acertado.

—Todavía tenemos mucho trabajo, alteza. Han estado demasiados años alejados, han creado una vida fuera de la aristocracia, todos pueden vivir muy bien sin la fortuna adherida a sus títulos.

—Por eso me interesa retenerles…, necesito aliados, Antonella, tener a los duques de las casas aristocráticas a mi favor me hará el camino más fácil. Estoy seguro de que la zorra de Carolina está confabulando en mi contra. ¡Maldita la hora en que acepté ese matrimonio! —refunfuñó hastiado.

Antonella le miró de soslayo mordiéndose la lengua para no decirle lo descarado que era, no había mujer que no quisiera, y todavía tenía la desfachatez de arremeter contra su esposa.

—¿Deseas una audiencia? —preguntó mirándole con interés.

—Necesito que hablemos a solas, este no es el lugar adecuado —respondió mirando con sospecha a su alrededor.

—Dime por lo menos los nombres de los involucrados…, sabes que odio la espera —sentenció tomando un par de uvas de una bandeja de plata que sostenía un lacayo.

—Con un solo nombre bastará… voy tras él alteza.

—Nombre —exigió, acercándose más.

—Hugh Grosvenor, séptimo duque de Edimburgo —respondió con una sonrisa maliciosa en sus labios,

Antonella Claudia, duquesa de Wessex, se relamió por dentro.

El duque de Edimburgo se pensaba un dios, no quería ligar su sangre con nadie de la aristocracia, él deseaba una princesa de linaje impecable.

—¿Mi sobrino? —Su desconcierto la hizo reír abriendo su abanico para esconderse, no era sabio dejarle ver a Jorge lo que sentía por su sobrino.

—¿No me había dicho que le molestaba su desobediencia? —le recordó manipulando ese desliz del duque de Edimburgo.

—Te veré mañana, Antonella, conversaremos en mi jardín privado…, tienes razón, no se puede hablar aquí. Hugh ha sido el único que se ha atrevido a denegar mi invitación. —Jorge miró con desdén el salón barriendo con la mirada los diferentes grupos de invitados a los lados de la pista de baile—. Lo que tengas planeado para él, se te dará —respondió mirándola con decisión, nadie osaba denegar una invitación al palacio, mucho menos, su sobrino.

Una sonrisa siniestra se dibujó en los labios de la astuta mujer. Oculta detrás de su abanico sonrió con satisfacción de haber logrado el favor del monarca, en su próxima misión sería un verdadero placer unir al duque de Edimburgo con una de sus tres bastardas, ella más que nadie creía en la pureza de la sangre en las altas esferas de la aristocracia, pero cuando se trataba de hombres como Hugh Grosvenor…, el resentimiento y la necesidad de verlos humillados se imponían.

A pesar de las velas, el exterior del palacio estaba más oscuro de lo usual, la niebla le daba ese toque fantasmagórico al paisaje que, por lo menos a Marianne, le erizaba la piel. Claxton siguió la hilera de faetones, esperaba no tener que caminar demasiado para encontrar a su cochero, todavía el salón de festejo estaba lleno y el monarca hablaba animadamente con la duquesa de Wessex.

«¿Qué se traerán entre manos esos dos?», meditó con suspicacia atrayendo más a Marianne a su cuerpo.

—Más deprisa, preciosa, no confío en este silencio —la urgió sintiendo un inexplicable sentimiento de peligro.

—Estamos en el Palacio de Buckingham —le recordó mientras intentaba seguirle el paso, su pesada capa se lo ponía difícil.

—El rey tiene muchos enemigos, Buckingham de cierta manera es más peligroso que caminar por el East End —respondió caminando mucho más rápido.

Claxton sentía el peligro, maldijo el haber salido solo con Marianne, pero el deseo por ella fue más fuerte que el sentido común.

Marianne tropezó abruptamente contra el cuerpo de su esposo al detenerse de golpe, sintió un apretón fuerte en su mano, sorpresivamente el cuerpo de su marido se abalanzó sobre ella protegiéndola, el disparo inesperado sonó como una bomba en el silencio de la noche, seguido por el grito de terror de Marianne, quien cayó sobre la acera con el cuerpo de su marido sobre ella.

—¡Corre, princesa! Regresa al salón… —le escuchó exclamar a su esposo con dificultad.

Marianne perdió de inmediato el miedo y una energía inexplicable surgió dentro de ella, se incorporó con cuidado zafándose del cuerpo inerte de su marido, sin mirarle sabía que el tiro le había impactado. Su mirada voló a su espalda, y sin perder tiempo le tocó palpando la sangre.

Un grito de ayuda salió de sus labios.

—Ahora tienes la oportunidad de ser libre…, déjame aquí, nadie te lo reprochará… —Marianne, conmocionada, negaba con su cabeza—. Fui vil…, cruel, merezco la muerte —le dijo con dificultad intentando que ella se pusiera a salvo.

—¡Ayuda! —gritó desesperada, negándose a aceptar que todo terminara allí en aquella acera.—Te condeno a quedarte conmigo, te condeno a pasar el resto de vuestra vida a hacerme feliz. No se atreva a partir, su excelencia, le juro que iré tras suyo para hacerle pagar —sentenció a través del llanto, no podía virarle porque la bala había entrado por su hombro.

Marianne sintió las voces que se acercaban y cerró los ojos dando gracias en silencio, el que estuviese todavía consciente era un buen signo.

—Le amo, excelencia —dijo con emoción.

Claxton cerró los ojos y lloró como un niño, sin importarle quién pudiese ser testigo de su pena…, sabía que no tendría oportunidad, se desangraría, tenía tanto por lo que vivir… Había vivido sin límites, llevándose todo por delante sin pensar en nadie más que en él mismo.

—Bendito ese amor que se ha apiadado de mí sin haber hecho nada para merecerlo…, te amo más allá de lo imaginable —le dijo antes de perder el sentido, dejando a Marianne gritando desesperada aferrándose a su casaca, sin poner atención al hombre enorme que se acercaba.

—Maldición, es el duque de Ruthland. —Escuchó Marianne que le decía a otro—. Rápido, la carreta, el matasanos que llegó de América ya tiene listo el hospital. Suéltelo, *milady,* no tenemos mucho tiempo —la urgió con autoridad.

—¿Quién es usted? —preguntó mirándole entre las lágrimas.

—Me llaman Sombra, no hay tiempo, déjeme levantarle, mis hombres no podrán con él. —Sombra evitó mirarle, su color de ojo infundía más miedo que admiración, estaba acostumbrado al recelo hasta de sus propios hombres.

«Maldición, el monarca se pondrá furioso cuando se entere que han herido a un noble en su propio hogar», pensó con rabia. Había matado al hombre que ocasionó el disparo, pero no había podido evitar que el miserable dispara antes, tendría que cerrar la boca ante el seguro regaño de su jefe, nada más que su alteza Jorge IV, quien solo confiaba en su mano para ejecutar a los que él consideraba traidores a la corona. No podía quejarse, al igual que su amigo el Buitre tenía más libras esterlinas de las que podría gastar mientras viviera. Jorge podría tener muchos defectos, pero tacaño no era uno de ellos.

Marianne asintió desorientada, no reconocía a ninguno de los hombres a su alrededor por eso, cuando escuchó a Phillip gritar, se giró desesperada tirándose en su brazos, llorando con desconsuelo.

—¿Quién es usted y adónde le lleva? —demandó el duque de York abrazando a Marianne mientras miraba pálido el cuerpo de su mejor amigo, ensangrentado.

El gigante no le contestó, levantó el cuerpo inerte sin ninguna dificultad, subiéndose a una carreta con tres hombres armados.

—Le seguiremos —gritó Phillip arrastrando a Marianne con él—. ¿Quién demonios es ese hombre? —preguntó agitado localizando su carruaje, dando instrucciones al desencajado cochero.

—No sé, *milord,* apareció de la nada... No puede dejarme sola de nuevo... —sollozó mientras subía al carruaje deprisa.

—No lo hará, *milady* —respondió mientras le daba señas a su cochero de seguir a la carreta.

—No entiendo qué sucedió, íbamos en busca de nuestro carruaje y de pronto él me arropó con su cuerpo..., por eso el disparo fue en su espalda —le contó restregando sus manos enguantadas llenas de sangre.

—Déjeme ayudarla a quitarle esos guantes.

Marianne estiró sus manos dejándose hacer, su mente era un caos, las últimas palabras de su marido habían llegado hasta su alma, «no puedes dejarme», pensó aterrorizada.

—Le amo, *milord...* —le dijo ida como si al declararlo en voz alta pudiese mitigar un poco la angustia que la abatía desde el mismo instante en que le vio tan indefenso.

—Se lo dije una vez..., jamás le vi mirar a una mujer como le mira a usted —respondió abrazándole, Marianne temblaba.

—Me dijo que me amaba antes de desmayarse...

Phillip se tensó evitando demostrar alguna emoción, Claxton era su hermano, había lazos de vida, eran lazos mucho más fuerte que los de sangre, él había elegido a Claxton como su hermano y verle tirado en el suelo ensangrentado le había paralizado.

—Si le dijo que le ama, entonces no hay nada más que decir, mi hermano le ha entregado su corazón, guárdelo a buen recaudo. —Marianne asintió solemne.

Capítulo 20

rthur Carter, vizconde de Hartford, soltó el libro donde apuntaba todos sus datos de investigación, mirando con sorpresa al gigante de ojos blancos que entraba con un hombre que seguramente estuviera herido de bala. Le abrió la puerta de la estancia que había destinado a las camas para los heridos. Trabajar para Nicolas Brooksbank mantenía aquel hospital clandestino en constante actividad. Hacía muy poco que había arribado a Londres luego de quince años, en tierras americanas había llegado hasta lo más recóndito del viejo oeste descubriendo plantas medicinales típicas de ese territorio, y aprendiendo de los chamanes indios que le permitían acercarse a sus tribus.

La muerte de su joven esposa a tan solo una semana de haberse casado casi acaba con él, fueron muchas las veces que pensó en terminar con su vida, pero el deseo de ayudar estaba demasiado arraigado en su interior. Todavía se negaba a visitar los lugares donde se había llevado el cortejo, Arthur se había casado por amor, por ello no pensaba ni quería sustituir la imagen de su amada esposa con nadie.

Estaba en Londres para trabajar al lado de Evans, el duque de Saint Blair, en nuevas medicinas derivadas del opio, esa era su prioridad, además de asegurarse de que el colegio de cirujanos establecido por Jorge III estuviese a la altura de los nuevos tiempos. Si estaban casando a los aristócratas solteros —como había escuchado de su viejo amigo—, él no era un candidato, ya había estado casado, no tenía nada que ofrecer.

—Colóquelo aquí —dijo señalándole una cama cerca de la mesa donde se encontraban debidamente esterilizados sus instrumentos quirúrgicos.

—La bala está en la espalda —señaló Sombra antes de dejar caer el bulto sobre la cama.

—Sobre el pecho… —Arthur comenzó a poner todo en orden sobre una bandeja, al girarse se quedó con el extractor de balas en el aire al fijarse en el costoso abrigo del herido.

—¿Quién demonios es este hombre? —preguntó con sorpresa.

—El duque de Ruthland —respondió comenzando a desnudarle. Prácticamente en segundos, hizo la ropa girones con un cuchillo, ante el rostro desencajado del vizconde.

—Joder…, Claxton —murmuró acercándose más para asegurarse.

—¿Quién es usted? —Phillip entró como una tromba, no se fiaba del lugar donde habían traído a su amigo, él había creído que lo llevaban a su hogar, pero el edificio estaba en el centro mismo del East End. En White Chapel, para ser más pesimistas.

—¿Phillip? —Se giró Arthur mirando sorprendido al hombre que les había interrumpido.

—¿Arthur? ¿Pero qué demonios haces aquí? —Phillip se acercó sin comprender lo que estaba pasando. La presencia de Arthur, aunque inesperada, le dio un poco de respiro.

—Regresé a Londres… Evans me necesita aquí… —respondió acercándose a Claxton mientras inyectaba morfina en su brazo.

—¿Se salvará? —La voz de Phillip no podía ocultar su preocupación.

—No lo sé…, veamos qué tanto daño hizo la bala —le respondió ya concentrado en su trabajo.

Phillip suspiró aliviado, si alguien podía salvar a su amigo, era Arthur. Toda la aristocracia se sorprendió cuando a la muerte de su joven esposa le dio la espalda a todo y se largó a América. Arthur era un genio, un visionario que estaba adelantado a su época, fue el primer aristócrata en pertenecer al Colegio de Cirujanos de Inglaterra, todos se habían sentido muy orgullosos de su logro.

—Hablaremos luego, solo puedo decirte que desde que desembarqué en el puerto tengo las manos llenas, al parecer, ustedes se están divirtiendo en grande —respondió gruñendo, concentrado en el orificio donde estaba alojada la bala.

—Doctor. —Una pequeña enfermera entró de prisa y se colocó a su lado.

—Ya era hora de que apareciera…, necesito la brújula Hirtz para saber con precisión dónde se encuentra alojada la bala —dijo sin levantar la mirada.

—Lo siento, señor, enseguida esterilizo la brújula —se disculpó la joven disponiéndose a ayudarle.

—Sálvalo, Arthur… —interrumpió Phillip.

—Haré lo posible —prometió.

***

Sombra salió de la estancia, tenía mucho por hacer. Lo primero, presentarse ante el monarca. Seguramente, tendría que aguantar horas de su mal genio, sin embargo, le daba la razón, un invitado herido de bala en los predios de Buckingham no era cualquier cosa, no habían previsto que algún invitado se retirara temprano del baile, él y sus hombres se habían asegurado de mantener a los cocheros y lacayos fuera da la vista del objetivo principal.

Habían estado detrás del barón de Lowlee por varios meses, el escurridizo hombre se había arriesgado al aceptar la invitación del monarca, Sombra se sorprendía del ego tan grande que tenían muchos de los nobles, había intentado chantajear al monarca sin saber que Jorge mantenía una cara hacia sus súbditos muy diferente a la real. «Si supieran de lo que es capaz, se irían al exilio corriendo», pensó dirigiéndose a la salida, tomando conciencia de lo bien que había quedado el hospital que daría servicio a los obreros y a la gente que trabajaba con su amigo Buitre.

—Señor… —Marianne intentó detener al gigante que les había socorrido, no quería dejarle ir sin agradecerle, intuía que no era un hombre que pudiese ser visto por casualidad.

Sombra no se acercó, era una mujer hermosa, él jamás había estado cerca de ninguna, su trabajo siempre había sido en la clandestinidad; como ejecutor del rey, su rostro no debía ser recordado por nadie. Marianne decidió olvidar lo intimidante que se veía el hombre, Claxton era grande, hubiese sido difícil trasladarlo sin la ayuda del desconocido.

—Somos los duques de Ruthland…, me gustaría pensar que si alguna vez necesita de nuestra ayuda no dudará en avisarnos —le dijo nerviosa sin acercarse.

Sombra la miró entrecerrando la mirada, sopesando sus palabras, él no necesitaba de nadie. Ni siquiera sus hermanos se acercaban demasiado, al contrario del Buitre, que ejecutaba por deber para mantener una advertencia en el territorio que lideraba, él tenía una personalidad violenta. Había habido un tiempo en que había matado por simple desahogo... había sido la señora Cloe quien le había detenido, todos le debían demasiado a la buena de Chloe.

Sin embargo, al contrario de Buitre, él estaba seguro de que no podría lidiar con una vida social, a él no se le daban bien las conversaciones y mucho menos cuando eran inútiles y sin sentido.

—No pertenezco a la aristocracia...

—No importa, me gustaría devolverle algún día el favor —insistió Marianne.

Sombra asintió y salió sin añadir nada más, era poco probable que se volvieran a encontrar.

—Arthur lo está atendiendo —le anunció Phillip entrando al amplio recibidor del hospital.

—¿Quién es Arthur? —preguntó mirando todavía la puerta por donde había salido el misterioso gigante.

—Es un amigo, no sé si ha escuchado hablar del vizconde de Hartford —contestó acercándose, mientras miraba con interés a su alrededor.

El hospital consistía en todo un edificio en la calle principal del conocido vecindario. Al llegar no había puesto interés en su fachada exterior, pero ahora, un poco más calmado, se veía que había sido restaurado por un profesional. La calidad de las butacas y el aspecto pulcro de la estancia eran evidencia de que se había invertido mucho dinero.

—¡Por supuesto! La muerte de su esposa por unas fiebres conmocionó a la nobleza, en especial, porque el vizconde tenía reputación de un médico brillante —respondió.

—Fue un duro golpe para él. Acaba de regresar a Londres después de muchos años fuera. Si alguien puede salvarle, es Arthur.

Sus miradas se encontraron, Marianne asintió confiada, el duque de York era lo más cercano a un hermano que tenía su esposo, los pasados meses conviviendo con ambos le habían mostrado que había un fuerte lazo de amistad que les unía. Phillip había conquistado su simpatía, a pesar de que lo hubiese juzgado mal al principio de conocerle.

—Vamos a sentarnos, no pienso moverme de aquí hasta que Claxton no abra los ojos. —Le alcanzó con confianza el brazo, guiándola a dos butacas de cuero negro cercanas a ellos.

Marianne se dejó llevar, todavía no podía asimilar lo que había ocurrido, había tenido tantos planes para esa noche, y en un momento todo se había esfumado. Se sentó temblando en la butaca, mientras a su mente venía la imagen de su esposo protegiéndola con su cuerpo. Un gemido involuntario de angustia salió de su pecho al tener la certeza de que su marido había sobrevivido por un milagro.

—Tranquila…, no se angustie, Claxton saldrá de esta. —Phillip acercó su butaca y le tomó una mano en la suya intentando consolarla de algún modo, se veía perdida, muy lejos de la mujer que había hecho su entrada triunfal junto a Claxton horas atrás en el baile del monarca.

—No entiendo qué sucedió, *milord*. —Marianne cerró los ojos apenada—. Fue todo tan rápido…

—Fue un suceso inesperado, jamás hubiese pensado que en el patio del palacio se pudiera recibir un tiro, créame, recibiremos noticias del rey.

***

Arthur miró con una sonrisa sarcástica el hombro vendado de Claxton. La bala no había hecho ningún daño importante, había podido extraerla con facilidad, el problema estaba en las infecciones, con su experiencia, y conociendo la fuerza de Claxton, seguramente en unos días estaría dando guerra.

—¿Qué le parece tan gracioso? —preguntó la joven enfermera mientras le ayudaba a terminar de vendar el área.

—Tiene muchas vidas este hombre…

—¿Se salvará? —preguntó serena.

—¡Por supuesto! No se aparte de él mientras hablo con el duque de York —ordenó acercándose a una jofaina llena de agua, limpiándose las manos meticulosamente.

—En mi vida había visto tanto remilgado —susurró entre dientes.

—La escuché, señorita…, debo recordarle que está aquí para atender a todos por igual. —Arthur continuó lavando sus manos sin girarse, riéndose ante la rebeldía de la muchacha, había sido reclutada por *lady* Kate Brooksbank, la esposa de su jefe inmediato y, aunque era muy buena como enfermera, tenía una lengua letal.

—Disculpe, señor —respondió avergonzada.

Phillip se levantó con rapidez al ver salir por la puerta a Arthur.

—Claxton está inconsciente, pero sobrevivirá…, le estoy suministrando opio con una pequeña cantidad de coca traída de América del Sur, no se despertará hasta que no esté seguro de que la fiebre no fastidiará el proceso.

—¿Deberá quedarse aquí? —preguntó Phillip con serias dudas de dejar a su amigo en aquel hospital, aunque estuviese custodiado por Arthur.

—¡Suélteme! —gritó una voz adentro dejándoles con los ojos abiertos.

—No puede ser… —Arthur corrió a entrar a la estancia donde había dejado al herido. Y se paró abruptamente al verle sentado en la cama, y a su enfermera nerviosa intentando calmarle.

—Debí saber que un poco de opio no serviría contigo.

—No sé qué demonios haces aquí, Arthur, pero quítame a esta mujer de encima.

—Cálmate. —Phillip se acercó a él.

—¿Dónde está mi mujer? —rugió como enloquecido, haciendo que Phillip lo sujetara.

—Estoy aquí…, estoy aquí William —respondió tuteándole en público por la emoción de verle despierto.

—Ven aquí. —Le haló a su cuerpo abrazándola, enterrando su cara en su cuello, desmayándose al instante.

—Debí quedarme en tierras apaches…, todo era mucho más tranquilo allí —dijo Arthur llevándose los dedos al tabique de la nariz, cansado.

Llevaba días sin poder conciliar el sueño, cada vez que regresaba a su mansión en una de las calles más concurridas del May Fair todo el pasado regresaba como si fuese ayer, todavía no había sido capaz de entrar a la habitación conyugal donde su esposa había dado el último suspiro entre sus brazos, llorando desesperada porque no quería dejarlo.

—Busca un faetón, Phillip, si se ha sentado sin ayuda, podremos llevarle a su casa, no quiero que destruya el hospital cuando despierte, al parecer, su carácter ha empeorado con los años —le dijo con sarcasmo.

—¿Estás seguro?

—Me quedaré a su lado hasta que esté seguro de que no hay ningún peligro.

Phillip asintió ayudando a Marianne a recostarlo sobre la cama. Y salió deprisa a buscar un carruaje adecuado. Arthur se recostó en la pared al lado de la puerta mientras no perdía detalle en el cuidado amoroso de la esposa de Claxton.

Una sonrisa triste se dibujó en sus labios, «mi reina tenía ese mismo tono de piel..., cuánto te extraño, qué pesada se me hace la vida sin ti», meditó mientras la observaba.

Capítulo 21

Claxton abrió los ojos con lentitud, estaba sobre gruesos cojines, miró el techo y por el cortinaje sobre la cama supo que estaba en la habitación de su esposa. Había sentido su cuerpo arder, lo único que le había mantenido tranquilo era el aroma indiscutible de su mujer a su lado. Cerró los ojos intentando recordar el instante en que vio el reflejo del arma en la oscuridad, solo pensó en cubrirla, en ningún momento pensó en su vida, lo más importante fue Marianne.

Por primera vez dejó de ser él lo más importante. Comprendió la magia del verdadero amor, el desinterés, el horror al pensar en la pérdida, el sentirte impotente de no poder proteger lo que más amas. Marianne era lo que él amaba, era la primera persona por la que había estado dispuesto a dar su vida. Lo había hecho sin dudarlo, su cuerpo se abalanzó sobre ella por instinto. «Todavía tengo corazón y le pertenece a ella por entero hasta el día que vengas por mí desde el averno», pensó abriendo nuevamente los ojos, buscando a su princesa con añoranza.

Giró el rostro y su expresión se suavizó al verla dormida sobre una *chaise longue* de estilo barroco al lado de la chimenea. «No te la mereces y sin embargo allí está velando vuestro sueño», el pensamiento le llenó de culpa.

Se incorporó con cuidado, su largo cabello le cayó sobre los hombros llegando a la mitad de su espalda, con calma se sentó mirando con burla los calzones para dormir, jamás usaba esa mierda, seguramente fue Marianne quien ordenó ponérselos, su esposa tendría que aprender muchas cosas, entre ellas, el disfrute de caminar sin ropa por su estancia privada.

Se levantó teniendo cuidado de no marearse, sabía que Arthur lo había atiborrado de droga, él no era fanático del opio, siempre le había dado náuseas. Caminó despacio hacia la puerta que comunicaba ambas habitaciones, necesitaba a Giles y a su ayudante de cámara, el cuerpo le pedía a gritos un buen baño. Se alegró de haber seguido los consejos de Phillip de remodelar el enorme caserón mientras estuvo en América, a excepción del cuarto de su esposa, gran parte de la mansión contaba con baños.

—¡Su excelencia! —exclamó sorprendido el ayudante de cámara al verle entrar a la habitación.

—Ayúdame a entrar al baño, necesito asearme —pidió todavía un poco extraviado.

—¿No sería mejor subir una bañera? —preguntó con reticencia a usar esa estancia nueva.

—¿Para qué crees que gasté tanto dinero en esos baños? —preguntó ácido.

—Llamaré a Giles —le respondió preocupado por la palidez del duque.

—Ordena a la doncella personal de la duquesa que venga de inmediato —le dijo antes de que saliera.

El ayudante de cámara salió de prisa, dejándole solo en la habitación. Claxton caminó hacia una pequeña mesa del lado derecho de la cama, abrió despacio la gaveta y sacó un estuche de terciopelo negro el cual colocó con mucho cuidado sobre la mesa.

«Hoy es el comienzo de nuestra verdadera historia», meditó acariciando el delicado estuche.

—Su excelencia. —Sarah entró haciendo una reverencia, preocupada por el llamado del duque.

—Ayuda a la duquesa con un baño…, deseo que se vista con una camisola blanca y que me espere en su habitación —ordenó sin importarle lo que la doncella personal de su esposa pudiese pensar.

—De inmediato —respondió apresurada sin atreverse a preguntar nada, los meses observando al duque le habían enseñado que no era un hombre de muchas palabras, con el único que se le veía conversar era con el mayordomo, suponía que Giles, por conocerle desde niño, se había ganado ese privilegio.

—Asegúrate de que nadie moleste a la duquesa en los próximos días… hasta que yo lo decida. —Sarah asintió, saliendo de la habitación.

Claxton gimió al sentir el agua sobre su piel, se lavó el cabello varias veces, terminó casi por completo la pastilla de jabón con un olor que no reconocía, pero que le tranquilizaba.

—¿De dónde son estas pastillas de jabón? —preguntó a Giles con curiosidad.

—La duquesa ha ordenado que todos los jabones y aceites sean encargados a la dama de compañía de la duquesa de Cleveland, su gracia; al parecer, Mary tiene una habilidad extraordinaria para mezclar las esencias y crear jabones que ayudan a la relajarse, cada semana llega una doncella con dos canastas llenas de jabones y aceites —informó mientras le alcanzaba una toalla.

—Asegúrate de pedir más… Regreso a casa, Giles, y por supuesto irás conmigo, quiero que me envíen de estos jabones a Badminton House.

—Me alegra mucho escucharle mencionar Badminton House como su hogar.

—Lo es, Giles, pero es porque se convirtió en el hogar de la mujer que amo. Mi hogar es ella…, donde esté la duquesa de Ruthland estará el hogar del duque —le respondió aceptando la toalla, dejando al viejo mayordomo por primera vez en su vida sin palabras.

***

Marianne miraba con suspicacia a su doncella, eran demasiados años juntas para no saber que le estaba ocultando información. Se había levantado azorada buscando a su esposo. En el mismo instante en que Sarah había entrado a sus aposentos urgiéndola a tomar un baño con aceites con olor a lilas…, asegurándole que el duque estaba en manos de Giles tomando un baño, Marianne no pudo más que dejar que ella tomase las riendas.

Su esposo había estado cuatro días postrado en cama con altas temperaturas, todavía a ella se le hacía inexplicable la manera como pudo sentarse en la cama del hospital llamándola. Luego de perder el conocimiento, no volvió abrir los ojos, había estado en vela a su lado sosteniendo los paños fríos sobre su frente mientras le escuchaba llamándole atormentado, su esposo tenía verdadero terror a perderla.

Cuánto habían cambiado sus vidas en tan poco tiempo. Mientras disfrutaba del baño se preguntaba si todo no había estado escrito de antemano, si su esposo no se hubiese comportado de aquella manera, tal vez ella no hubiese logrado la independencia personal que adoraba.

En el baile de palacio se dio cuenta del abismo entre ella y muchas damas de la nobleza, sus años dirigiendo el ducado le habían hecho entender las necesidades humanas fuera del estrecho mundo al que pertenecía por derecho propio. Las personas fuera de ese círculo luchaban día a día por la supervivencia y ella había estrechado lazos fuerte con los campesinos y arrendatarios que trabajaban las tierras del ducado de Ruthland.

Sí, había sufrido, pero también había ganado. «Olvidar ese día, jamás existió, nuestra historia comienza desde el mismo instante en que mi esposo, el duque de Ruthland, me dijo que me amaba», pensó sonriendo enamorada por primera vez.

—Esa sonrisa… la delata —dijo Sarah acomodando los rizos de su señora en la toalla, el cabello ya había pasado de su cuello, la doncella sonrió al ver florecer nuevamente a la mujer.

—Me siento feliz…, con esperanza —le confesó.

—Me alegra mucho, se merece ser feliz y, sobre todo, tener esos hijos que bien ha anhelado en secreto —respondió sonriente mientras estrujaba con fuerza los rizos para secarlos.

—Me da miedo despertar y que todo sea un sueño —confesó.

—No es un sueño —le aseguró radiante la doncella—, toda la servidumbre habla del cambio en el carácter del duque. Varias doncellas le han visto sonreír mientras piensa que nadie lo observa… Todos están claros que usted, *milady*, es la razón.

Sarah se apresuró a buscar la camisola color blanca que había ordenado el duque, eligió una especie de túnica romana que a su señora, por ser una mujer alta, se le vería de ensueño.

Colocó unas pocas gotas del aceite de lila en las muñecas de sus manos y se marchó. Marianne se acercó a la chimenea buscando un poco de calor, Sarah le había pedido que esperara a su esposo allí, se sentía ansiosa por verle despierto mirándola con esos enigmáticos ojos negros. Habían sido cuatro días en vela. Sonrió al ver las velas aromáticas encendidas alrededor de la habitación, su doncella era incorregible, seguramente Claxton se sentiría subyugado por el intenso olor a lilas.

Se giró, el pulso se le agitó al escuchar el ruido de la manilla de la puerta abrirse. Al segundo, su esposo entró aseado, con un impecable batín negro que la hizo contener el aliento. Su cabello negro estaba suelto dándole ese aspecto varonil y misterioso que a ella le había seducido. Le miró con ansias, era un hombre físicamente hermoso y no pudo dejar de sentir inquietud ante lo que esperaría de ella.

—Vuestro rostro es un libro abierto… —le dijo mientras se acercaba—, puedo sentir vuestra inseguridad ante mi presencia.

—Yo no sé cómo podré complacerte… —aceptó con honestidad.

—No vengo a ser complacido, preciosa, más bien al contrario, vengo a complacer —le susurró inclinándose cerca de su oído.

Marianne dejó escapar un gemido de gozo que hizo sonreír con malicia a Claxton. «Todavía no la he tocado y su cuerpo tiembla de anticipación», pensó incorporándose, buscando su mirada.

—William… —Marianne no pudo evitar preocuparse, veía las claras intenciones de su marido, el deseo estaba presente en su negra mirada. Ella no creía que él estuviese preparado para hacer ese esfuerzo.

—Primero quiero darte esto —le anunció mirándola con ternura mientras sacaba del bolsillo interior del batín el estuche de terciopelo negro. —Ábrelo —le dijo poniéndoselo en la mano, deleitándose con su sonrojo mientras acariciaba el estuche solemne.

El anillo era en forma de corazón, había una esmeralda en el centro rodeada de pequeños diamantes, era un anillo exquisito. Marianne supo de inmediato que el anillo no pertenecía a las joyas de familia, la sortija había sido hecha especialmente para ella. No se atrevió a levantar la mirada, avergonzada de que viera lágrimas en ella.

Era una sortija de matrimonio.

Claxton levantó delicadamente su barbilla encontrando su ojos, se quedaron allí por unos instante, en su mundo propio, diciendo sin palabras sus más íntimos sentimientos. El dedo pulgar de Claxton acarició el labio inferior de Marianne con veneración, haciéndola estremecer ante la necesidad de sentir sus labios.

—Este anillo es mi pacto contigo, es mi deseo de comenzar desde hoy…, te amo… —Inhaló fuerte antes de continuar—. Me gustaría que hubiese una palabra más contundente para dejarte saber lo que siento. —Tomó el estuche de su mano extrayendo el delicado anillo, dejó caer la caja al suelo sin darle importancia, con suavidad tomó su mano introduciendo el anillo en su dedo anular, y con emoción se llevó la mano a los labios besando el anillo.

—¿Por qué nunca te quitaste el vuestro? —preguntó tomando la mano de su esposo donde llevaba la ancha banda de oro que le había puesto en la iglesia.

Claxton miró su mano frunciendo el ceño, sin poder contestar su pregunta, jamás en esos cinco años se había desprendido de la alianza. Tal vez en su interior siempre supo que estaba atado a su esposa.

—No le sé…, simplemente lo dejé puesto —respondió confuso sin poder contestar la pregunta.

—Es hermoso —dijo volviendo su mirada hacia su mano, el anillo se veía impresionante, sus dedos largos y su piel perlada le hacían justicia a la fabulosa joya.

—Las joyas pertenecientes a la duquesa de Ruthland están en la caja fuerte de la biblioteca, son vuestras, para que dispongas de ellas a vuestro antojo. Las tiaras están guardadas en el banco…, las llevé allí antes de irme del país —le informó, quería que supiese que las joyas estaban a su disposición.

—Prefiero lucir las que me has comprado…, tienen un significado especial… —contestó segura de no querer utilizar las joyas.

—Como desees, ahora déjame amarte…

—¿El hombro? —Le sujetó el brazo con preocupación.

—¿Qué hombro? —preguntó sonriendo, acaparando su boca en un beso hambriento lleno de necesidad.

La suave mano de Marianne subió por su sólido pecho, acariciando con timidez sus marcados pectorales, su confianza creció al escucharle gemir contra su boca. En un arrebato de deseo insatisfecho, llevó sus manos a los hombros de su esposo quitándole con pericia el batín, para poder disfrutar sin obstáculos de su cuerpo. Claxton se alejó a regañadientes buscando aire, no había vuelta atrás, su entrepierna le dolía de la anticipación.

—Ven, princesa. —La miró sin ocultar lo que sentía, tomándole de la mano llevándola hacia la enorme cama.

Marianne miró con preocupación el vendaje, esperaba que su marido supiese lo que estaba haciendo porque ella era incapaz de detenerle, se sentía enferma del deseo reprimido. Claxton la atrajo a su pecho abrazándola, disfrutando la intimidad, no deseaba apresurar nada, quería catar la piel de su esposa como se hacía con un buen vino. Con suavidad le masajeó la espalda, intentando relajarla.

—Te necesito… —susurró Mariane contra su cuello, abrazándole por la cintura.

Claxton le besó en la coronilla, alejándola de su cuerpo para colocarse a su espalda, sus dedos se deslizaron por sus hombros quitándole la camisola, dejando a Marianne completamente desnuda. Él gimió torturado ante el delicioso cuerpo de su mujer, con una mano en su cintura la atrajo hacia él dejándole sentir su miembro endurecido. Se sintió pletórico cuando ella gimió descansando todo su cuerpo sobre su pecho, cerrando sus ojos ante el placer.

La otra mano de Claxton subió con lentitud por todo su talle, hasta alcanzar sus firmes pechos, que fue acariciando mientras tenía que mantener fuerte la mano en la cintura de su mujer manteniéndola de pie. Sentía su cuerpo temblar sin control, su respiración se hizo más agitada, y un deseo visceral se hizo insoportable en su entrepierna.

«Joder, necesito ser tierno», pensó mientras intentaba mantener el control. Ese que siempre se había jactado de tener y que al lado de su esposa desaparecía.

—William —se quejó ansiosa mientras intentaba girarse del agarre de su marido. Deseaba besarle, tocarlo de la misma manera como él lo estaba haciendo.

—Déjame disfrutar de vuestro cuerpo... —obligándola a inclinar la cabeza y dejarle el cuello libre para torturarle, mordiéndola con sus labios sin poder frenar su necesidad de poseerla.

Claxton la giró sorpresivamente, levantándola sin esfuerzo.

—El hombro...

—Olvídalo... —la instó con la voz ronca por la pasión. La colocó sobre los almohadones, fundiéndose en un apasionado beso en el que su lengua seducía la de Marianne urgiéndola a seguirlo.

Su cuerpo la aprisionó bajo el suyo, dominándola, dejándole sentir su fuerte hombría entre sus temblorosas piernas. Marianne se entregó por completo a las inesperadas sensaciones, sus manos volaron hacia el largo cabello de su marido, enterrando sus largos dedos en él, acariciándolo con frenesí mientras intentaba que algo de aire entrara a sus pulmones.

—Así debió ser, princesa..., de esta manera era como debías de haberme recibido —susurró ronco contra su mejilla mientras sentía la humedad de los pliegues de su mujer en su miembro.

—Por favor... —Marianne sentía la necesidad, la humedad que bajaba por sus muslos, pero no sabía qué decir..., sentía la frustración de la inexperiencia, de lo desconocido. Anhelaba cosas que no podía poner en palabras y le llevó a suplicar, a pedirle que acabara con su tortura—. ¡Por favor, William! —gimió desesperada.

—Estoy tratando de ser lo más gentil —dijo con dificultad mientras su boca se abría golosa a lamer uno de sus rosados pechos succionándolo hasta al punto de impulsar su cuerpo hacia arriba, buscando alivio a la ardiente sensación en su vientre.

—Al diablo con eso —respondió arañando su espalda, apretando sus glúteos desesperada, llevando a su marido a rugir enloquecido por la pasión que les arrasaba hasta los huesos.

Claxton levantó su rostro, su largo cabello desparramado por toda su cara, se miraron con la respiración agitada.

—Te dolerá…, estoy demasiado excitado. —Su voz gutural la excitó más, verlo así, sin control, totalmente expuesto, la llevó al límite. «Pertenezco a este hombre», fue su último pensamiento coherente antes de ordenarle.

—Ahora me tomarás, porque esta vez soy yo la que te lo está pidiendo, soy yo la que necesita vuestra invasión dentro de mí.

Claxton clavó sus manos en su cintura, su cuerpo se tensó ante el reclamo de su esposa, su vista se nubló y el poco control que le quedaba desapareció. Se acomodó entre sus piernas y, sin apartar la mirada del rostro de su mujer, entró en ella abriendo todo a su paso. Gimió al sentirla tan estrecha, sus pliegues se iban abriendo ante la implacable invasión. Marianne dejó salir un grito de su garganta, su cabeza se inclinó hacia atrás, el dolor estaba presente, pero jamás se podía comparar con su primera experiencia.

—Muévete hacia mí, princesa, estás tan húmeda… —la urgió mientras colocaba las piernas de su esposa en su cintura, dándole más aún acceso a su interior, sintiéndola cerca, buscando esa conexión que le era necesaria.

La cabalgó con ímpetu dejando su ser entre sus piernas, sus respiraciones agitadas se escuchaban por toda la habitación, el orgasmo de Marianne la catapultó por los aires y se agarró a los hombros de su esposo mientras gritaba su nombre. Claxton la atrajo más hacia él, negándose a soltar su amarre y cuando sintió que estaba al límite atrajo su cabeza apretando entre su mano con fuerza su cabello obligándola a mirarlo.

—Para siempre —fueron las palabras que logró decir antes que un poderoso orgasmo sacudiera todo su cuerpo, dejándolo casi sin sentido.

—Para siempre —respondió Marianne abrazándolo con fuerza.

Epílogo

Diez años después…

El duque de Ruthland cabalgaba de regreso a casa después de haber estado tres días supervisando la recolección de uvas de los viñedos del ducado. Marianne había acabado de dar a luz a su quinto y último hijo que, afortunadamente, había sido una niña. Su mujer no había querido hablar de detener la procreación de niños hasta que no tuviese una niña; él había protestado, pero nada hacía desistir a Marianne cuando se empecinaba en algo. Llevaban ya diez años juntos y él todavía se corría como un maldito adolescente cuando la veía caminar desnuda en la habitación matrimonial que había insistido en compartir con ella.

Los años le habían sentado muy bien a su duquesa, no solo se veía hermosa, sino que era la mejor compañera que jamás hubiese pensado tener, su esposa era su mejor amiga, conocía toda su intimidad y la había aceptado, sonrió mientras sentía el viento darle en la piel. Su mujer dirigía el ducado mientras él se dedicaba a sus otros negocios, la sociedad les había servido para unirles más. Los duques de Ruthland se habían convertido en parte de la aristocracia que se debía tener en cuenta.

Su esposa se había dedicado con esmero a su papel de duquesa de Ruthland, llegando a tal extremo que se le invitaba a las reuniones privadas de la reina Victoria con las damas pertenecientes a la nobleza. Estaba orgulloso de su esposa hasta el punto de aceptar las pullas en el club White sobre su caída mortal a manos de su mujer. Urgió más el purasangre, estaba ansioso por ver a su esposa y a sus hijos, extrañaba esa gritería infernal del día a día en Badminton House. Se adentró en el camino angosto que llevaba a las caballerizas, suspiró agradecido al ver al capataz.

—Bienvenido, señor —saludó el capataz.

—Estaba ansioso por regresar —contestó entregándole las riendas del caballo—. ¿La señora?

—Todavía está en sus aposentos con la niña, ha insistido en alimentarla ella personalmente —respondió rascándose la cabeza.

Claxton asintió sonriendo con cansancio y se dispuso a seguir hacia la entrada lateral de la mansión, el olor a pan recién horneado le hizo salivar al caminar por la entrada trasera de la enorme cocina. Las cocineras levantaron la mirada al verle llegar y rápidamente le acercaron una bandeja con bollos recién salidos del horno.

Tomó uno en cada mano continuando su marcha hacia la habitación que compartía con su mujer, se llevó uno a la boca gimiendo de placer. Se adentró en el oscuro pasillo que llevaba a las escaleras laterales que conducían a los pisos superiores, casi llegando a su destino se acabó el segundo bollo. Ingresó en la estancia y una gran sonrisa se dibujó en sus labios al ver a su esposa en la cama conyugal rodeada de todos sus hijos. Todos los varones eran rubios de ojos verdes como su madre, había sido su hija quien había heredado su cabello y sus ojos negros.

—¡Padre! —gritaron los cuatro arrojándose sobre su cuerpo.

—¿Han estado cuidando a nuestras princesas?

—Sí, es nuestro deber —afirmó orgulloso su hijo mayor quien, a diferencia de él, era el ejemplo de lo que sería un digno heredero al título.

—Está muy arrugada nuestra hermana —se quejó el más pequeño de la prole, que contaba con cuatro años.

Marianne se rio, extendiendo el brazo, invitó a su esposo a sentarse a su lado.

—Estoy sucio, princesa —se excusó, avergonzado de no haber ido primero a asearse, lo primordial había sido ella.

—No importa, solo un rato —le imploró haciendo un puchero, mientras su marido se la comía con los ojos, la cabellera de Marianne estaba extendida como un manto detrás de su espalda haciéndola más irresistible a los ojos de su marido.

Se acercó a ella con sus hijos siguiéndole de cerca, se acomodó a su lado viendo con ternura a su pequeña hija alimentarse, extendió su mano atrayendo a sus hijos al círculo familiar. «La verdadera riqueza de un hombre está en el amor de su familia, cuánta suerte he tenido en encontrarla», pensó mientras la besaba en la frente.

—Bienvenido a casa, su excelencia —le susurró provocativa.

—Siempre ansioso de llegar a vuestros brazos, mi único hogar eres tú —contestó abriendo sus labios para saborear los suyos, ante la atenta mirada de sus hijos, que intercambiaban miradas de asco ante el despliegue constante de amor de sus progenitores.

Trabajos Futuros

1— *Un conde sin escrúpulos*

La mitad de la novela está escrita, difícil el personaje de Richard porque tiene una personalidad peculiar. No quise apresurarla porque mis historias son de romance histórico, no son historias de BDMS, así que Richard y yo hemos llegado al acuerdo de que el tema central de la novela son dos personas que tienen gustos sexuales peculiares, pero que al encontrarse se replantean todo lo que han vivido con anterioridad. Así que, luego de esta conversación honesta y sincera entre mis personajes y yo, estoy en la mitad de la historia con toda la intención de publicarla antes de que termine el año.

2 — Lady *Pearl y el duque chamuscado*

Esta historia apareció de la nada, estaba escribiendo la duquesa de Ruthland y comencé a escribirla. Es un romance histórico de humor donde la protagonista cree poder ayudar a un duque que ha estado encerrado por muchos años en su castillo. Ya tengo escrito cuatro capítulos y me encanta el personaje de Pearl, deseo publicarla para febrero.

3 — *El duque de Edimburgo*

Es la primera novela de una serie de tres llamada *Las bastardas*. Se suponía que la publicara en el 2020, pero la duquesa de Ruthland se le adelantó. Es una historia que no quiero escribir, Hugh es un desgraciado como persona, yo no le perdonaría, pero la trama está prácticamente completa en mi mente, así que la compartiré con ustedes.

4 — *Un marqués en problemas*

Novela corta, es por supuesto la novela de James y tiene que ser publicada obligatoriamente en 2021 para cerrar con esos primeros personajes secundarios tan importantes en las primeras novelas.

5 — Las novelas de *UN BUITRE AL ACECHO* y *UN MARIDO PARA MARY EN NAVIDAD* serán enviadas a corrección y saldrán con nuevas portadas.

6 — Por último, todavía no tengo claro si escribir la historia de Sombra o del duque de Marborough, estoy indecisa porque la historia de Sombra sigue la línea de Buitre, son novelas con un tinte más oscuro.

Antes de cerrar esta historia, no puedo dejar de agradecer sus correos electrónicos, muy sorprendida por la acogida de mis historias. **Wycbea51@gmail.com** es la dirección para encontrarme, contesto todos sus correos.

Muchas gracias a Soledad Olvera y a Daniel Camacho por sus opiniones en Amazon México. Igualmente a Brasil, no puedo negar lo sorprendida que estoy. A todos sus comentarios en amazon.com y amazon.es, mil gracias. Tomo nota y aprendo.